HENRIKE JÜTTING

HAFEN TOD

KBV

MIX
Papier | Fördert
gute Waldnutzung
FSC® C083411

Originalausgabe

Am Markt 7 · DE-54576 Hillesheim · Tel. +49 65 93 - 998 96-0
info@kbv-verlag.de · www.kbv-verlag.de

Bei Fragen zur Produktsicherheit wenden Sie sich bitte an unsere
Herstellung: info@kbv-verlag.de · Tel. +49 65 93 - 998 96-0

Umschlaggestaltung: Ralf Kramp unter Verwendung von
© Patrick Niebergall - stock.adobe.com
Lektorat: Volker Maria Neumann, Köln
Druck: CPI books, Ebner & Spiegel GmbH, Ulm
Printed in Germany
ISBN 978-3-95441-723-0 (Taschenbuch)
ISBN 978-3-95441-730-8 (eBook)

Für Münster, meine Stadt.

Der Mensch ist dem Menschen ein Wolf.

(Thomas Hobbes)

1. KAPITEL

1986

Arndt Neuhaus leerte seine Coladose, zerdrückte sie in der Hand und ließ sie auf den Bürgersteig fallen. Mit dem Fuß kickte er die Dose vor sich her. Bei jedem Tritt versuchte er, den Blick seiner Mutter, in dem Niedergeschlagenheit und Resignation Wurzeln geschlagen hatten, ein Stückchen weiter aus seinem Gedächtnis zu drängen. Er empfand Mitleid für sie, hatte aber keine Ahnung, wie er ihr helfen konnte.

Arndt war auf dem Weg zu seinem besten Freund Tobias, mit dem er sich für den heutigen Samstagabend verabredet hatte. Außerdem würden Cara, Jule und Danilo da sein. Es kam selten vor, dass sie sich bei Tobi trafen, denn er hatte fast nie sturmfreie Bude. Das lag vor allem an seinen kleinen Geschwistern. Heute hatten Tobis Eltern sie bei den Großeltern untergebracht, da sie bei Freunden eingeladen waren.

Der Weg zu Tobi war nicht weit. Arndt musste nur den Adlerhorst bis zur Mondstraße hochlaufen, links abbiegen, und dann kam schon nach wenigen Hundert Metern der Ginsterweg, in dem Tobi wohnte. Außer Danilo wohnten sie alle im Umkreis von einem Kilometer am Anfang der Mondstraße, die als Querverbindung die beiden Ausfallstraßen nach Warendorf und Wolbeck miteinander verband. Danilo wohnte weiter hinten an der Mondstraße in einem der Mietshäuser, die von der Stadt Münster in der Nachkriegszeit erbaut worden waren.

Im Ginsterweg war Tobis Haus das vorletzte auf der linken Seite. Es war eins von vier akkurat gepflegten Eigenheimen, wie sie typisch für diese Ecke von Mauritz waren. Eingeschossig, roter Backstein, kleiner Vorgarten. Arndt war gerade auf der Höhe des Nachbarhauses angekommen, vor dem ein älterer Mann energisch einen Buchsbaum mit einer Heckenschere bearbeitete, als er hinter sich das Quietschen einer Fahrradbremse hörte. Er wandte sich um und blickte in Caras eisblaue Augen. Cara, die mit richtigem Namen Carina hieß, sprang vom Rad und streifte den Kopfhörer ihres Walkmans ab. Dabei achtete sie darauf, dass ihre mühevoll aufgeföhnte und mit viel Haarspray fixierte Mähne nicht in Unordnung geriet. Aus den Kopfhörern tönte Madonnas *Papa don't preach.*

Cara griff in die Innentasche ihrer Jeansjacke und stellte den Walkman aus. Mit einer Kopfbewegung deutete sie auf den Fahrradkorb. »Ich habe Blue Curacao und O-Saft dabei.«

Arndt verzog angewidert das Gesicht. »Ich finde, das schmeckt voll ätzend.«

Vor Tobis Haus stellte Cara ihr Rad ab, und Arndt kickte die Coladose mit einem letzten gezielten Tritt in den Rinnstein.

»Hast du gar keinen Alk dabei?«, fragte Cara, während sie vor der Haustür darauf warteten, dass Tobi ihnen öffnete.

»Hab ich diesmal Tobi überlassen. Er wollte Bier besorgen.«

Die Tür wurde aufgerissen. Mit einem irren Blick und hektischen Bewegungen winkte Tobi seine Freunde herein. »Kommt schnell! Die Mission hat begonnen! Sie sind überall. Haben das Haus umstellt und begehren Einlass. Habt ihr den Anführer bemerkt? Getarnt als alter Mann schnibbelt er nebenan die Hecke!«

Arndt verdrehte die Augen. »Du hast echt 'nen Sockenschuss«, brummte er.

Cara schlüpfte aus ihrer Jacke und hängte sie an einen der Garderobenhaken. »Herr Wallhorn schnibbelt nicht die Hecke, sondern stutzt den hässlichen Busch vor seinem Küchenfenster«, stellte sie richtig. Die Clique hatte sich an die Science-Fiction- und Horror-Passion von Tobi längst gewöhnt.

»Tobias, du bist hyperaktiv, laut und aufgedreht«, hatte ihr Mathelehrer mal vor der ganzen Klasse zu Tobi gesagt. Obwohl Arndt normalerweise nichts auf Herrn Beckers Meinung gab, war an dieser Beschreibung etwas dran. Arndt selbst war genau das Gegenteil. Er wurde von den Lehrern häufig als ruhig, ernst und ein wenig introvertiert beschrieben. Auch optisch hatten die beiden Freunde nicht viel gemein. Sie hatten zwar derzeit die gleiche Frisur, vorne kurz und im Nacken etwas länger, aber das war es auch schon mit den Gemeinsamkeiten. Tobi war blond, mittelgroß, kräftig gebaut und wendig. Genau wie es einem Kreisläufer beim Handball zugute kam. Arndt war hochgewachsen, schlaksig und kam mit seinen schwarzen Haaren und den dunkelblauen Augen ganz nach seinem Vater.

»Okay, das war schlecht«, räumte Tobi jetzt grinsend ein.

»Grottenschlecht, aber das kennen wir ja von dir.« Arndt deutete auf die Küchentür. »Hast du das Bier kaltgestellt?«

»Klar. Bedien dich. Ihr könnt schon mal ins Wohnzimmer gehen. Ich hole noch ein bisschen Knabberzeug aus dem Keller.«

Als Tobi mit einer Rolle Chipsletten und einer Packung Salzstangen wieder aus dem Keller kam, klingelte es erneut.

Julia und Danilo standen vor der Tür. Die Freunde begrüßten sich, und als die beiden Neuankömmlinge an Tobi vorbei ins Haus traten, brachten sie nicht nur die würzige Herbstluft mit herein, sondern auch einen Duftmix aus *Axe* und *My Melody,* unterlegt von einem leichten Schweißgeruch. Das süßliche Deo und der Schweiß stammten eindeutig von Jule.

»Puh, ich bin viel zu warm angezogen«, schnaufte sie und schälte sich aus ihrer Winterjacke. »Meine Mutter hat darauf bestanden, dass ich meine dicke Jacke anziehe. Für den Rückweg.« Jule verdrehte die Augen und fuhr sich mit der Hand über ihre Kurzhaarfrisur. Als Kind waren ihre Haare dunkelrot gewesen. Feuermelder, Duracell oder Kupferkopf hatten sie die Mitschüler in der Grundschule genannt. Mit Eintritt in die Pubertät waren die Haare heller geworden und die Sommersprossen auf den Armen und im Gesicht weniger. Dafür konnte Jule dem lieben Gott – oder wem auch immer –

nicht genug danken. Dick und rote Haare, das war einfach zu viel. Im Grunde war Jule nicht richtig dick, aber schlank wie ihre Freundin Cara war sie auch nicht.

Jule zog ihr Sweatshirt mit einem Ruck über Bauch und Po. »Wohnzimmer?«, fragte sie dann, und als Tobi nickte, marschierte sie quer durch den Flur. Die Jungs folgten ihr.

Im Wohnzimmer der Familie Pape herrschte das übliche gemütliche Durcheinander. Kinderspielzeug auf dem Fußboden. Wäschestapel auf dem Esstisch, Bilderbücher auf der Couch. Dort hatte Cara es sich schon gemütlich gemacht. Sie musterte ihre Freundin. »Ist das Sweatshirt von *Fruit of the loom?*«

Jule nickte, kam zur Sitzecke hinüber und ließ sich in einen Sessel plumpsen. »Was gucken wir eigentlich?«, fragte sie, während sie aus ihrem Rucksack eine Tüte Schokolinsen kramte.

»Auf jeden Fall nicht schon wieder *La Boum* oder *E.T.*«, sagte Danilo. Er schob einen Stapel Wimmelbücher zur Seite und ließ sich neben Cara auf das Sofa fallen.

Cara warf Jule einen bedeutungsvollen Blick zu. Genau darauf hatten sie spekuliert. Die Mädchen hatten ausgemacht, dass Jule sich nicht neben Cara setzen würde, in der Hoffnung, dass Danilo es tat.

Danilo gehörte erst seit einem Jahr zu ihrer Clique. Cara hatte sofort ein Auge auf den neuen Klassenkameraden geworfen. Danilos Eltern waren im Rahmen des 1955 mit Italien geschlossenen Anwerbeabkommens Anfang der Siebzigerjahre von Italien nach Münster gezogen.

Danilo war eine Sportskanone und Mannschaftskapitän beim Fußballverein *Germania Mauritz.* Cara hatte von Anfang an von seinen dunklen Augen, seinem schwarzen Lockenkopf und dem markanten Kinn geschwärmt. Jule teilte Caras Schwärmereien für den hübschen Neuen, hatte aber sofort eingesehen, dass sie gegen ihre blauäugige, blonde Freundin niemals eine Chance haben würde. Obwohl Jule gegenüber ihrer besten Freundin keinen Neid auf deren Aussehen empfand, freute es sie doch insgeheim, dass Danilo nicht so auf Cara reagierte, wie die es gerne gehabt hätte.

»Er ist einfach nur wahnsinnig schüchtern gegenüber Mädchen«, wiederholte Cara ständig.

Oder er steht einfach nicht auf blond und dünn, dachte Jule bei sich, stimmte ihrer Freundin aber pflichtschuldig zu.

Tobi hockte vor dem aufgeklappten Fernsehschrank und inspizierte die Videosammlung. »*Ghostbusters, Beverly Hills Cop, Indiana Jones, Der Weiße Hai, Das Fenster zum Hof*«, las er laut vor.

»Ich würde gerne was richtig Gruseliges sehen«, erklärte Cara und öffnete die Dose mit den Chipsletten.

»Ja, lasst uns einen Horrorfilm gucken«, stimmte Arndt zu.

Tobi zog zwei Videofilme heraus. »Ihr könnt euch einen aussuchen. *Nebel des Grauens* oder *Halloween 2.*«

Sie entschieden sich für den Letzteren, den außer Tobi noch keiner gesehen hatte. Die nächsten anderthalb Stunden verfolgten die fünf Jugendlichen im stockdunklen Wohnzimmer, wie Michael Myers sich mordend auf den Weg zu einem Krankenhaus machte, um die dort eingelieferte Laurie Strode umzubringen.

Cara fand, dass es eine sehr gute Idee gewesen war, einen Horrorfilm zu gucken. So konnte sie ihr Gesicht immer wieder an Danilos Brust drücken, ohne dass das aufdringlich wirkte. Danilo hatte seinen rechten Arm zwar nicht um ihre Schultern, aber immerhin auf der Sofalehne abgelegt. Cara verstand das als Aufforderung, sich an ihn zu kuscheln, wenn es zu heftig wurde.

Am Ende des Films stand Tobi auf, um das Licht wieder anzuknipsen, und Danilo zog seinen Arm wieder zu sich.

Warum war der bloß so schüchtern? Das grenzte doch an Verklemmtheit, dachte Cara und spürte einen leichten Schwindel. Der Likör war ihr zu Kopf gestiegen, obwohl sie ziemlich viel Orangensaft hineingemischt hatte.

Auch die Jungs waren nicht mehr ganz nüchtern, und Jules Gesicht glühte wie eine Heizbirne. »Horrorfilme sind irgendwie nichts für mich«, sagte sie und warf sich die letzten drei Schokolinsen in den Mund. »Ich war mit meiner Mutter in *Stand by me – Das Geheimnis eines Sommers*. Den fand ich super.«

»Nicht dein Ernst, oder? Der war gnadenlos langweilig«, lautete Tobis vernichtendes Urteil. »Ich habe mich die ganze Zeit gefragt, was das Geheimnis gewesen sein soll. Da gab es doch gar kein richtiges Geheimnis.«

Jule verdrehte die Augen. »Du hast den Film nicht verstanden, Tobi. Darum ging es auch gar nicht. Es ging um die Freundschaft von vier unterschiedlichen Jungen und ums Erwachsenwerden. Das ist ein Coming-of-age-Film.« Jule sah jetzt aus wie ihre Mutter, wenn die vor der Klasse stand und über Gedichte, Kurzgeschichten oder Novellen sprach. Jules Mutter unterrichtete die Freunde seit der achten Klasse im Fach Deutsch.

Tobi zuckte mit den Schultern. »Für mich war das jedenfalls nix. Wenn im Titel eines Films das Wort Geheimnis auftaucht, dann erwarte ich, dass es auch eins gibt.«

»Ich habe letztens in einer Illustrierten meiner Mutter gelesen, dass jeder Mensch mindestens ein Geheimnis hat, von dem niemand weiß.« Cara fegte ein paar Krümel von ihrem Sweatshirt, über das sie ein Netzhemd gezogen hatte.

Tobis Gesicht hellte sich wieder auf. »Ich weiß, was wir jetzt machen. Jeder von uns muss ein Geheimnis von sich erzählen. Aber ein richtiges. Nicht irgendeinen Quatsch.« Mit blitzenden Augen sah er in die Runde. »Okay?«

»Du mit deinen Geheimnissen«, ließ Arndt wenig begeistert verlauten.

Die anderen zögerten ebenfalls. »Ich weiß nichts«, moserte Jule. »Ich habe keine Geheimnisse vor euch.«

»Wetten, doch?« Tobi sprühte jetzt vor Eifer. »Denk einfach mal nach. Von mir aus kann ich auch den Anfang machen.«

Dieser Vorschlag fand nach einigem Hin und Her Zustimmung.

Tobi machte es sich mit angezogenen Beinen auf seinem Sessel bequem. »Also, was ich euch jetzt verrate, ist wirklich mein größtes Geheimnis.« Ein feierlicher Ausdruck trat auf sein Gesicht.

Arndt hatte plötzlich das Gefühl, dass sein bester Freund es gar nicht abwarten konnte, mit seinem Geheimnis herauszuplatzen.

»Ich schreibe an einem Roman.« Triumphierend sah Tobi von einem zum anderen. »Es wird ein Science-Fiction-Roman«, spezifizierte er.

»Was auch sonst«, murmelte Danilo.

Jule starrte Tobi mit großen Augen an. »Echt? Das ist ja klasse. Worum geht's da?«

Tobi legte einen Zeigefinger auf seinen Mund. »Einzelheiten müssen vorerst geheim bleiben. Aber es geht auf jeden Fall um eine Gruppe Aliens, die auf die Erde kommen und dort irgendetwas machen. Das Besondere an ihnen ist, dass sie ihr Äußeres verwandeln können. Auf der Erde sind sie von richtigen Menschen nicht zu unterscheiden. Lediglich eine Tätowierung hinter dem linken Ohr zeichnet sie als Aliens aus.«

»Aha. Sehr spannend«, meinte Cara lahm. Man konnte ihr ansehen, dass sie eine aufregendere Enthüllung erwartet hatte.

»Jetzt ist einer von euch dran«, erklärte Tobi.

Danilo knabberte an einer Salzstange. Er sah plötzlich ernst aus. »Ich könnte euch ein Geheimnis verraten.«

Cara sah ihren Schwarm höchst interessiert an. »Dann mal los!«

Danilo holte Luft, setzte zum Sprechen an, brach dann aber wieder ab. Cara bemerkte, wie er kaum sichtbar den Kopf schüttelte. Anschließend sagte er: »Gut. Ich erzähle euch eine kleine Geschichte. Das Geheimnis um Großmutter Ginas Schuppen.«

Die Blicke der anderen hingen an seinen schön geschwungenen Lippen.

»Als ich ein kleiner Junge war«, begann Danilo, »habe ich meine Sommerferien immer bei Großmutter Gina in Alberobello verbracht. Großmutter hatte auf ihrem Grundstück einen Schuppen stehen. Er war ziemlich zugewachsen, und nie ist jemand dort hineingegangen. Durch die beiden kleinen Fenster konnte man nicht ins Innere sehen. Sie waren zu schmutzig. Von Anfang an hatte Großmutter mir eingeschärft, dass ich den Schuppen auf gar keinen Fall betreten darf. Natürlich wurde ich dadurch erst recht neugierig, aber Großmutter Gina war ziemlich streng. Es wäre mir nicht im Traum eingefallen, ihr nicht zu gehorchen. In einem Sommer, da war ich zehn Jahre alt, da hatte Großmutters Katze Junge bekommen, und ich habe die ganzen Ferien mit den Katzenbabys gespielt. Besonders eins hatte ich ins Herz geschlossen. Es war ein kleiner schwarz-weißer Kater, und ich taufte ihn Lucky. Eines Tages war Lucky verschwunden. Ich habe ihn überall gesucht, aber ich konnte ihn nicht finden. Da hörte ich irgendwann ein klägliches Miauen. Es kam direkt aus dem verbotenen Schuppen. Ich lauschte an der Tür. Es gab keinen Irrtum. Lucky war in dem Schuppen und maunzte, als ginge es ihm an den Kragen. Ich stand davor und wusste nicht, was ich tun sollte.« Danilo senkte seine Stimme und sprach leiser weiter. »Schließlich überwand ich meine Angst vor Großmutter Ginas Strafe und zog die Tür zum Schuppen auf.« Er hielt inne. »Und wisst ihr, was ich dort sah?« Mit seinen großen, dunkelbraunen Augen sah er von einem zum anderen. Seine Freunde starrten ihn gebannt an.

»Nein«, flüsterte Jule stellvertretend für alle.

Danilo beugte sich vor. Jetzt wurden seine Augen ganz schmal und sein Gesichtsausdruck unergründlich.

»Nichts«, sagte er schließlich und schlug sich lachend auf den Oberschenkel. »Überhaupt nichts.«

Die anderen buhten und johlten.

»Nicht mal die Katze?«, fragte Jule.

»Nein«, sagte Danilo leichthin. »Die saß auf dem Dach und kam dort nicht mehr herunter.«

Cara sah Danilo an. »Eigentlich ist das jetzt kein Geheimnis, was du da erzählt hast«, meinte sie. »Aber sei's drum. Die Geschichte war trotzdem gut.«

»Fand ich auch.« Tobi grinste und hielt Danilo seine Flasche zum Anstoßen hin.

Während die beiden Jungs ihre Bierflaschen mit einem dumpfen Klong gegeneinanderstießen, ruhte Caras aufmerksamer Blick immer noch auf dem dunkelhaarigen Danilo. Sie war sich sicher, dass er zuerst etwas anderes hatte erzählen wollen, sich dann aber für die Katzengeschichte entschieden hatte.

Arndt räusperte sich. »Wollt ihr was von mir hören?«

»Ja klar, Mann!« Tobi klopfte seinem Freund auf den Rücken.

»Im Gegensatz zu Danilo kann ich es auch ganz kurz machen. Allerdings geht es nicht direkt um mich. Es geht um meinen Vater.« Arndt verstummte.

»Ja? Und?« Tobi sah seinen Freund ungeduldig an.

»Mit ihm stimmt was nicht.«

»Wie meinst du das?«, fragte Cara. »Was stimmt mit deinem Vater nicht?«

Arndt zuckte mit den Schultern. »Er ist komisch. Redet kaum. Arbeitet ohne Ende. Früher hat er immer nur mittwochnachmittags Hausbesuche gemacht. Inzwischen macht er das auch freitagnachmittags, obwohl da sonst immer schon Wochenende für ihn war.«

»Seit wann geht ein Orthopäde auf Hausbesuche?«, hakte Jule misstrauisch nach. »Das machen doch nur normale Hausärzte.«

»Mein Vater besucht ältere Patienten, die schon lange bei ihm sind und die nicht mehr so gut aus dem Haus kommen.«

Jule nickte, aber die steile Falte zwischen ihren Augenbrauen war ein Zeichen dafür, dass sie nicht überzeugt war.

Arndt fuhr fort. »Er schließt sich auch oft in seinem Schlafzimmer ein.«

»Dein Vater hat ein eigenes Schlafzimmer?« Tobi sah irritiert aus.

Arndt nickte. »Ihr kennt doch unser Haus. Es gibt genug Zimmer, und da meine Mutter Schlafstörungen hat und nachts oft aufsteht, haben sie halt getrennte Schlafzimmer.«

Arndts Elternhaus war keines jener beengten Siedlungshäuschen, in denen Jule, Cara und Tobi mit ihren Familien lebten. Er wohnte im sogenannten Vogelviertel von Mauritz, das zu einer der besten Wohnlagen Münsters zählte. Im Grünen und doch nahe an Münsters Innenstadt standen dort teilweise mondäne Häuser auf großzügigen Grundstücken mit gepflasterter Einfahrt vor der Doppelgarage und riesigen Gärten mit Teich und geräumiger Terrasse. In Arndts Haus gab es sogar ein Schwimmbad im Keller.

»Ach so.« Tobi nickte.

»Ich habe einen Verdacht, aber ich weiß nicht, ob er stimmt«, fuhr Arndt fort.

Die anderen wurden wieder hellhörig. Es war einfach spannend, etwas über die Angelegenheiten anderer Leute zu erfahren.

»Ich glaube, mein Vater geht fremd.«

»Echt?« Tobi starrte seinen besten Freund mit großen Augen an. »*Dein* Vater? Denkt man gar nicht von ihm. Passt irgendwie nicht.«

»Das glaube ich nie und nimmer«, sagte Danilo.

Arndt sah seinen Freund an. »Na ja, du kennst meinen Vater eigentlich nicht, oder?«

»Doch. Also, nein. Nicht richtig. Aber ich bin doch mit meinem Knie bei ihm in Behandlung.«

»Ach ja, stimmt.« Arndt fiel es jetzt wieder ein. Ein Mannschaftskamerad hatte Danilo vor einigen Monaten aus Versehen vors Knie getreten, und seitdem hatte Danilo immer wieder Probleme damit.

»Er ist ein total netter Typ. Ich traue ihm so etwas einfach nicht zu«, erklärte Danilo.

Jule zog die Augenbrauen hoch. »Nett sein und fremdgehen schließt sich ja wohl nicht aus.« Sie wandte sich an Arndt. »Was ist denn mit deiner Mutter? Hast du mit ihr über deinen Vater gesprochen?«

Arndt winkte ab. »Ihr kennt doch meine Mutter.«

Das stimmte – und doch wieder nicht. Richtig eng waren sie erst seit dem Gymnasium befreundet, und in dem Alter spielten die Eltern der Freunde keine große Rolle mehr. Man kannte sie vom Guten-Tag-Sagen und kurzen Begegnungen, aber mehr auch nicht.

Da niemand auf Arndts Bemerkung reagierte, fügte er hinzu: »Meine Mutter ist krank. Also, nicht richtig krank. Sie hat Depressionen und nimmt Medikamente.

Die machen sie müde. Sie kann sich zu nichts aufraffen. Das Leben geht sie einfach nichts mehr an. Das war früher schon so, aber es ist schlimmer geworden. Sie merkt, dass etwas nicht stimmt. Sie leidet darunter, dass mein Vater überhaupt nicht mehr für sie da ist.«

Jule sah nachdenklich vor sich hin. »Deine Mutter tut mir echt leid.«

»Frag mich mal«, erwiderte Arndt. Zu seiner Überraschung stellte er fest, dass es guttat, endlich mal darüber zu reden. Über seine depressive Mutter und seinen merkwürdigen Vater.

»Wie lange ist dein Vater denn schon so?«, wollte Jule nun wissen.

»Schon länger. Erst ist es mir gar nicht so aufgefallen. Aber irgendwann dann doch. Ich habe ihn auch mal gefragt, was los ist. Da hat er gesagt, nichts sei los, und hat mich einfach stehen lassen.«

Arndt erwähnte nicht, dass er seinen Vater daraufhin angeschrien hatte, dass er ihm das nicht glauben würde. »Wenn nichts los ist«, hatte er gebrüllt, »warum bist du dann immer weg? Warum kümmerst du dich nicht mehr um Mama?«

Sein Vater hatte ihn ernst und traurig angesehen und gesagt: »Ich kann Mama nicht helfen. Sie müsste in Behandlung gehen. Eine Therapie machen. Aber das will sie nicht.«

»Wenn dein Vater wirklich mit einer anderen pennt«, sagte Cara, »sollte deine Mutter sich scheiden lassen. Das hat meine Tante auch gemacht, und danach ging es ihr hundertmal besser als in ihrer bekackten Ehe. Ihre Anwältin hat sogar dafür gesorgt, dass sie das Haus bekommt.«

»Dafür müsste sie aber erst mal wissen, ob Herr Neuhaus wirklich was mit einer anderen hat«, wandte Tobi ein.

»Was wäre denn«, fragte Jule, »wenn wir versuchen, genau das herauszufinden?«

2. KAPITEL

Gegenwart

Katharina Klein, Kommissarin bei der Kripo Münster, erhob sich von ihrem Bürostuhl und streckte den Rücken durch. »Es wird wirklich Zeit, dass wir wieder mehr nach draußen kommen«, stöhnte sie. »Nach einem Bandscheibenvorfall ist zu viel Sitzen Gift.«

»Nach einem *leichten* Bandscheibenvorfall«, wurde sie von ihrer Kollegin Eva Mertens korrigiert, die dabei nicht den Blick vom Bildschirm ihres Computers hob.

»Ob leicht oder nicht, es war schmerzhaft genug«, erwiderte Katharina.

Vor einiger Zeit hatte die Kommissarin abends starke Beschwerden im unteren Rückenbereich verspürt. Den Tag über hatte sie im Kleingarten ihrer Mutter Edith und deren Freund Ben mehrere Stunden ein Gemüsebeet umgegraben. Der Schmerz hatte bis in die Oberschenkel ausgestrahlt und wurde von einem unangenehmen Kribbeln und Ziehen begleitet. Für ihren Freund Klaas ten Venne, Physiotherapeut von Beruf, hatte die Diagnose sofort festgestanden. Es war lediglich seinen erfahrenen Händen und vielen Schmerztabletten zu verdanken, dass Katharina an jenem Wochenende nicht in der Notaufnahme gelandet war. Der Besuch beim Orthopäden am Montagmorgen brachte die Gewissheit. Katharina hatte einen Bandscheibenvorfall erlitten. Allerdings war es nicht so schlimm gewesen, wie sie zunächst befürchtet hatte. Der Arzt verschrieb ihr manuelle Therapie und riet zu sanften Sportarten wie Pilates oder gemäßigtem Yoga. So kam es, dass Katharina regelmäßig in Klaas' Praxis auftauchte und sich von ihm oder einer seiner Kolleginnen behandeln ließ. Klaas überredete sie außerdem dazu, sich beim Pilates-Studio um die Ecke anzumelden. Katharina hatte eigentlich keine große Lust dazu gehabt, aber da Klaas keine Ruhe gab, ging sie zu einer Probestunde. Inzwischen hatte sie sich fest angemeldet und freute sich sogar auf die Dienstagabende.

Im Stehen fuhr sie ihren Rechner herunter. Entgegen der allgemeinen Vorstellung, Beamte der Kriminalpolizei würden sich permanent im Außendienst befinden, sah die Realität oft anders aus. Wenn die Kommissarinnen nicht gerade mit einer Ermittlung befasst waren, verbrachten sie einen Großteil ihrer Arbeitszeit am Schreibtisch. Gerade hatten sie einen Fall von schwerer Brandstiftung abgeschlossen, die auch in den Zuständigkeitsbereich des KK11 gehörte. Nun waren sie mit Aktenpflege, dem Verteilen von Beweismitteln auf die verschiedenen Asservate und dem Erstellen einer Kriminalstatistik hinsichtlich Brandstiftung und ihrer Motive beschäftigt.

»Ich bin dann weg«, sagte Katharina.

Eva bequemte sich jetzt doch dazu hochzublicken. »Ist wieder kollektives Ein- und Ausatmen und anschließendes Weinchentrinken angesagt?«

Katharina ignorierte den spitzen Unterton in Evas Stimme. Es war ihr nicht entgangen, dass ihre Freundin seit einiger Zeit etwas verschnupft reagierte, wenn die Sprache auf ihr Pilatestraining kam. Katharina hatte den Verdacht, dass das mit den drei Frauen zusammenhing, die sie im Kurs kennengelernt hatte und mit denen sie ein wenig in Kontakt gekommen war. Cara, Jule und Laurence waren Freundinnen und gingen nach dem Kurs immer auf einen Wein ins *Piccolo.* Ein kleiner, aber feiner Italiener an der Warendorfer Straße, mit dessen Besitzer Danilo die drei Frauen befreundet waren.

Von Anfang an hatte Katharina im Kurs neben Laurence gelegen und die kleine, quirlige Französin, die fast akzentfrei Deutsch sprach, sofort sympathisch gefunden. Nach der dritten Pilatesstunde hatte Laurence gefragt, ob Katharina Lust habe, auf einen Absacker mit ins *Piccolo* zu kommen. Katharina hatte spontan zugesagt. Seitdem war es beschlossene Sache, dass sie mit dabei war, und die Kommissarin freute sich auf die Abstecher ins *Piccolo*, das eigentlich *Il Piccolo Principe,* also *Der kleine Prinz,* hieß. Seit ihrer Rückkehr von Köln nach Münster vor inzwischen fast zehn Jahren war Katharinas Freundes- und Bekanntenkreis immer überschaubar geblieben. Sie hatte das nie gestört. Ihr Job füllte sie aus, sie verstand sich bestens mit ihren Kollegen, und Eva war nicht nur eine Kollegin, sondern auch eine sehr gute Freundin geworden. Und genau da schien es nun auch zu haken. Katharina vermutete, dass Eva etwas eifersüchtig war. Sie bezeichnete die drei Frauen als Katharinas Pilates-Mädels.

»Ja genau«, antwortete sie nun auf Evas Frage, »und morgen früh komme ich erst gegen zehn. Ich bin vorher bei Klaas in der Praxis. Erst Fango, dann Physio.«

Eva seufzte, rieb sich mit einer Hand den Nacken und bog den Kopf von links nach rechts. »Ich muss mir das auch mal alles verschreiben lassen und mich dann in Klaas' begnadete Hände begeben.«

»Oder du kommst einfach mit zum Pilates«, schlug Katharina vor. »Es gibt richtig gute Übungen für den Nacken.«

Eva winkte ab. Katharina brachte den Vorschlag nicht zum ersten Mal an. Aber Eva war sich sicher, dass es nicht ihr Ding war, auf einer harten Matte rumzuliegen, den inneren Reißverschluss zu schließen und sonst wo hinzuatmen. Sie schüttelte den Kopf, sodass ihr hochgebundener blonder Pferdeschwanz hin und her schwang. »Nee, danke. Du weißt ja, ich brauche beim Sport laute Musik und muss richtig ins Schwitzen kommen. Ich gehe heute Abend ins Gym.« Mit diesen Worten zog Eva die oberste Schublade ihres Schreibtisches auf und kramte einen Kinderriegel hervor.

Das Studio *Brinkmann-Pilates* lag am Kaiser-Wilhelm-Ring und war von der Staufenstraße, in der Katharina und Klaas wohnten, nur wenige Minuten entfernt. Es befand sich direkt neben einem der historisch bedeutendsten Gebäude des Erphoviertels. Die *Villa ten Hompel,* früher Fabrikantenvilla, diente heute als Gedenkstätte für Verbrechen der Polizei während der NS-Zeit.

Als Katharina im Umkleideraum in ihre Sportleggings geschlüpft war und den Trainingsraum betrat, war es schon kurz nach halb sieben. Maike Brinkmann, eine der vier Trainerinnen und Gründerin von *Brinkmann-Pilates*, lächelte ihr zu, während ihre seitlich ausgestreckten Arme kleine Auf- und Abbewegungen machten. Mit dem Kinn deutete sie auf eine freie Matte direkt vor ihr. Katharinas Blick schweifte durch den Raum. Normalerweise war ihr Stammplatz ganz hinten. Doch dort entdeckte sie zwei Frauen Mitte zwanzig, die sie noch nie gesehen hatte. Dafür fehlte Laurence.

»Bleib gerne bei mir hier vorne«, sagte Maike, »dann kann ich dich auch gleich korrigieren, falls du die Übungen nicht ganz sauber ausführst. Gerade bei einem Bandscheibenvorfall ist das besonders wichtig.«

Katharina blieb nichts anderes übrig, als sich direkt vor Maike zu stellen, neben der sie sich so gelenkig vorkam wie ein Besenstiel.

Nach der Stunde kam Maike zu Katharina und sagte: »Du musst unbedingt etwas mehr auf deine Haltung achten. Du hast kaum Körperspannung und stehst ganz oft da wie ein nasser Sack. Das ist ganz schlecht für jemanden mit Rückenproblemen.«

Auf der Straße ahmte Jule die Pilateslehrerin so perfekt nach, dass Katharina lachen musste. Sie mochte Jules lockere Art. Bestimmt hatte sie als Lehrerin am Gymnasium keine Schwierigkeiten mit pubertierenden Jugendlichen. Inzwischen wusste die Kommissarin, dass Jule und Cara sich seit der Schulzeit kannten. Laurence dagegen gehörte erst seit drei Jahren dazu. Da hatte die Französin Arndt geheiratet, mit dem Jule und

Cara auch schon seit Jugendzeiten befreundet waren. Genauso wie mit Tobi, den sie öfter erwähnten. Außerdem gehörte noch Danilo dazu, der mit seinem Mann Enrico das *Piccolo* betrieb.

Cara schob ihr Rennrad aus dem Fahrradständer. Sie war mit Abstand die Sportlichste unter den drei Freundinnen. Bis vor zwei Jahren hatte sie jedes Jahr einen Triathlon absolviert. Sie sah so jugendlich, frisch und durchtrainiert aus, dass Katharina niemals gedacht hätte, dass zwischen Cara und Laurence, die neununddreißig war, vierzehn Jahre lagen.

»Wie sieht's aus?«, fragte Cara jetzt. »Kurz noch zu Danilo? Oder lassen wir das heute ausfallen?«

Jule zögerte kurz. Dann sagte sie: »Ach, klar. Lass uns noch etwas trinken gehen.

Das *Piccolo* war nur wenige Radminuten vom Pilates-Studio entfernt. Katharina, Cara und Jule schlängelten sich hintereinander durch den schmalen Gang des schlauchartigen Raums, an dessen Ende sich eine kleine Theke und dahinter die Küche befanden. Die Luft war erfüllt vom Duft nach Knoblauch und gebratenem Fisch.

Danilo stand hinter der Bar und lächelte ihnen entgegen. »*Buonasera, ragazze*. Das Gleiche wie immer?«

»Für mich diesmal ein Radler, bitte«, sagte Cara.

»Dann also zwei Radler und einen Weißwein.«

Die Frauen nickten und quetschten sich an einen Tisch, der direkt vor der Theke an der Wand stand. Ein Tischaufsteller mit der Aufschrift *Reserviert* hielt andere Gäste davon ab, sich hier niederzulassen. Katharina zog ihre Jacke aus und ließ den Blick durch das Restaurant schweifen. Links und rechts vom Gang standen jeweils sechs Bistrotische mit wunderschön geschwungenen schwarzen Sockeln und hellen Mamorplatten hintereinander an der Wand entlang. Fast jeder Tisch war besetzt. Aus den beiden Boxen, die unter der Decke angebracht waren, erklang leise Gitarrenmusik.

Danilo kam zum Tisch und stellte die Getränke ab. »Laurence ist heute Abend zu Hause geblieben?« Er nahm damit die Frage vorweg, die Katharina nach dem Anstoßen auch hatte stellen wollen.

Cara und Jule nickten gleichzeitig. Jule griff nach ihrem Weinglas. »Die haben wohl noch einiges zu erledigen wegen des Begräbnisses.«

Danilo blieb am Tisch stehen. »Was meint ihr, werden wir zur Beerdigung eingeladen?«

»Ich habe heute Mittag kurz mit Laurence gesprochen. Sie sagte, dass ihre Schwiegermutter sich eine Bestattung in ganz kleinem Kreis gewünscht habe.«

»Gott sei Dank. Ich hasse Beerdigungen.« Der Chef vom *Piccolo* gab einen Seufzer der Erleichterung von sich.

Katharina betrachtete ihn, während sie einen Schluck von ihrem Radler trank. Die italienischen Wurzeln sah man Danilo an. Seine Augen und Brauen waren so dunkel wie sein dichter, fast schwarzer Lockenkopf.

Bei einem der ersten Besuche im *Piccolo* hatte Cara Katharina erzählt, dass sie früher unsterblich in Danilo verknallt gewesen sei. »Er war so unfassbar hübsch. Es hat lange gedauert, bis ich verstanden habe, dass er nicht auf Frauen steht. Irgendwann hatte ich einen Verdacht, aber sein offizielles Coming-out hatte er erst mit Ende zwanzig.«

Die Kommissarin hatte genug Vorstellungskraft, sich den mittlerweile ziemlich beleibten Danilo mit seinen Hawaiihemden und dem vollen Gesicht als gut aussehenden Jugendlichen vorzustellen.

»Wir sollten eine gemeinsame Beileidskarte schicken«, schlug Jule vor.

»Das ist eine gute Idee«, stimmte Danilo zu, bevor er sich zum Gehen wandte.

Katharina wischte sich mit dem Handrücken den Schaum von der Oberlippe. »Laurences Schwiegermutter ist gestorben? Das tut mir leid.«

Cara griff nach ihrem Glas. »Ja. Aber das muss man wohl als Erlösung sehen. Sie war schwer krank und zum Schluss auch ziemlich dement.«

»Ihr kanntet sie wahrscheinlich gut, oder? So lange, wie ihr alle schon befreundet seid.«

Jule und Cara wechselten einen Blick. »Na ja«, antwortete Cara zögernd. »Natürlich haben wir sie gekannt. Aber gut? Das wohl eher nicht.«

»Arndt hat sehr an seiner Mutter gehangen«, erklärte Jule. »Und es gibt da eine tragische Geschichte, die aber inzwischen Vergangenheit ist.«

»Ah, verstehe«, sagte Katharina und versuchte, nicht allzu interessiert zu wirken. Sie besaß eine berufsbedingte Neugier an zwischenmenschlichen Tragödien, wollte diese aber jetzt nicht so offensichtlich preisgeben.

Jule hob den Kopf und lächelte Katharina halbherzig an. »Ich glaube nicht, dass du das verstehen kannst.« Sie stockte. »Obwohl, du bist ja bei der Kripo. Du kennst dich ja wahrscheinlich mit solchen Dingen aus.«

»Jetzt machst du mich aber doch etwas neugierig«, erklärte Katharina.

Da platzte es aus Jule heraus: »Arndts Mutter hat 1986 ihren eigenen Mann, also Arndts Vater …«

Cara verzog missbilligend den Mund. »Jule!«, unterbrach sie ihre Freundin. »Das gehört doch jetzt überhaupt nicht hierhin.«

»Aber das ist doch kein Staatsgeheimnis. Außerdem könnte Katharina sowieso in Nullkommanichts herausfinden, was mit Arndts Mutter damals los war. Sie sitzt doch an der Quelle.«

Cara seufzte und zuckte mit den Schultern. »Wenn du meinst.«

Jule wandte sich wieder Katharina zu. »Frau Neuhaus hat ihren Mann umgebracht. Damals. 1986.« Sie zog schaudernd die Schultern hoch. »Und das Krasseste ist, wir waren dabei.«

Katharina starrte ihre Pilates-Freundin an. »Wie jetzt?«

»Also, nicht direkt dabei, aber wir waren an jenem Abend alle bei Arndt zu Hause und haben da ein bisschen Party gemacht.«

Cara mischte sich nun auch in das Gespräch ein. »Arndt hatte sturmfrei. Seine Eltern waren bei Freunden eingeladen. Herr Neuhaus hat die Feier früher verlassen, weil es ihm nicht gut ging. Arndts Mutter ist etwas später mit einem Taxi hinterhergefahren. Im Schwimmbad des Hauses sind sie dann aufeinandergetroffen, und irgendwie kam es zu einem Streit, der eskaliert ist. Das Ende vom Lied war, dass Frau Neuhaus ihrem Mann mit voller Wucht einen Tonkrug gegen den Kopf geworfen hat. Herr Neuhaus ist daraufhin ins Wasser gefallen und ertrunken.«

»Mein Güte«, ließ Katharina verlauten. »Und wo wart ihr währenddessen?«

»Wir waren alle im Delirium und auf das ganze Haus verteilt«, sagte Jule. »Unsere Party war etwas aus dem Ruder gelaufen. An einiges konnte ich mich am nächsten Morgen gar nicht mehr erinnern.«

Cara ergriff wieder das Wort. »Wir haben nicht nur gekifft, sondern auch ohne Ende gesoffen. Wodka-O und Tequila und so'n Zeug. Hart-Alk eben. Ich bin irgendwann im ersten Stock im Gästezimmer zu mir gekommen.« Sie hielt kurz inne. »Ich war es übrigens, die den toten Herrn Neuhaus entdeckt hat.« Caras Blick glitt ins Leere. Mit leiserer Stimme fuhr sie fort: »Diesen Anblick werde ich nie in meinem Leben vergessen. Fred Neuhaus trieb leblos im Becken. Arme und Beine von sich gestreckt, das Jackett aufgebläht. Das Wasser um ihn herum war hellrot verfärbt. Es war so grausig. Frau Neuhaus kauerte am Beckenrand. So starr, als hätte man Blei in ihre Eingeweide gegossen. Sie stand wohl unter Schock. Erst als ich auf sie zuging, kam plötzlich Leben in sie, und sie wurde ganz hysterisch. Immer wieder warf sie die Hände in die Luft und rief: Komm nicht näher! Ruf die Polizei! Er ist tot! Ruf die Polizei!«

Jule erschauerte ein weiteres Mal. »Ich war so froh, dass ich es nicht war, die die beiden gefunden hat.«

Katharina schüttelte den Kopf. »Was hat die Frau dazu gebracht, dass sie ihrem Mann so etwas antut?«

»Dazu hat sie sich nie im Detail geäußert. Sie hat nur angegeben, dass sie gestritten haben und sie aus lauter Wut nach dem erstbesten Gegenstand gegriffen hat. Das war ein massiver Tonkrug, in dem Trockenblumen steckten«, erklärte Jule. »Sie hat ihren Mann ziemlich hart damit getroffen. Die Kopfverletzung war zwar nicht tödlich, aber so schwer, dass Herr Neuhaus das Bewusstsein verlor. Er ist ins Wasser gestürzt und dann ertrunken.«

»Warum hat Frau Neuhaus nicht versucht, ihren Mann aus dem Wasser zu retten? Dachte sie, er sei bereits tot?«

»Ja. Zumindest hat sie das behauptet. Fest stand, dass Frau Neuhaus an einer Depression litt und es Probleme in der Ehe gab.«

Katharina leerte ihr Glas in einem Zug. »Schlimme Sache. Wie ging es weiter? Was passierte mit eurem Freund Arndt?«

Cara hatte sich das Zopfband aus ihren Haaren gezogen und schüttelte sie nun mit einer Hand auf. Sie hatten den gleichen Blondton wie Evas Haare, waren aber feiner und reichten nicht ganz bis zur Schulter. »Frau Neuhaus wurde wegen schweren Totschlags verurteilt und bekam lebenslänglich. Arndt hat dann bis zum Beginn seines Studiums bei seiner Tante und seinem Onkel gelebt. Der Anwalt von Frau Neuhaus hat nach fünfzehn Jahren die Anwendung des § 57 StGB erwirkt, und die restliche Strafe wurde zur Bewährung ausgesetzt.«

»Hat euer Freund seiner Mutter die Tat nicht übel genommen? Jule, du hast vorhin gesagt, er habe sehr an ihr gehangen.«

»Ja, hat er auch«, bestätigte die Lehrerin. »Er war natürlich geschockt damals, aber Arndt hat nie mit seiner Mutter gebrochen. Im Gegenteil, als sein Vater tot war, wurde seine Bindung zu ihr noch enger. Trotz der schlimmen Geschichte. Frau Neuhaus war schwer depressiv. Arndt hat diesen Ausraster auf ihre Krankheit geschoben. Na ja, und jetzt ist Frau Neuhaus in einem Seniorenheim hier in Münster gestorben.« Jule griff nach ihrem Schal, den sie über ihre Stuhllehne gehängt hatte, und wickelte ihn mehrfach um ihren Hals. Ein Zeichen, dass sie aufbrechen wollte.

Katharina warf einen Blick auf ihre Armbanduhr. Sie blieben in der Regel nie länger als eine Dreiviertelstunde, und die war so gut wie um. Die Kommissarin rückte mit ihrem Stuhl vom Tisch weg. »Dann wird es wohl nichts mit Laurences Geburtstagsfeier am Samstag, oder?«, fragte sie.

Doch zu ihrem Erstaunen erklärte Jule: »Ich gehe davon aus, dass Laurence ihren vierzigsten Geburtstag trotzdem feiern wird. Selbst dann, wenn Arndt Einwände haben sollte. Was Laurence sich in den Kopf gesetzt hat, zieht sie in der Regel auch durch. Aber letztendlich war es ja abzusehen, dass Angelika Neuhaus bald sterben würde. Sie war alt, dement und bei schlechter Gesundheit. Es trifft Arndt nicht unvorbereitet.«

Katharina musste zugeben, dass sie sich über diese Antwort freute. Laurence hatte sie vor zwei Wochen eingeladen und darauf hingewiesen, dass Klaas selbstverständlich auch willkommen sei. Jule hatte ihr versichert, dass die Partys bei Laurence und Arndt immer ziemlich cool seien. »Das Essen und der Wein kommen von Danilo und Enrico. Allein deshalb lohnt es sich schon zu kommen.«

Nicht nur wegen des Essens und der Aussicht, an einem Samstagabend mal wieder auszugehen, bekam

Katharina gute Laune. Sie war auch auf Tobi und Arndt gespannt.

Als Katharina wieder Richtung Staufenstraße radelte, geisterte ihr die Geschichte von Laurences Schwiegermutter, die ihren eigenen Mann getötet hatte, noch immer durch den Kopf. Sie musste an Cara und Jule denken. Und an Danilo, der ja damals auch dabei gewesen war. Diese Tragödie hatte sich vor fast vierzig Jahren zugetragen, aber traumatische Erlebnisse hatten nun mal die Eigenschaft, ihre langen Fangarme bis in die Gegenwart auszustrecken. Katharina musste sich schon sehr täuschen, wenn sich nicht noch alle drei fest im Griff dieser Fangarme befanden.

3. KAPITEL

Am Samstagabend stand Katharina vor dem Schlafzimmerschrank und begutachtete sich kritisch im Spiegel. Sie trug ein funkelnagelneues Outfit, fühlte sich aber in dem schwarzen Minirock, den Stiefeln und dem eng anliegenden Oberteil nicht richtig wohl.

Klaas kam ins Schlafzimmer und blieb überrascht stehen. »Oh, das ist ja mal ein ganz anderer Look.« Er ging einmal um Katharina herum und nickte dabei anerkennend. »Ungewohnt, aber top. Ich habe dir ja immer schon gesagt, dass du so etwas sehr gut tragen kannst.«

»Jaja, ich weiß.« Katharina drehte sich um und verrenkte sich fast den Kopf, um sich von hinten sehen zu können. »Ist der Rock nicht ein bisschen zu kurz?«

»Für mich nicht. Aber wenn du etwas fallen lässt, dann solltest du jemanden bitten, es für dich aufzuheben, und vielleicht bleibst du besser den ganzen Abend stehen.«

»Haha.« Katharina überlegte, ob sie ein Selfie machen sollte, um es Eva zu schicken. Aber sie entschied sich dagegen. Zu präsent war ihr noch Evas Reaktion, als sie ihr erzählt hatte, dass Laurence in der Innenstadt ein angesagtes Modegeschäft besaß und sie dort ein bisschen geshoppt hatte. »Du?«, hatte Eva erstaunt gefragt und ihre linke Augenbraue dabei in einem sanften Bogen nach oben gezogen. »Seit wann interessierst du dich für Mode?« Dann hatte sie mit dem Kopf geschüttelt und sich wieder ihrem Bildschirm zugewandt.

Eine halbe Stunde später machten sich Katharina und Klaas auf den Weg. Sie gingen zu Fuß, da Katharina mit dem engen Rock nicht auf ihrem Mountainbike fahren konnte. Allein das Aufsteigen wäre zu einem Problem geworden. Zwischen der Staufenstraße und der Dechaneistraße, in der Laurence und Arndt wohnten, lagen nur zehn Minuten Fußweg. Das Erpho- und das Mauritzviertel waren benachbarte Wohnviertel, lediglich getrennt durch die Warendorfer Straße. Die Kommissarin hatte sich bei Klaas untergehakt.

»Ist schon interessant, dass deine Pilates-Freundinnen und der Rest der Clique alle in dem Viertel wohnen geblieben sind, in dem sie als Kinder aufgewachsen waren«, meinte Klaas.

»Das stimmt nicht ganz«, erwiderte Katharina. »Erstens sind sie dort nicht wohnen geblieben, sondern nach Jahren wieder hingezogen, und zweitens trifft das nicht auf alle zu. Jule und Danilo wohnen hier bei uns im Erphoviertel. Die anderen, also Cara, dieser Tobi und Laurence mit ihrem Mann Arndt, wohnen zwar in Mauritz, aufgewachsen sind sie aber ein Stück weiter östlich. In der Nähe der Mondstraße.«

»Trotzdem ist es ungewöhnlich, dass Leute, die sich seit Jugendzeiten kennen, im Erwachsenenalter wieder so nahe beieinander wohnen.«

»Das hat sich nach und nach so ergeben. Erst wohnten nur Cara und Tobi wieder in der Ecke. Dann wollten Arndt und Laurence aus der Innenstadt weg und haben das Haus in der Dechaneistraße gefunden. Danilo wohnt schon seit Jahrzehnten im Erpho, und Jule ist dann nach ihrer Scheidung vor acht Jahren eher zufällig hier gelandet.«

Katharina und Klaas erreichten die Dechaneistraße, die zu beiden Seiten gesäumt war von einer geschlossenen Reihe sehr hübsch anzusehender Stadthäuser. Vor einem dieser Giebelhäuser mit Fachwerk, Erker und Sprossenfenster blieben sie stehen.

Klaas stieß einen bewundernden Laut aus. »Schönes Haus. Wohnen die hier alleine?«

»Nein. Hier gibt es zwei Klingeln.« Katharina betätigte die untere.

Kurze Zeit später wurden sie von einer strahlenden Laurence begrüßt. Sie hatte ihr kurzes, schwarzes Haar mit viel Gel im Stil der 20er-Jahre frisiert. Ihr dunkelrot geschminkter Mund wirkte fast wie eine offene Wunde in ihrem weißen Gesicht. In der Hand hielt sie eine halb gefüllte Sektflöte.

»Katharina, wie schön! Und mit Begleitung!«, rief Laurence und begrüßte ihre Gäste mit Wangenküsschen.

Katharina und Klaas gratulierten, und Klaas streckte der Gastgeberin einen üppigen Herbstblumenstrauß aus Astern, Chrysanthemen und Dahlien entgegen. »Danke für die Einladung.«

Laurence schnupperte an den blasslilafarbenen Astern. »Was für schöne Blumen. Kommt rein. Jetzt fehlt nur noch Cara. Zuverlässig wie immer hält sie auch heute ihre übliche fünfzehnminütige Verspätung ein.« Laurence wirbelte auf ihren hohen Absätzen herum, und einem Vögelchen gleich flatterte sie ihnen voraus. Das Ende eines hauchdünnen Seidenschals, den sie eng um ihren Hals geschlungen hatte, wehte wie eine blutrote Fahne hinter ihr her.

Im Wohnzimmer herrschte dichtes Gedränge, und Stimmengewirr erfüllte den Raum. Mehrere Stehtische standen im Raum verteilt, um die sich die Gäste in kleinen Grüppchen scharten. Im Erker war ein ausladendes Buffet aufgebaut. Das gedimmte Licht sorgte für eine gemütliche Atmosphäre.

Klaas wandte sich an Laurence. »Katharina hat erzählt, dass du aus Paris kommst. Was hat dich denn nach Münster verschlagen?«

»Ich bin als Aupair hierhergekommen und bin dann hier hängen geblieben.« Laurence lächelte. »Ich weiß, normalerweise ist es umgekehrt. Mädchen aus Deutschland kommen nach Paris und finden dort ihr Glück. So war es auch bei meiner Mutter. Ob sie allerdings mit meinem Vater das große Los gezogen hat, sei dahingestellt.« Die Gastgeberin zuckte mit den Schultern. »Wie auch immer. Ich wollte immer schon die Heimatstadt meiner Mutter näher kennenlernen, die ich nur von kurzen Besuchen bei den Großeltern kannte. Und dann habe ich mich nicht nur in einen hübschen Jungen, sondern auch in Münster verliebt. Ich beschloss, noch ein bisschen zu bleiben, und aus dem bisschen sind inzwischen einundzwanzig Jahre geworden. Mit dem Typen hingegen war nach ein paar Monaten Schluss.«

»Vermisst du denn Paris gar nicht?«, wollte Klaas wissen.

»Nein. Und wenn doch, muss ich nur für ein oder zwei Wochen hinfahren. Danach weiß ich das beschauliche und, ja, manchmal auch etwas träge Münster wieder umso mehr zu schätzen. Aber abgesehen davon, komme ich auch nicht direkt aus Paris, sondern aus einem der Vororte. Levallois-Perret liegt zwar ebenfalls direkt an der Seine, aber dort sieht es etwas anders aus als in Paris.«

»Was hast du denn nach deiner Zeit als Au-pair gemacht?«, fragte Katharina.

»Ich habe noch eine ganze Weile als Kindermädchen bei den von Kerssenbrocks gearbeitet. Die haben mich richtig gut bezahlt. Mein Traum aber war, eine Boutique mit französischer Mode in Münsters Innenstadt zu eröffnen. Über die Kontakte und mit Unterstützung von Dr. von Kerssenbrock bin ich an mein jetziges Ladenlokal gekommen. Die ersten zwölf Monate hat Dr. von Kerssenbrock die Miete für mich bezahlt. Nach einem Jahr lief mein Geschäft dann so gut, dass ich ihm nach und nach das Geld zurückzahlen konnte. Inzwischen ist das *Tu es belle* eine der etabliertesten Modeboutiquen Münsters.«

»Cool«, sagte Klaas sichtlich beeindruckt.

»Jetzt besorge ich euch aber erst mal etwas zu trinken. Nehmt ihr auch einen Prosecco zum Anstoßen?«

Katharina und Klaas nickten und beobachteten, wie Laurence sich in ihrem eleganten Jumpsuit zwischen den Tischen hindurchschlängelte.

»Wow«, kam es von Klaas. »Du hast recht. Sie hat echt Klasse.«

Von Laurences Gästen hatte niemand von ihnen Notiz genommen. Alle schienen in Gespräche vertieft. Klaas blickte sich um. »Hast du nicht etwas von einer *kleinen* Geburtstagsfeier gesagt? Das sind doch bestimmt fast fünfzig Leute.«

»Ja. Aber klein kann ja auch relativ sein.« Katharina lächelte einer Frau zu, die interessiert ihre Stiefel musterte, dann aber, als fühlte sie sich ertappt, schnell wieder wegsah. Die Kommissarin ließ ihren Blick durch den Raum wandern. Weiße Wände. Dunkler Holzfußboden. Die spärliche Einrichtung zeugte von gutem Geschmack und den finanziellen Mitteln, diesen umzusetzen. Plötzlich entdeckte Katharina Jule, die sie eifrig zu sich heranwinkte. Erfreut griff sie nach Klaas' Hand und zog ihn hinter sich her.

Jule begrüßte sie überschwänglich. Die Lehrerin hatte etwas zu viel auf den Rippen, aber es war gut verteilt, und sie verstand es, sich geschickt anzuziehen. Sie trug ein figurschmeichelndes, jadegrünes Kleid, das gut zu ihren Haaren und Augen passte. Ihre Wangen waren leicht gerötet. »Tobi, Arndt, das sind Katharina und Klaas. Katharina ist bei uns im Pilateskurs.«

Die Angesprochenen lächelten höflich, wandten sich nach einer kurzen Begrüßung aber wieder einander zu.

Laurences Mann sah übernächtigt aus, fand Katharina. Oder es lag an der Trauer um seine Mutter, dass sich dunkle Ringe unter seinen Augen gebildet hatten. Er war ein hochgewachsener, schmal gebauter Mann mit einem melancholischen Zug um den Mund. Katharina fiel ein, was Laurence schon öfters im *Piccolo* erwähnt hatte. »Meiner Meinung nach steht mein lieber Mann kurz vor einem Burnout«, hatte sie erklärt. »Ich weiß nicht, was mit ihm los ist, aber als ich ihn kennengelernt habe, hat er den Stress besser weggesteckt.« Nach einer kurzen Pause hatte sie noch hinzugefügt: »Und von unserem Sexleben will ich mal lieber gar nicht erst reden. Es existiert nämlich quasi nicht mehr.« Cara hatte ihrer jüngeren Freundin daraufhin einen mitleidigen Blick zugeworfen.

Katharina betrachtete Arndts harmonisches Profil von der Seite. Mit halbem Ohr bekam sie mit, wie Jule und Klaas ein Gespräch begannen. Sie wusste, dass Arndt Anwalt war und mit einem Partner zusammen eine Kanzlei für Wirtschaftsrecht führte. Trotzdem war Katharina überrascht, wie wenig dieser distinguiert wirkende Mittfünfziger mit seinen akkurat geschnittenen, dunkelgrauen Haaren zu der lebhaften, extravaganten Boutiquebesitzerin zu passen schien. Aber vielleicht waren es ja gerade die Gegensätze, die sie verbanden.

Arndt fuhr mit der Hand über sein Kinn. Am Ringfinger steckte ein mattgoldener Ring. Der Aufschlag seines Hemdes rutschte etwas hoch, und zum Vorschein kam eine teuer aussehende Armbanduhr.

»Es ist nicht nur ihr Tod, der mir zu schaffen macht«, hörte Katharina den Anwalt zu Tobias Pape sagen, den sie alle nur Tobi nannten. »Meine Mutter hat mir etwas erzählt, kurz bevor sie starb …« Arndt brach ab und setzte nochmal an. »Also, wenn das wahr ist, dann …« Wieder hielt er inne. »Ich wollte da eigentlich gar nicht von anfangen.«

Katharina hatte den Eindruck, dass Arndt kurz davor war, in Tränen auszubrechen.

Doch Tobi schien den labilen Gemütszustand seines Freundes gar nicht wahrzunehmen. »Dann lass es doch.« Er knuffte Arndt aufmunternd gegen den Oberarm, der die Geste mit einem müden Lächeln bedachte. »Ach, komm. Heute ist der Geburtstag deiner Frau! Heute wird gefeiert.« Tobi hielt sein Glas in die Höhe. »Auf die wunderbare Laurence, du Glückspilz.«

Auf Katharina wirkte Tobi viel lockerer als Laurences Mann. Die Ärmel seines Hemdes, das sich über breite Schultern und einen kleinen Bauch spannte, hatte er bis zu den Ellenbogen hochgekrempelt. Er trug eine kreisrunde, schwarze Brille, die seinem Äußeren etwas Originelles und Lässiges verlieh und darüber hinwegtäuschte, dass er deutlich weniger attraktiv war als Arndt. Katharina meinte sich zu erinnern, dass er Architekt war.

»Tobi«, Arndts Ton bekam etwas Beschwörendes, und Katharina ertappte sich dabei, wie sie sich unauffällig ein wenig drehte, um besser mithören zu können. »Wenn das stimmt, was sie zu mir gesagt hat, dann wäre das eine Katastrophe. Nein, es wäre eine Tragödie, die nie wiedergutzumachen ist.«

Tobis breites Grinsen machte einer irritierten Miene Platz. »Wovon redest du eigentlich die ganze Zeit? Kannst du mal etwas deutlicher werden?«

In diesem Augenblick trat Laurence auf die kleine Gruppe zu. »Hier ist euer Prosecco. Ach, da ist ja auch Cara.«

Cara durchquerte den Raum, als würde sie mit ihren Schritten eine Laufstrecke abmessen. Und das, obwohl ihre Absätze ebenso hoch waren wie die von Laurence. Das ärmellose, hochgeschlossene Minikleid ließ einen unverstellten Blick auf ihre definierte Oberarmmuskulatur zu. Sie hatte ihre Haare hochgesteckt und trug große goldene Creolen. Am Tisch angekommen, lächelte sie routiniert in die Runde und ließ zwei Reihen makelloser Zähne aufblitzen. Wie Perlen an einer Schnur, dachte Katharina. Sicherlich war ihr Lächeln die allerbeste Werbung für ihre kieferorthopädische Praxis.

Laurence hatte sich inzwischen in die Mitte des Raums gestellt und klopfte mit einem kleinen Löffel gegen ihr Glas. »Ihr Lieben. Wir sind jetzt vollzählig, und ich möchte euch nochmal alle ganz herzlich begrüßen. Ich freue mich, dass ihr alle da seid.« Hier hielt sie kurz inne, um sich zu räuspern. »Wie ihr ja wisst, ist am Dienstag meine Schwiegermutter nach langer Krankheit verstorben. Natürlich hat sich da für mich, besser gesagt für uns, die Frage gestellt, ob diese Party trotzdem stattfinden soll.« Laurence suchte Arndts Blick, doch der starrte in sein Sektglas, das er mit den Händen umklammert hielt. »Wir sind aber zu dem Schluss gekommen«, fuhr Laurence fort, »dass ein Verzicht auf diese Feier ja sowieso nichts an Angelikas Tod geändert hätte. Ihre Zeit war gekommen, und übernächste Woche werden wir uns gebührend von ihr verabschieden. Heute aber«, Laurence hob die Stimme ein wenig, »möchte ich mit euch einen unbeschwerten Abend verbringen und meinen vierzigsten Geburtstag mit euch feiern.« Sie deutete mit ihrer freien Hand Richtung Buffet. »Wie immer kann ich Danilo und Enrico nicht genug für das tolle Buffet danken. Jungs, das sieht fantastisch aus. Ihr habt euch mal wieder selbst übertroffen.«

Erst jetzt entdeckte Katharina Danilo, wie immer im Hawaiihemd, und seinen Ehemann Enrico, die in der Nähe des Erkers an einem Stehtisch plauderten und Laurence zuprosteten. Danilo warf der Gastgeberin eine Kusshand zu. Seinen Mann kannte Katharina bislang nur vom Sehen. Wenn sie im *Piccolo* waren, hatte er als Chef de Cuisine immer alle Hände voll zu tun und ließ sich selten außerhalb seines Reichs blicken. Er war ein paar Jahre älter als Danilo, trug eine Brille mit dickem, schwarzem Rand und hatte eine wirre Mähne dunkelgrauer Haare, die sonst unter seiner Kochmütze verborgen war. Katharina war sich nicht sicher, ob er überhaupt Deutsch sprach. Danilo und er verständigten sich ausschließlich auf Italienisch.

Laurence hatte ihr Glas erhoben. »Auf einen schönen Abend und lasst es euch schmecken.«

Es folgte ein warmer Applaus, dann stimmte jemand *Happy Birthday to you* an. Laurence strahlte in die Runde und streckte ihr Glas nochmals in die Luft. Ein bisschen wie eine Siegerfaust. Es war unverkennbar, dass sie es genoss, im Mittelpunkt zu stehen.

Katharina blickte sich suchend nach Arndt und Tobi um. Der Architekt war inzwischen zu Danilo und Enrico hinübergeschlendert, aber Laurences Mann konnte sie nirgendwo entdecken.

»Katharina! Du hast uns ja gar nicht erzählt, dass Klaas aus Amsterdam kommt.« Jule stieß Katharina in die Seite. »Das ist eine meiner absoluten Lieblingsstädte, und obwohl es immer ein Wagnis ist, mit Siebzehn-

und Achtzehnjährigen in so eine Stadt zu fahren, versuche ich, mit jedem Deutsch-LK die Stufenfahrt dorthin zu machen.« Sie grinste, und Katharina bemerkte, dass Jule bereits etwas angeduselt war.

»Lasst uns doch mal zum Buffet rübergehen«, schlug Klaas vor.

»Unbedingt.« Jule kicherte und hakte sich bei ihm unter.

Katharina schaute sich vergeblich nach Arndt um. Zu gerne hätte sie erfahren, was Angelika Neuhaus ihrem Sohn auf dem Sterbebett anvertraut hatte. Doch dann riss sie sich zusammen. Sie war hier, um einen schönen Abend zu verbringen, und nicht, um auf indiskrete Art und Weise Familiengeheimnissen auf die Spur zu kommen.

Dreieinhalb Stunden später hatte sich die anfangs steife Atmosphäre gelockert. Bei dieser Entwicklung spielten wohl vor allem der Prosecco und ein hervorragender Chianti Classico aus der Toskana eine Rolle. Auch Katharina spürte die Wirkung des Alkohols. Sie konnte sich kaum noch auf das konzentrieren, was Cara, die mittlerweile ziemlich betrunken war, von ihrem Ex-Freund Markus erzählte.

»Ich hätte da schon viel eher drauf kommen müssen. Wenn man selber raspelkurze Fingernägel hat und entdeckt dann Kratzspuren auf dem Rücken seines Freundes, dann müsste man doch eigentlich misstrauisch werden, oder nicht?« Cara stierte Katharina aus glasigen Augen an. »Oder nicht?«, wiederholte sie nachdrücklich.

»Tja also, ja. Vermutlich schon«, stimmte Katharina zu.

Wie Cara letztendlich herausgefunden hatte, dass Markus schon wochenlang eine Affäre gehabt hatte, erschloss sich Katharina nicht. Wohl aber hatte sie verstanden, dass die Ärztin den »beschissenen Markus«, wie sie ihn mehrfach bezeichnete, achtkantig aus ihrer Wohnung geschmissen hatte. »Das hat mich sowieso schon total genervt, dass der sich bei mir so breit gemacht hatte. Ist ja nicht so gewesen, dass der keine eigene Wohnung gehabt hätte.« Cara sprach bereits ziemlich undeutlich. »Das war wie im Film«, erklärte sie. »Wie im Film. Ich habe seine Klamotten aus dem zweiten Stock auf die Straße geschmissen.«

»Krass«, murmelte Katharina und hielt schnell ihre Hand über ihr Weinglas, als Danilo Anstalten machte, ihr noch halb volles Glas erneut aufzufüllen.

»Na ja, ich muss wohl froh sein, dass ich ihn los bin. Er war zwar eine absolute Sahneschnitte und eine Granate im Bett«, Cara lächelte wehmütig, »aber ansonsten war nicht viel mit ihm los. Vielleicht hat er beim Boxen zu oft einen auf den Kopf gekriegt.« Die Ärztin kicherte. »Außerdem hatte er eine extrem kurze Zündschnur und schon mehrere Anzeigen wegen Körperverletzung.« Cara hielt inne und fixierte Katharina. »Du denkst jetzt, warum gibt die sich mit so einem Typen ab, stimmt's?«

Katharina gab einen unbestimmten Laut von sich.

»Da bist du nicht die Einzige. Was meinst du, was die anderen sich das Maul zerrissen haben. Dabei konnte Markus auch richtig charmant sein.«

»Na dann …« Katharina lächelte ihrer Pilates-Freundin etwas gequält zu. Es hatte sich so ergeben, dass Klaas und sie den ganzen Abend mit Danilo und Enrico zusammenstanden, an deren Tisch sie auf dem Rückweg vom Buffet zusammen mit Jule und Cara hängen geblieben waren. Klaas unterhielt sich glänzend mit Danilo und Enrico, und Jule schien Gefallen an Rainer gefunden zu haben. Der hatte sich in der letzten Stunde auch zu ihnen gesellt und sich als »der Nachbar von oben« vorgestellt. Irgendwann war auch Arndt wiederaufgetaucht. Bleich und mit ernster Miene stand er ganz in der Nähe mit zwei trinkfesten Pärchen zusammen und schüttete ein Glas Wein nach dem anderen in sich hinein.

»Er ist echt ein Riesenarsch«, schimpfte Cara weiter. »Und ich wüsste doch zu gerne, wer die kleine Bumsmaus ist.« Sie berührte mit ihrer Hand ihr hochgestecktes Haar, als wollte sie überprüfen, ob ihre Frisur noch hielt. Da bemerkte Katharina an Caras Handgelenk eine gelbbraune Verfärbung. Ein Hämatom im Endstadium, fuhr es ihr durch den Kopf. Cara ließ die Hand wieder sinken. »Wahrscheinlich eine von den Studentinnen, die in seinem Boxclub an der Bar arbeiten«, fuhr die Ärztin fort. »Der braucht nicht wieder bei mir anzukommen, wenn er genug von dem Mädel hat.« Sie lachte freudlos auf und trank einen großen Schluck Wein. Dabei schwankte sie ein wenig hin und her.

»Ich muss mal eben zur Toilette«, erklärte Katharina, ließ Cara stehen und machte sich auf den Weg Richtung Flur. In einer Ecke des Wohnzimmers hatten ein paar Leute angefangen, sich mit ihren Gläsern in der Hand zu der elektronischen Hintergrundmusik zu bewegen. Katharina hatte Schwierigkeiten, geradeaus zu gehen. So angetrunken war sie schon lange nicht mehr gewesen. Im Flur steuerte sie auf das Gäste-WC zu. Doch die Toilette war verschlossen. Die Kommissarin fluchte und blieb vor der Tür stehen. Kein Laut drang nach draußen.

War da etwa jemand auf dem Klo eingeschlafen? Im letzten Moment konnte sie sich zurückhalten, an der Klinke zu rütteln und gegen die Tür zu klopfen.

Die Wohnung von Laurence und Arndt erstreckte sich auf zwei Ebenen. Mit einer Hand am Geländer erklomm Katharina kurzerhand die steile Holztreppe nach oben. Dort musste sich das Badezimmer befinden, und da würde es ja wohl auch noch eine weitere Toilette geben. Schließlich war das hier ein Notfall, verdrängte Katharina die Frage, ob es in Ordnung war, bei anderen Leuten ungefragt in der Wohnung herumzuspazieren.

Oben im Flur sah sie sich mehreren Türen gegenüber, die bis auf eine alle geschlossen waren. Interessant, dachte Katharina. Bei uns zu Hause steht immer alles sperrangelweit auf. Sie schob die angelehnte Tür etwas auf und erkannte, dass es sich um das Bad handelte. Schnell schlüpfte sie hinein und schloss die Tür hinter sich.

Als Katharina kurz darauf am Waschbecken stand und sich die Hände abtrocknete, hörte sie plötzlich erst Gepolter und dann Stimmen vor der Tür.

»Puh, der ist aber wirklich stramm.« Sie erkannte die Stimme von Tobi.

»Ich habe das gar nicht mitbekommen, dass er so viel getrunken hat.« Eine Frauenstimme. Laurence. »Vorsicht!« Es rumste gegen die Badezimmertür. »Hast du ihn?«

»Jaja«, brummte Tobi. »Ich bin dabei, mir die Schulter auszukugeln, aber keine Sorge, ich lasse ihn nicht los.«

»Ich bin nicht besoffen«, hörte Katharina nun eine dritte Stimme nuscheln.

»Nein«, antwortete Tobi. »Du bist stocknüchtern, Alter. Wohin jetzt mit ihm?«

Katharina hängte das Handtuch zurück an den Haken. Sie hörte zwei, drei schnelle Schritte und dann das Öffnen einer Tür. »Hier ins Gästezimmer. Ich muss ihn heute Nacht wirklich nicht im Schlafzimmer haben. Ich hole zur Vorsicht einen Eimer und bringe noch eine Flasche Wasser mit.«

Wieder hörte Katharina die schnellen Schritte vor der Tür. Sie schloss die Badezimmertür auf. Niemand war mehr zu sehen. Am Ende des Flurs stand eine Tür auf.»Ich bin nicht betrunken«, wiederholte Arndt jetzt etwas deutlicher. »Ich habe nur zu wenig gegessen.«

»Ist ja gut. Komm, ich helfe dir mit den Schuhen.«

»Tobi, ich muss dir was sagen. Was Schlimmes.«

»Das verschieben wir auf morgen.«

»Nein! Ich muss dir das jetzt sagen.«

Katharina, die schon auf dem Weg zur Treppe war, hielt inne.

»Es geht um meine Mutter.« Arndt sprach etwas schleppend, aber man konnte ihn ohne Probleme verstehen. Ohne weiteres Nachdenken kehrte Katharina um und stellte sich neben die Tür zum Gästezimmer.

Tobi seufzte. »Was ist denn mit deiner Mutter? Außer, dass sie tot ist?«

»Sie war es nicht. Sie hat meinen Vater nicht umgebracht.«

Für ein paar Sekunden breitete sich ein Schweigen zwischen den Männern aus. Katharina hielt auf dem Flur den Atem an.

»Wie meinst du das?«, fragte Tobi schließlich.

»Wie ich es sage. Meine Mutter hat meinen Vater nicht umgebracht. Sie hat es mir auf dem Sterbebett anvertraut, und ich sage dir, sie hat die Wahrheit gesagt. Erst hat sie mir etwas über ihren Glauben erzählt. Den hat sie im Gefängnis für sich entdeckt. Sie sagte, wenn sie diesen Halt nicht gehabt hätte, dann ... na ja. Und nun wollte sie mit einem reinen Gewissen vor Gott treten. Dafür brauchte sie aber keinen geistlichen Beistand. Sie wollte ihre größte Lebenslüge beichten. Aber nicht einem Priester, sondern demjenigen, den es direkt angeht. Mir.«

»Aha«, kam es von Tobi. Mehr fiel ihm offensichtlich nicht ein.

Arndt sprach weiter. »Als meine Mutter in jener Nacht nach Hause kam, war mein Vater schon tot. Er trieb reglos im Schwimmbecken. Sie hat sich an den Rand gekniet und ihn an seinen Haaren zu sich herangezogen. Ein Blick in sein Gesicht und zwei Finger an seiner Halsschlagader, und sofort war ihr klar, dass er tot war.«

»Aber das ist ja ... Wieso hat sie dann ...? Aber das ist doch Quatsch. Ich kann nicht ...«

»Sie wollte jemanden schützen«, fiel Arndt seinem besten Freund ins Wort.

»Sie wollte jemanden schützen?«, echote Tobi.

»Ja. Mich.«

»Dich?«

»Jetzt wiederhol doch nicht alles, mein Gott nochmal!«

»Entschuldige, aber ich komme gerade nicht ganz mit. Willst du mir etwa weismachen, dass du deinen Vater umgebracht hast?«

»Ich kann nur wiedergeben, was meine Mutter mir erzählt hat, und zwar ...«

Vor der Tür verlagerte Katharina ihr Gewicht, woraufhin die Holzdielen ein lautes Knarren von sich gaben. Erschrocken erstarrte die Kommissarin in ihrer Bewegung. Es fehlte noch, dass die beiden Männer sie hier lauschend auf dem Flur erwischten. Doch Arndt sprach schon weiter. »Sie hat nicht nur meinen Vater vorgefunden, sondern auch mich. Nach ihren Worten lag ich, besoffen wie ich war, direkt am Beckenrand. In unmittelbarer Nähe der zerbrochene Tonkrug. Für sie stellte es sich so dar, dass es zwischen mir und meinem Vater zu einem Streit gekommen sein musste, mit tödlichem Ausgang für meinen Vater.«

»Das kann ich nicht glauben. Nein, Arndt. Zu so etwas warst du nicht fähig. Die Geschichte ist doch schief.«

»Ich war stockbesoffen, Tobi. High und besoffen. Ich habe extreme Erinnerungslücken. Was weiß ich, was ich getan habe. Vielleicht habe ich anschließend einen Kreislaufkollaps bekommen und bin am Beckenrand zusammengeklappt. Und so hat meine Mutter mich dann gefunden.«

»Blödsinn. Hast du mal daran gedacht, dass deine Mutter dement war? Sie hat da wohl ganz schwer was durcheinandergekriegt.«

»Meine Mutter war nur in Phasen dement. Sie hatte bis zum Schluss auch immer wieder lichte Momente. Als sie mit mir gesprochen hat, war sie völlig klar im Kopf. Sie ist im Schwimmbad auf meinen Vater und mich gestoßen, und da gab es für sie nur eine Option. Niemand sollte jemals die Wahrheit erfahren. Bevor mein Leben ruiniert würde, wollte sie lieber ihr eigenes opfern. Sie hat eh nicht sehr dran gehangen. Sie hat mich also vom Ort des Geschehens weggeschafft. Und zwar zufällig genau dorthin, wo ich ursprünglich mehr oder weniger ins Koma gefallen bin. Ins Wohnzimmer auf die Couch. Ich war wohl immer noch nicht ansprechbar, aber immerhin konnte ich mich mit ihrer Hilfe die Treppen hochschleppen. Sie hätte mich ja niemals hochtragen können, so kraftlos wie sie war. Ihr Plan war, die Tat auf sich zu nehmen und es gar nicht erst zu irgendwelchen Untersuchungen kommen zu lassen. Sie musste nur sagen, dass sie sich gestritten hätten und dass es dann mit ihr durchgegangen ist. Und es hat ja auch funktioniert.«

Tobi schwieg einen Moment. Dann sagte er: »Und wenn du dich erinnert hättest? Sie konnte doch nicht wissen, dass du so stoned und besoffen warst, dass du später nichts mehr davon wissen würdest.«

»Ich glaube, es war nicht schwer für sie, meinen Zustand richtig einzuschätzen. Andernfalls hätte sie darauf gehofft und bestanden, dass ich zu meinem eigenen Besten mitspiele.«

Plötzlich erklangen Schritte auf der Treppe. Katharina wurde hektisch. Ohne weiteres Zögern verschwand sie im gegenüberliegenden Zimmer. Dort drinnen war es so dunkel, dass sie ihre Hand vor Augen nicht sehen konnte. Katharina blieb direkt hinter der Tür stehen. Der Duft nach frischer Wäsche und Laurences Parfüm hing in der Luft. Sie war im Schlafzimmer gelandet.

Laurences klackernde Absätze kamen zum Stehen. Sie hatte das Gästezimmer erreicht. Durch die geschlossene Tür hörte Katharina, wie Laurence nüchtern feststellte: »Du hast es ihm erzählt.«

»Ich habe mich den ganzen Abend zurückgehalten, aber ich konnte es vor meinem besten Freund jetzt nicht mehr verschweigen.«

Die Französin stieß einen lauten Seufzer aus. »Immerhin hast du bis nach Mitternacht gewartet.«

Tobi räusperte sich. »Ehrlich gesagt, weiß ich nicht, was ich von der Geschichte halten soll. Lass uns da morgen nochmal in Ruhe drüber reden, Arndt.«

»Sehr gute Idee«, kam es von Laurence. »Ich würde nämlich jetzt auch gerne wieder zu meinen Gästen gehen und Tobi mitnehmen. Was ist mit dir, Arndt? Bleibst du hier oben?«

Das Knarren eines Bettgestells war zu hören. »Ich bleibe hier liegen. Mir ist nicht gut.«

»Ich stelle den Eimer hier hin, falls du ihn brauchst. Und hier ist Wasser. Soll ich noch dein Bettzeug holen?«

»Ja, bitte.«

»Leute, ich gehe schon mal wieder runter«, erklärte Tobi. »Ich rufe dich morgen an, Arndt.«

Im Schlafzimmer fingen Katharinas Nervenenden an zu vibrieren. Jeden Augenblick würde Laurence hereinkommen und sie entdecken. Schon hörte sie die Gastgeberin über den Flur kommen. Katharina machte ein paar hilflose Schritte von der Tür weg. Inzwischen hatten sich ihre Augen an die Dunkelheit gewöhnt. Sie erkannte die Umrisse des Ehebettes, der beiden Nachttische und des Kleiderschranks, der fast die ganze Wand einnahm. Nirgendwo gab es einen Winkel, in dem sie sich hätte verstecken können. Kurz kam es Katharina in den Sinn, unters Bett zu kriechen. Doch da wurde auch schon die Türklinke runtergedrückt, und die Tür ging auf. Katharina huschte im letzten Augenblick in die Zimmerecke, die nun von der halb geöffneten Tür verdeckt war. Ohne das Licht anzumachen, marschierte Laurence auf das Bett zu und klaubte das Bettzeug zusammen. Katharina traute sich kaum zu atmen. Beladen wie sie war, wandte sich Laurence wieder zum Gehen. Katharina ließ langsam die Luft zwischen ihren Lippen entweichen, als die Französin den Raum verließ. Die Tür ließ sie offen.

»Danke, Schatz«, hörte sie Arndt sagen.

»Schon gut«, antwortete Laurence nun in sanfterem Ton als zuvor. »Ist ja auch alles ganz schön viel im Moment. Dann schlaf mal schön.«

»Laurence?«

»Ja?«

»Ich glaube meiner Mutter. Sie war bei vollem Verstand. Ich bin mir ganz sicher, dass es so war, wie sie gesagt hat. Andererseits stimmt es auch, was Tobi gesagt hat. Ich war immer derjenige, der den Kanal am vollsten hatte. Wenn ich es recht überlege, dann ist es so gut wie unmöglich, dass ich zu dem Zeitpunkt, als mein Vater starb, überhaupt einen Fuß vor den anderen setzen konnte. Geschweige denn, dass ich in der Lage gewesen wäre, einen erwachsenen Mann niederzuschlagen.«

»Aber wenn du es nicht gewesen sein kannst, du deiner Mutter aber abnimmst, dass sie die Wahrheit gesagt hat, warum hat sie dich dann dort gefunden?«

»Es besteht immerhin noch die Möglichkeit, dass jemand anderes meinen Vater erschlagen hat und derjenige dann die Schuld auf mich schieben wollte.«

»Wer sollte so was tun?«

Die Antwort kam schnell und hart. »Einer von den anderen. Eine andere Erklärung gibt es ja nicht.«

Laurence überlegte kurz. »Hätte denn einer von ihnen dich ohne Hilfe ins Schwimmbad schleppen können? Einen bewusstlosen Menschen irgendwohin zu bugsieren, ist nicht so einfach.«

»Auf jeden Fall. Danilo, Tobi und Cara waren extrem sportlich und durchtrainiert. Und Jule war auch ein kräftiges Mädchen. Sie mussten mich nur unter den Achseln packen, bis zur Tür nach unten zum Schwimmbad schleifen und dann die Treppe hinunter. Das wäre machbar gewesen.«

Es entstand ein kurzes Schweigen zwischen den Eheleuten.

»Wir machen es, wie Tobi gesagt hat«, sagte Laurence schließlich. »Wir reden morgen. Schlaf jetzt erst mal.«

Katharina hörte, wie die Tür des Gästezimmers geschlossen wurde und Laurence wieder zum Schlafzimmer herüberkam. Sie schloss auch diese Tür, und dann entfernte sie sich Richtung Treppe. Kurz darauf schlüpfte Katharina aus ihrem Versteck und folgte der Französin nach unten.

4. KAPITEL

1986

»Mama, wie gut kennst du eigentlich die Eltern von Arndt?«, fragte Jule. Sie bemühte sich um einen möglichst beiläufigen Ton.

Es war der Tag nach dem Treffen bei Tobi. Familie Flechtkamp war gerade zum Abendbrot zusammengekommen.

Monika stellte einen Teller mit Aufschnitt ab und sah ihre Tochter überrascht an. Dann ließ sie ihren Blick über den Abendbrottisch gleiten. »So, ich glaube, es ist alles da. Holst du bitte noch den Tee aus der Küche?«

Als Jule mit der Teekanne zurückkam, saß ihr Vater Wolfgang bereits am Tisch. Er hatte sich eine Scheibe Graubrot genommen und bestrich sie mit Butter. Jule stellte den dampfenden Pfefferminztee auf das Stövchen und setzte sich ebenfalls.

»Warum willst du wissen, wie gut ich das Ehepaar Neuhaus kenne?«, fragte Monika, ohne aufzusehen. Sie bediente sich vom Rührei und reichte die Schüssel dann an Jule weiter.

»Nur so.«

»Arndts Vater kenne ich kaum. Mal abgesehen davon, dass ich mit meiner Sehnenscheidenentzündung bei ihm in Behandlung bin.«

Wolfgang gab ein missbilligendes Geräusch von sich. »Münsters Koryphäe in Sachen Orthopädie. Dass ich nicht lache. Alle Welt rennt zu Dr. Neuhaus. Sogar meine Frau. Erst letztens hat mir wieder eine Kollegin von dem vorgeschwärmt. Aber nur weil jemand eine Praxis auf dem Prinzipalmarkt hat, bedeutet das noch lange nicht, dass er ein guter Orthopäde ist. Mir konnte er damals jedenfalls nicht helfen.«

Jules Mutter lächelte ihren Mann nachsichtig an. »Du bist bis heute nicht gut auf ihn zu sprechen, weil er dir damals gesagt hat, dein Problem seien nicht deine Knie, sondern dein Gewicht.«

»Ach was!« Wolfgang machte ein empörtes Gesicht. »Der ist einfach ein arroganter Schnösel. Ein Schickimickiheini. Ein eingebildeter Lackaffe. Der geht doch ins Sonnenstudio, so wie der aussieht!«

Jules Mutter betrachtete ihren Mann. Sie hätte absolut nichts dagegen, wenn er auch mal etwas mehr auf sein Äußeres achten würde. Dabei störten Monika nicht die geringe Größe ihres Mannes, sein rundlicher Bauch oder seine Halbglatze. Wohl aber die ausgeleierten Cordhosen und karierten Hemden, über die er im Winter immer etwas zu enge Pullunder zu tragen pflegte. Alle Versuche, ihrem Mann bei einem ihrer Einkaufsbummel, zu denen er sie nur unter Protest begleitete, eine Jeans oder einen etwas moderneren Pulli anzudrehen, waren gescheitert.

»Wolfgang«, wandte die Lehrerin sich jetzt an ihren Mann und schlug einen geduldigen Ton an, »nur weil Männer gut aussehen und Wert auf ihr Äußeres legen, heißt das nicht gleich, dass sie arrogant und eingebildet sind. Dr. Neuhaus ist nun mal ein sehr attraktiver Mann, und sicher steht das seiner Beliebtheit, zumindest bei den weiblichen Patienten, nicht im Weg.«

Wolfgang musterte seine Frau mit zusammengezogenen Augenbrauen. »Bilde ich mir das ein oder wirst du gerade ein bisschen rot, Monika?«

Monika lachte hell auf. Sie griff nach ihrer Serviette und fächelte sich Luft zu. »Das bildest du dir ein.«

»Ich bleibe bei meiner Meinung«, erklärte Wolfgang. »Ein Aussehen wie ein Sugar Daddy und eine Praxis in Münsters guter Stube macht noch lange keinen guten Arzt.«

Monika warf ihrer Tochter einen Blick zu und verdrehte die Augen. »Ich möchte auch gar nicht wissen, was der verdient«, schimpfte Wolfgang weiter vor sich hin. »Einmal Hände schütteln, einmal mit einem Hämmerchen aufs Knie klopfen, dann etwas Unleserliches auf einen Block kritzeln, und zack, wieder dreihundert Mark verdient. Da müssen meine Männer lange für schuften.«

Jules Vater hatte viele Jahre als Produktionsleiter bei der Firma *Menke & Söhne* in Altenberge gearbeitet, bis er vor fünf Jahren in den Betriebsrat gewählt wurde. Seitdem setzte er sich mit all seiner Kraft für die Belange der Angestellten des Werkzeugherstellers ein.

Monika, die befürchtete, ihr Mann könnte sich nun einmal mehr über die unfaire Bezahlung in den verschiedenen Berufssparten auslassen, sah Jule an. »Was heißt denn ›nur so‹? Du musst doch einen Grund haben, warum du mich nach Arndts Eltern fragst.«

Jule schüttelte den Kopf. »Wir haben gestern über die Berufe unserer Eltern geredet und …«

»Ah, das ist ja interessant!«, wurde Jule von ihrem Vater unterbrochen. »Da würde ich ja gerne mal zuhören, wie die heutige Jugend die monetäre Ungleichheit in unserem Wirtschaftssystem beurteilt.« Auffordernd sah er seine Tochter an. »Ja? Und? Wie ist eure Meinung dazu? Oder habt ihr gar keine?« Betrübt schüttelte er den Kopf. »Die Jugend heutzutage ist so politisch wie eine Weinbergschnecke. Null Bock, das ist euer Lebensmotto. Ein paar Buttons mit *Atomkraft, nein danke* und *Make Love, not War* auf die Schultasche oder an die Jacke gepinnt, das ist euer ganzes Engagement. Wir waren da ja ganz anders. Als wir …«

»Wolfgang, bitte!«, unterbrach Monika ihren Mann und wandte sich wieder an Jule. »Also, ich kenne Dr. Neuhaus nur als sehr beliebten und angesehenen Orthopäden.« Sie hielt nachdenklich inne. »Jetzt, wo wir über Arndts Eltern sprechen, fällt mir auf, dass ich seine Mutter lange nicht gesehen habe. Sie war schon ewig nicht mehr beim Elternsprechtag. Bei Arndt besteht allerdings auch kein Bedarf. «

Jule schob den Rest vom Rührei auf ihre Gabel. »Hast du denn mal mehr mit ihr zu tun gehabt?«

»Nein. Du weißt doch, dass ich nie engeren Kontakt zu Arndts Eltern hatte, und das ist heute auch noch genauso. Als ihr in der Grundschule wart, hatte ich etwas mehr mit Caras und Tobis Mutter zu tun. Da waren wir ja alle drei in der Elternpflegschaft. Angelika Neuhaus nicht. Sie hat sich immer aus allem rausgehalten.«

»War die nicht früher Schauspielerin?«, brummelte Wolfgang.

Seine Frau sah ihn überrascht an. »Woher weißt du das denn?«

»Weil du, meine liebe Monika, mir das mal erzählt hast. Vor Jahren.«

»Tatsächlich?« Jules Mutter machte ein verblüfftes Gesicht. »Aber es stimmt. Es gab eine Mutter, das war die Mutter von Manuela«, Monika wandte sich an Jule, »erinnerst du dich an Manuela? Dieses kleine, stille Mädchen? Sie ist nach der vierten Klasse auf die Fürstin-von-Galizien-Schule gegangen.«

Jule nickte ungeduldig mit dem Kopf. »Natürlich weiß ich noch, wer Manuela ist, Mama. Wir waren vier Jahre lang in einer Klasse.«

»Auf jeden Fall gehörte Manuelas Mutter, wie hieß die noch gleich? Mein Gott, mein Gedächtnis lässt wirklich nach. Babette! Die hieß Babette. Sie war auch oft beim Jahreszeitenbasteln dabei. Und sie war mit Angelika Neuhaus befreundet. Von ihr weiß ich, dass Arndts Mutter eine ausgebildete Schauspielerin ist. Bevor sie Herrn Neuhaus kennengelernt hat, hatte sie ein festes Engagement am Schauspielhaus Bochum. Aber dann ist sie zu Fred Neuhaus nach Münster gezogen, und seit der Geburt von Arndt ist sie nicht wieder aufgetreten.« Monika hielt nachdenklich inne. Dann fuhr sie fort: »Babette hat damals so eine Andeutung gemacht, dass Angelika Neuhaus unter Depressionen litt. Ich weiß noch, dass ich das ziemlich unangebracht fand, so etwas in einer Gruppe von Müttern auszuplaudern. Zumal Angelika Neuhaus ja eine Freundin von ihr war. Aber die Babette war halt eine Tratschtante. Bei einem anderen Treffen hat sie mal zum Besten gegeben, dass das Erkranken an einer Depression in Angelika Neuhaus' Familie erblich bedingt sei. Ein Onkel und ihr Großvater waren wohl auch depressiv. Beide haben sich das Leben genommen.«

Wolfgang stöhnte auf. »Na, die hat doch nun wahrlich keinen Grund, unter schlechter Stimmung zu leiden. Die hat doch alles, was man sich wünschen kann. Dickes Haus, dickes Auto, Geld wie Heu. Wenn ich das schon höre, Depressionen!« Jules Vater schüttelte unwirsch den Kopf. »Langeweile hat die vielleicht, aber keine Depressionen.«

»Mein Gott Wolfgang, jetzt sei doch nicht so kleinkariert. Eine Depression ist eine ernst zu nehmende Krankheit, die unbehandelt schlimme Folgen für den Betroffenen haben kann.«

Jules Vater winkte ab. »Jaja.«

»Woher kommen denn Depressionen?«, fragte Jule. »Die bekommt man doch nicht einfach so. Da muss doch was vorgefallen sein, oder?«

Ihre Mutter legte nun ihr Besteck beiseite. »Jule! Um was geht es? Gibt es da etwas, das ich wissen sollte? Ist bei Arndt zu Hause alles in Ordnung? Deine Fragerei kommt mir komisch vor.«

Nun schaute auch Wolfgang seine Tochter interessiert an.

»Nein, nein«, wehrte Jule hastig ab. »Es ist alles okay bei Arndt. Ich war nur neugierig.«

Monika nahm Jule das nicht ab, besaß aber genügend Taktgefühl, nicht weiter nachzubohren. Sie hatte ein gutes Verhältnis zu ihrer Tochter. Sollte Jule etwas auf dem Herzen haben, würde sie früher oder später damit herausrücken.

Nach dem Abendessen verzog Jule sich in ihr Zimmer. Das neue Telefon verfügte über eine Tastatur statt einer Wählscheibe und besaß außerdem eine meterlange Schnur. Jule nahm es mit in ihr Zimmer und setzte sich auf ihr Bett. Sie tippte die Nummer von Cara ein.

Die Freundin nahm nach dem zweiten Freizeichen ab. »Und?«, fragte sie, nachdem Jule sich gemeldet hatte. »Hatte deine Mutter was Interessantes auf Lager?«

»Zu Herrn Neuhaus konnte sie gar nichts sagen, außer dass er beliebt ist und gut aussieht.«

Cara ließ ein Schnauben hören.

»Was Frau Neuhaus angeht«, fuhr Jule fort, »wusstest du eigentlich, dass sie früher Schauspielerin war?«

»Nee. Nie von gehört.«

Jule berichtete nun davon, was ihre Mutter über Angelika Neuhaus erzählt hatte. »Es stimmt also, was Arndt gesagt hat. Sie leidet schon viele Jahre unter Depressionen. Was hat denn deine Mutter gesagt?«

»Sie hat auch die Mutter von Manuela erwähnt, die das mit den Depressionen herumerzählt hat. Ansonsten hat sie noch etwas zu Herrn Neuhaus gesagt. Sie meinte, sie würde einen Besen fressen, wenn der seiner Frau nicht schon jahrelang fremdgeht.«

»Aha! Damit sind es also schon zwei Leute, die den lieben Dr. Neuhaus in Verdacht haben. Können wir uns Freitagabend bei dir treffen?«

Cara stimmte zu. Bevor die Mädchen das Gespräch beendeten, plauderten sie noch eine Weile über die bevorstehende Mathearbeit und darüber, ob Cara sich nun pinke oder schwarze Chucks kaufen sollte.

* * *

Während Cara und Jule telefonierten, fläzte Arndt mit hinter dem Kopf verschränkten Händen auf seinem Bett. Sein Zimmer war doppelt so groß wie die Zimmer der anderen. Auch hatte er schon längst die Möbel rausgeworfen, die sein eigenes Reich zu einem klassischen Jugendzimmer gemacht hatten. Statt eines Bettgestells hatte er eine Matratze in Überbreite, die auf einem Holzpodest lag. Eine alte Sperrholzplatte auf zwei Holzböcken diente als Schreibtisch, und statt eines Sofas oder Sessels besaß er zwei schreiend bunte Sitzsäcke.

Arndt hatte ein Mixtape eingelegt. Gerade lief *Never let me down again* von Depeche Mode. Er war ein großer Fan der Gruppe, aber im Augenblick konnte er sich nicht auf die Musik konzentrieren. Ein ungutes Gefühl rumorte in seinem Inneren, wie eine Maus, die man in eine zu kleine Kiste gesperrt hat. Warum hatte er nicht einfach den Mund gehalten? Immerhin hätte er sich denken können, dass Jule, wenn sie so eine Geschichte hörte, etwas tun wollte. Sie besaß nicht nur einen ausgeprägten Gerechtigkeitssinn, sondern fühlte sich auch immer berufen, anderen zu helfen, die es selbst nicht hinbekamen. Nicht zuletzt deshalb hatte sie sich das vierte Mal in Folge dazu bereit erklärt, Klassensprecherin zu werden. Ein Posten, um den sich ab der Mittelstufe keiner mehr riss.

Nun hatte Jule sich in den Kopf gesetzt, etwas für seine Mutter zu tun, indem sie versuchen sollten herauszufinden, ob an seinem Verdacht etwas dran war. »Wenn ja, dann hat sie im Falle einer Scheidung etwas gegen deinen Vater in der Hand«, hatte Jule gesagt.

»Und wie sollen wir das anstellen?«, hatte Danilo skeptisch gefragt.

»Indem wir ihn beschatten natürlich. So wie Detektive das auch machen, die damit beauftragt werden, Ehebruch aufzuspüren.«

Danilo sah wenig überzeugt aus. »Wie denn beschatten? Sollen wir ihn rund um die Uhr bewachen?«

»Wir fangen erst mal mit den Mittwoch- und Freitagnachmittagen an«, erklärte Jule. »Wer weiß, vielleicht besucht Arndts Vater nicht nur alte, gebrechliche Patienten, sondern auch seine junge, knackige Geliebte.« Sie zuckte mit den Schultern und machte ein Gesicht, als wäre sie bereits sicher, dass es genauso war.

»Aber wir haben doch nur Fahrräder«, wandte Danilo ein. »Was, wenn er mit dem Auto fährt? Und selbst wenn wir es schaffen, ihm zu folgen, sollen wir dann klingeln und sagen: Entschuldigung, aber bumsen Sie vielleicht mit Dr. Neuhaus?«

Jule stöhnte auf. »Natürlich nicht. Es lässt sich auch geschickter herausfinden, zu wem er geht und ob das wirklich nur ein Arztbesuch ist. Und was das Verfolgen angeht. Von meiner Mutter weiß ich zufällig, dass Dr. Neuhaus fast überall mit dem Fahrrad hinfährt. Das hat er ihr mal erzählt. Wir müssen es einfach mal probieren, ob wir etwas herausbekommen. Wenn wir nicht weiterkommen, dann denken wir uns was Neues aus.«

Im Gegensatz zu Danilo war Tobi von Jules Idee sofort Feuer und Flamme gewesen. »Ich wollte immer schon mal jemanden beschatten, so wie bei *Fünf Freunde* oder den *Drei Fragezeichen.*« Seine Augen blitzten. »Also, als ich ein kleiner Junge war, wollte ich das«, verbesserte er sich schnell, als er die nachsichtigen Mienen seiner Freunde wahrnahm.

»Das hier ist kein Abenteuer, sondern eine ernste Angelegenheit«, mahnte Jule.

»Weiß ich doch«, versicherte Tobi daraufhin.

Es war diese Begeisterung seines besten Freundes und die Ernsthaftigkeit von Jule, die Arndt jetzt im Kopf herumspukte. Denn bei der ganzen Sache gab es einen Haken. Er glaubte nämlich gar nicht, dass sein Vater was mit einer anderen Frau hatte. Er hatte das nur so dahergeredet. Warum, konnte er im Nachhinein nicht genau sagen. Vielleicht aus Wut, weil sein Vater sich verändert hatte und ihn und seine Mutter so ratlos zurückließ. Arndt war überzeugt davon, dass etwas bei seinem Vater im Gange war, aber ein Verhältnis war es sicher nicht. Tobi und Danilo hatten völlig recht, es passte nicht zu ihm. Es hörte sich bescheuert an, aber sein Vater war zu wenig abgebrüht dafür. Für so etwas hatte der keine Nerven. Er war ein angesehener Orthopäde, der einen Ruf zu verlieren hatte. Nicht wenige seiner Patienten waren bekannte Münsteraner Persönlichkeiten. Ab und zu erzählte Arndts Vater davon, und dann konnte man ihm den Stolz auf seine gut gehende und anerkannte Praxis ansehen. Sogar der Oberbürgermeister gehörte zu seinen Patienten.

Diesen Erfolg hatte sein Vater sich hart erarbeitet, das wusste Arndt. Während seine Mutter aus einer alteingesessenen Bochumer Kaufmannsfamilie stammte, kam sein Vater aus bescheidenen Verhältnissen. Opa Franz war Friedhofsgärtner gewesen, und Oma Tini hatte bei anderen Leuten geputzt.

Der berufliche Erfolg ging seinem Vater über alles. Dafür hatten nicht nur Arndts Großeltern geschuftet, er selbst auch. Niemals würde er das und seinen exzellenten Ruf in Münsters besseren Kreisen aufs Spiel setzen.

Doch nun hatte Arndt die anderen gegen seinen Vater aufgebracht. Vor allem Jule und Tobi. Die beiden würden keine Ruhe geben, bis sie irgendetwas aufgedeckt hatten. Was auch immer das dann war. Bei diesem Gedanken schlug in Arndts Blutbahn die Befürchtung Blasen, etwas in Gang gesetzt zu haben, das sich nicht mehr aufhalten ließ.

5. KAPITEL

Gegenwart

Als Katharina drei Tage nach der Party vom Pilateskurs nach Hause kam, fand sie die Wohnung leer vor. Klaas war wie an jedem Dienstagabend mit zwei Freunden in seiner Stammkneipe zum Skatspielen verabredet. Die Kommissarin goss sich ein Glas Weißwein ein, machte sich ein Käsebrot und nahm beides mit ins Wohnzimmer. Dort ließ sie sich auf das Sofa fallen.

Früher, als Katharina und Klaas noch nicht zusammengewohnt hatten, waren sie oft zusammen im *Kling Klang* gewesen. Aber obwohl sie jetzt noch näher an der urigen Viertelkneipe wohnten, gingen sie nur noch selten gemeinsam dorthin.

Katharina versuchte, der Serie zu folgen, die sie mit Klaas begonnen hatte. Obwohl die Geschichte vielversprechend klang, war sie gestern bereits nach zehn Minuten eingedöst. Bislang hatte sie nur mitbekommen, dass zwei Podcaster aus Amerika und eine Investigativjournalistin aus London versuchten, in einem verschlafenen Nest irgendwo in Irland das mysteriöse Verschwinden dreier Fremder aufzuklären. Katharina trank einen Schluck Wein und verfolgte, wie sich die schwarzhaarige Journalistin an die Fersen eines schrulligen Einheimischen heftete. Doch auch heute konnte sie sich nicht auf das Geschehen konzentrieren.

Katharinas Gedanken wanderten zu Cara und Jule. Sie waren heute nicht beim Training gewesen. Laurence hatte beiläufig erwähnt, dass sich die alte Clique auf Arndts ausdrücklichen Wunsch hin heute Abend am Hafen traf. »Arndt will was mit denen bequatschen«, hatte die Französin erklärt. Mehr hatte sie dazu nicht gesagt.

»Und da darfst du nicht mit dabei sein?«, hatte Katharina in der Hoffnung gefragt, Laurence würde daraufhin verraten, um was es bei dem Treffen ging. Doch alles, was sie sagte, war: »Nein, danke. Das soll er mal schön alleine mit ihnen klären. Da hänge ich mich nicht mit rein.«

Obwohl Katharina diese Antwort noch neugieriger gemacht hatte, hatte sie nicht weiter nachgebohrt. Sie stellte ihr Glas neben dem Teller ab und rutschte etwas tiefer in die weichen Kissen. Bevor ihr die Augen zufielen, bekam sie noch mit, wie die Journalistin von dem Dorfbewohner, der gar nicht so trottelig war, wie er aussah, abgehängt wurde.

Erst durch das Klingeln ihres Handys wurde Katharina wieder wach. Schlaftrunken tastete sie nach dem Telefon. Dabei stieß sie gegen das Weinglas, das daraufhin umkippte und zerbrach. Der Wein lief über die Tischkante und tropfte auf den Fußboden. Katharina fluchte und angelte nach dem Handy. In dem Augenblick hörte es auf zu klingeln. Die Kommissarin entsperrte den Bildschirm und sah, dass Laurence angerufen hatte. Katharina tippte auf das Gerät.

»Katharina, hallo. Danke, dass du zurückrufst. Hast du schon geschlafen?«

»Ich bin auf dem Sofa eingenickt.«

»Tut mir leid, dass ich dich geweckt habe. Es ist nur so: Ich mache mir gerade etwas Sorgen wegen Arndt. Er ist immer noch nicht zu Hause.«

»Ist es denn schon so spät? Ich glaube, Klaas ist auch noch mit seinen Kumpels unterwegs.«

»Es ist halb zwölf.«

»Na, dann wird er doch bald kommen.«

»Eigentlich müsste er längst hier sein. Ich habe gerade mit Cara gesprochen. Sie meinte, sie hätten die Runde schon um kurz nach zehn aufgelöst. Arndt ist allerdings noch geblieben. Laut Cara wollte er noch in Ruhe seinen Wein austrinken.«

»Dann ist er vielleicht dort versackt.«

»Nein, ich habe da angerufen. Da nimmt keiner mehr ab, und auf der Website steht, dass die in der Woche um 23 Uhr schließen. Vielleicht ist er ja noch woanders hingegangen, aber vielleicht ist ihm auch was passiert. Ein Unfall mit dem Fahrrad oder so.«

»Wie kann ich dir helfen?« Katharina hatte sich inzwischen vom Sofa aufgerappelt und sammelte mit der freien Hand die Scherben vom Tisch.

»Das ist jetzt vielleicht etwas unverschämt, aber würdest du mich begleiten und mit mir die Strecke zur *Hafenschänke* mit dem Rad abfahren? Nur um auszuschließen, dass Arndt besoffen und hilflos irgendwo herumliegt? Von den anderen mag ich keinen fragen. Es gab wohl Stress heute Abend. Ich möchte um diese Zeit aber auch nicht alleine durch die einsamen Straßen fahren. Da dachte ich, ich könnte dich vielleicht ...«

»Ja, klar«, stimmte Katharina zu. »Ich ziehe mich nur noch schnell an und komme dann mit dem Rad zu dir.«

Wenig später bog Katharina in die Dechaneistraße ein. Sie radelte an einem hell erleuchteten Wohnmobil vorbei. Zwei Frauen Ende sechzig waren dabei, es mit Kisten, Koffern und vollgestopften Jutebeuteln zu beladen.

Sie unterhielten sich dabei fröhlich, und Katharina schnappte auf, dass der Reisewetterbericht für Schweden bestens aussah. Die haben es gut, dachte Katharina. Sie können einfach so zu einem Urlaub nach Schweden aufbrechen und müssen sich an keinen Urlaubsplan halten. Laurence wartete schon vor dem Haus. Der Kommissarin fiel auf, dass sie ihre Pilates-Freundin zum ersten Mal ungeschminkt sah. Laurence hatte sich auch nicht die Mühe gemacht, ihre Haare zu stylen. So ganz ohne Schminke und Haargel sah sie viel jünger aus, stellte Katharina fest. Und irgendwie auch ein bisschen verletzlich.

»Welchen Weg nehmen wir?«, fragte sie.

»Der kürzeste ist über die Andreas-Hofer-Straße bis zur Wolbecker Straße. So fahren wir immer. Dann ist man ja schon fast da.«

Die beiden Frauen stiegen auf ihre Räder und fuhren nebeneinander durch die beleuchteten Straßen Richtung Hafen. Die Oktobernacht präsentierte sich viel zu mild. Obwohl sie nicht sehr schnell fuhren, wurde es Katharina schon bald zu warm in ihrer wattierten Funktionsjacke. Der Weg von Mauritz Mitte zum Hafen betrug nur ein paar Radminuten. Unterwegs hielten sie nach Arndt Ausschau. Katharina fragte, was denn los gewesen sei zwischen Arndt und den anderen, aber Laurence ging nicht darauf ein. »Erzähle ich dir später. Lass uns jetzt erst mal Arndt finden.«

Katharina sog die würzige Herbstluft tief in ihre Lungen und dachte, dass so eine nächtliche Radtour durchaus ihren Reiz hatte. Die Bäume, die die Andreas-Hofer-Straße säumten, hatten teilweise schon ihre Blätter verloren. Wie orange-braune Tupfen verzierten sie den dunklen Asphalt.

Nach kurzer Zeit erreichten sie den Hafenweg und fuhren auf einen Gebäudekomplex zu, der isoliert am Ende des Hafenbeckens thronte. Zwischen ihm und der ausgebauten Uferpromenade mit den umfunktionierten Lagerhallen, Speichern und ehemaligen Firmengebäuden lag eine große Fläche Brachland, die von einem Bauzaun eingefasst war. Außer der *Hafenschänke* befanden sich in der ehemaligen Lagerhalle noch eine Eventlocation und ein Friseurgeschäft.

Katharina und Laurence fuhren rechts um das Gebäude herum. Obwohl der Name etwas anderes suggerierte, war die *Hafenschänke* alles andere als eine dunkle Spelunke, in der es nach abgestandenem Bier und kaltem Zigarettenrauch stank. Die Kneipe besaß eine riesige Glasfront, durch die man aufs Wasser schauen konnte, und einen coolen Industriestyle. Eine gewundene Eisentreppe führte auf eine Empore. Im Sommer konnte man auf einer Terrasse sitzen, die bis ans Hafenbecken heranreichte. Die *Schänke*, wie sie liebevoll genannt wurde, hatte sich als eine der ersten Kneipen Mitte der 90er-Jahre an Münsters Binnenhafen niedergelassen. Zu dem Zeitpunkt hatte sich der einstige Güterumschlagplatz zu einem hippen Szeneviertel mit Kneipen, Restaurants und Bars gemausert.

Katharina war vom Rad gestiegen und ließ ihren Blick über das dunkle Wasser schweifen, in dem sich die Lichter des Ufers spiegelten. Plötzlich erregten zwei Gestalten ihre Aufmerksamkeit. Sie standen ein Stück weiter weg auf einer freien Fläche, die noch nicht zum Brachland gehörte, aber ebenfalls unbebaut war. Es handelte sich um eine stoppelige Wiese, die bis an den Bauzaun heranreichte. Laternen standen nicht in der Nähe, aber ein heller Dreiviertelmond schob sich immer wieder durch die lockere Wolkendecke. Katharina erkannte, wie die beiden Personen sich über etwas am Boden Liegendes beugten.

Sie sah sich zu Laurence um. »Warte mal bitte hier. Ich schaue kurz nach, was da drüben los ist.« Sie stellte ihr Fahrrad ab, und ehe Laurence etwas erwidern konnte, lief Katharina mit schnellem Schritt über die Wiese.

Es handelte sich um zwei junge Frauen, zu deren Füßen eine dritte Person lag. Ein Mann, wie Katharina nun erkennen konnte. Gerade als die größere der beiden Frauen nach seiner Schulter greifen wollte, rief Katharina: »Bitte nicht berühren!«

Die Angesprochenen wandten sich ertappt um.

»Ich glaube, der ist tot«, hauchte die Kleinere. Sie trug ein fragil wirkendes Brillengestell auf ihrer winzigen, mit Sommersprossen übersäten Nase.

»Der ist wirklich tot«, bestätigte die andere entgeistert. Sie hatte braune, kinnlange Haare und ein wenig schräg stehende Augen. »Oh mein Gott, Hannah! Wir haben einen Toten gefunden!«

Die junge Frau namens Hannah zog ein Handy aus der Gesäßtasche, doch Katharina kam ihr zuvor. Aus der Nähe schätzte sie die beiden Mädchen auf achtzehn, höchstens neunzehn Jahre.

»Lass dein Handy mal stecken und geht beide bitte ein paar Schritte zurück. Mein Name ist Katharina Klein. Ich bin von der Kripo Münster.« Sie zog ihren Dienstausweis aus ihrer Umhängetasche, die ihr schräg über der Schulter hing und ohne die sie fast nie aus dem Haus ging.

Die Mädchen befolgten Katharinas Anweisungen, die sich nun ihrerseits zu dem Mann hinunterbeugte. Scharf zog sie die Luft zwischen ihren Zähnen ein. Der Mann, der zu ihren Füßen lag und dessen Hinterkopf auf einem fast zugewachsenen Schienenstrang lag, war Arndt. Katharina sah mit einem Blick, dass die Mädchen recht hatten. In den aufgerissenen, himmelwärts starrenden Augen war kein bisschen Leben mehr. Trotzdem tastete sie mit einem geübten Griff nach der Halsschlagader, aber sie fühlte nichts. Dafür nahm sie einen leichten Metallgeruch wahr, vermischt mit dem deutlich penetranteren Gestank nach Urin und Kot. Es kam häufig vor, dass sich kurz nach Eintritt des Todes Blase und Darm entleerten. Katharina betrachtete den riesigen, dunklen Fleck, der sich unter Arndts Kopf ausgebreitet hatte. Teilweise war das Blut bereits in den Boden gesickert. Der Kommissarin entgingen auch die Ausblutungen aus beiden Ohren nicht. Ein sicheres Anzeichen für einen Schädelbruch. Außerdem wurde ihr noch etwas anderes klar: Sowohl die schwere Schädelverletzung als auch Arndts Liegeposition sprachen dafür, dass jemand dem Anwalt einen kräftigen Stoß verabreicht hatte und er daraufhin rücklings mit dem Hinterkopf auf die Schienen geknallt war.

Plötzlich hörte Katharina hinter sich heraneilende Schritte. Sie richtete sich auf. »Laurence, warte!«

Doch es war zu spät. Arndts Frau hatte sie erreicht. »Was ist hier passiert?«, stieß sie hervor. »Wer ist das?« Dann traf sie die Erkenntnis mit voller Wucht, und ehe Katharina auch nur einen Finger rühren konnte, warf sich Laurence quer auf Arndts Brust. »Arndt«, schluchzte sie. Sie wiederholte den Namen noch mindestens drei Mal. Schließlich sah sie mit tränennassem Gesicht zu Katharina hoch. »Ich wusste, dass ihm etwas passiert ist. Ich habe das gespürt.«

Katharina konnte sich nicht helfen. Sie empfand Laurences Verhalten in diesem Augenblick fast als theatralisch. Gleichzeitig rügte sie sich für diesen Gedanken. Sie wusste, dass die Angehörigen von Verbrechensopfern ganz unterschiedlich mit dem Schock umgingen. Sie hatte es sogar schon erlebt, dass ein Ehemann als Übersprungshandlung laut angefangen hatte zu lachen. Sanft zog sie Laurence hoch. »Solange wir nicht wissen, was hier vorgefallen ist, müssen wir Abstand von Arndt und dem Auffindeort halten.« Sie legte einen Arm um Laurences schmale Schultern und führte sie ein Stück weg. Zu den Mädchen sagte sie: »Ihr könnt leider noch nicht aufbrechen. Ich brauche noch eure Aussage.«

»Dann muss ich zu Hause Bescheid sagen«, meinte die große Dunkelhaarige. »Sonst dreht meine Mutter durch.

Am besten sage ich ihr aber nicht, was hier los ist. Am Ende taucht sie noch hier auf.«

Eine Dreiviertelstunde später herrschte auf dem vernachlässigten Baugrundstück eine routinierte Betriebsamkeit. Zwei Streifenwagen, mit regelmäßig aufflackerndem Blaulicht, parkten am Rand der Wiese. Die Schutzpolizisten sperrten den Fundort mit Flatterband weiträumig ab. Obwohl es inzwischen nach Mitternacht war, hatten sich einige schaulustige Nachtschwärmer eingefunden. Zwei bullige Uniformierte versuchten, ihnen den direkten Blick auf Arndt und die Beamten des Kriminaldauerdienstes zu verwehren. Die Kollegen des KDD hatten mehrere Scheinwerfer aufgestellt und damit begonnen, mögliche Spuren zu sichern.

Laurence saß mit einer Wolldecke um die Schultern in einem der Streifenwagen und starrte vor sich hin. Eine Schutzpolizistin leistete ihr Gesellschaft. Katharina hatte die beiden Mädchen Hannah und Alina nach Hause geschickt, nachdem sie ihre Aussagen und ihre Personaldaten aufgenommen hatte. Nun wartete sie hinter der Absperrung darauf, dass der Notarzt seine Arbeit beendete. Katharina dachte kurz darüber nach, ihren Chef anzurufen, entschied sich aber dann dagegen. Es reichte, wenn sie KD am kommenden Morgen von dem Vorfall in Kenntnis setzte. Es ging hier auch ohne sein Zutun alles seinen vorgegebenen Gang.

Inzwischen hatte der Notarzt den Totenschein ausgefüllt und kam mit seiner Tasche in der einen und dem Klemmbrett in der anderen Hand auf Katharina zu. »Die Todesursache ist eindeutig«, sagte er ohne Umschweife. »Schädelbasisbruch. Er ist mit einiger Wucht auf den Hinterkopf gekracht. Todeszeitpunkt ungefähr vor zwei Stunden.«

Katharina warf einen Blick auf ihre Uhr. Es war jetzt Viertel vor eins. »Also dann gegen Viertel vor elf?«

»Ja, plus/minus eine halbe Stunde.« Der Arzt sah Katharina an. »Ich bin ja nur hier, um den Tod und die Todesursache zu dokumentieren, und nicht, um Aussagen über den Todeshergang zu treffen. Aber wenn Sie mich fragen, da hat jemand nachgeholfen. Das wird Ihnen die Rechtsmedizin ganz sicher bestätigen. Soll ich mich um einen Überführungswagen kümmern?«

Katharina schüttelte den Kopf. »Nein, danke. Das mache ich schon. Aber tun Sie mir doch den Gefallen und schauen Sie sich einmal die Ehefrau des Opfers an. Sie sitzt im hinteren Streifenwagen. Vielleicht können Sie ihr etwas zur Beruhigung geben.«

Katharina sah dem Notarzt nach, als er sich auf den Weg machte. Anschließend schaute sie wieder zu Arndts Leiche hinüber. Was war hier vorgefallen? Laurences Bemerkung kam ihr in den Sinn. »Es hat Stress gegeben«, hatte die Französin Cara zitiert. Noch war es viel zu früh, um Spekulationen anzustellen. Trotzdem konnte Katharina es nicht verhindern, dass ihre Gedanken zum vergangenen Samstagabend wanderten. Arndt hatte geäußert, dass einer seiner Freunde möglicherweise für den Tod seines Vaters verantwortlich gewesen sein könnte. War es das gewesen, was er heute Abend mit den anderen hatte besprechen wollen und was dann zum Streit geführt hatte? Sie würden es herausfinden, dachte Katharina und wandte sich endgültig zum Gehen.

6. KAPITEL

Am nächsten Morgen saß Katharina leicht übernächtigt mit dem Leiter des KK11 Klaus Dieter Franke, von allen nur KD genannt, und ihren Kollegen im Besprechungsraum zusammen und klärte sie über die Geschehnisse der vergangenen Nacht auf. Außer Katharina und Eva gehörten zum engeren Team von KD noch die Dienstälteste Birgit Prigge, außerdem Tim Novak und Jörn Kuttner. Die beiden Kollegen hatten im Gegensatz zu Katharina und Eva die vierzig noch nicht überschritten und waren beide stolze Väter kleiner Kinder, über deren Entwicklung sie gerne und häufig berichteten. In letzter Zeit konnten Katharina und die anderen sich von den riesigen Schritten, die Tims Jüngste machte, sogar persönlich überzeugen. Es kam immer öfter vor, dass er die Kleine mit ins Präsidium brachte, wo sie dann zwei, drei Stunden blieb, bis ihre Mama sie abholen kam. Heute Morgen war Tim aber alleine erschienen.

KD war bereits über den Toten vom Hafen im Bilde. Er begann seinen Dienst immer eine Stunde früher als der Rest des Teams. So waren ihm die Meldung und ein erster Bericht der Kollegen vom Kriminaldauerdienst schon um halb acht zugegangen. Die zuständige Staatsanwältin Helene Reinbeck, mit der KD seit knapp zwei Jahren liiert war, hatte er auch schon in Kenntnis gesetzt. Da Fremdeinwirkung nicht ausgeschlossen werden konnte, wollte sie ein Ermittlungsverfahren einleiten.

Als Katharina mit ihrem Bericht zum Ende kam, fragte KD: »Hast du denn gestern Nacht noch mit der Witwe sprechen können, bevor sie nach Hause gebracht wurde?«

»Nein. Ich habe nochmal einen Versuch gestartet, nachdem der Notarzt ihr ein Beruhigungsmittel verabreicht hatte, aber sie war total apathisch. Ich habe ihr allerdings gesagt, dass wir auf jeden Fall heute Vormittag mit ihr sprechen müssen. Übrigens gibt es da noch etwas, das ich erzählen muss.« Katharina schilderte, wie sie am vergangenen Samstagabend auf der Party von Laurence nicht ganz zufällig Ohrenzeugin des Gesprächs zwischen Arndt und dessen Freund Tobi geworden war und später noch die Unterhaltung der Eheleute mitgehört hatte.

»Du hast dich ernsthaft bei den Gastgebern im Schlafzimmer versteckt?« Eva sah ihre Freundin halb ungläubig, halb belustigt an. Als Katharina nickte, schob Eva hinterher: »Auf so eine Idee kannst auch nur du kommen.«

»Wie auch immer«, sagte Katharina leichthin. »Auf jeden Fall sind wir uns doch einig, dass wir mit dieser alten Geschichte zumindest eine erste Spur haben, oder nicht?«

Einstimmiges Nicken folgte, und KD ergriff wieder das Wort. »Gut. Dann lasst uns mal loslegen. Katharina und Eva, ihr sucht als Erstes Frau Neuhaus auf. Tim und Jörn, ihr sprecht mit dem Chef und den Mitarbeitern der *Hafenschänke.* Und Birgit, du setzt dich nochmal mit den Mädchen in Verbindung, die am Tatort waren.«

Birgit nickte. »Die werden jetzt in der Schule sein, aber heute Nachmittag werde ich sie sicher erreichen. Was ist mit einem Zeugenaufruf?«

»Ja, unbedingt«, sagte KD. »Dann kümmere dich erst darum. Vielleicht haben wir ja Glück und es findet sich jemand, der etwas gesehen hat.« Nach diesen Worten verzog der Leiter des KK11 für einen Moment das Gesicht und massierte anschließend seine linke Schläfe.

Katharina betrachtete ihren Chef. In letzter Zeit gefiel er ihr gar nicht. Sie hatte sich schon mehrfach vorgenommen, ihn zu fragen, ob alles in Ordnung sei. Aber es hatte sich noch keine Gelegenheit geboten.

»Hast du schon wieder Kopfschmerzen?«, fragte Birgit teilnahmsvoll.

Es wunderte Katharina nicht, dass Birgit bereits mehr wusste als sie. Sie war die emphatischste Person, die Katharina kannte, und obwohl sie seit einiger Zeit ihre Arbeitsstunden reduziert hatte, hatte sie es selbstverständlich schon geschafft, sich bei KD nach dessen Befinden zu erkundigen.

KD nickte. »Ja. Aber der Sache wird nun genauer auf den Grund gegangen. Ich habe in dieser Woche einen Termin in der Radiologie der Uni-Klinik.«

Birgit sah ihren Chef ernst an. »Das ist gut«, war alles, was sie dazu sagte.

Bevor Katharina und Eva sich auf den Weg machten, rief Katharina bei Laurence an. »Wer weiß, ob sie überhaupt schon aufgestanden ist«, sagte sie zu Eva, während sie auf das Freizeichen lauschte.

Laurence meldete sich bereits nach dem dritten Klingeln. Ihre Stimme klang kein bisschen verschlafen und viel fester als in der vergangenen Nacht. Katharina erklärte der Französin, dass sich ihr Gespräch nun nicht länger aufschieben lasse. Zu Katharinas Überraschung antwortete Laurence: »Komm doch bitte so in einer halben Stunde zur Boutique. Ich bin gerade auf dem Weg dahin.«

»Du gehst arbeiten?«, fragte Katharina.

»Ja. Mir fällt hier jetzt schon die Decke auf den Kopf. Außerdem habe ich gestern Ware bekommen. Die muss dringend weggeräumt werden.«

Kurze Zeit später standen Katharina und Eva vor Laurences Boutique. *Tu es belle* und darunter *Boutique* standen in geschwungenen Buchstaben auf dem Ladenschild, das neben der Eingangstür an der Fassade befestigt war. Laurences Geschäft befand sich in der sogenannten Kleinen Bergstraße. Diese kurze, verkehrsberuhigte Gasse zweigte in einem rechten Winkel von der eigentlichen Bergstraße ab und gehörte zum Kiepenkerlviertel. Die hier ansässigen, inhabergeführten Geschäfte profitierten von der zahlungsfreudigen Kundschaft, die vom Prinzipalmarkt aus einen Abstecher in diese lauschige, geschichtsträchtige Gegend machte. Häufig schlenderten die Touristen und Kunden über den Spiekerhof – einen kleinen, gepflasterten Platz umgeben von traditioneller Gastronomie in schmucken Giebelhäusern – in Richtung Bergstraße. Katharina drückte gegen die Tür und betrat zusammen mit Eva das Geschäft. Das Ladenlokal war gar nicht mal so klein, aber durch die vielen vollgehängten Kleiderständer und dicht bepackten Regale wirkte es doch sehr beengt. Die Kommissarinnen bahnten sich ihren Weg zwischen zahlreichen gestapelten Kartons hindurch zum Kassentresen. Dort stand Laurence in einem hautengen schwarzen Minikleid, einen Arm in die Seite gestemmt. Sie befand sich in Gesellschaft einer stark geschminkten Frau mittleren Alters in einem sandfarbenen Businesskostüm und dazu passenden Pumps. Fassungslos starrte Laurence die Besucherin an. »Aber das können Sie doch nicht machen! Ich habe doch gesagt, ich finde eine Lösung!«

Die Frau verzog ihren Mund zu einem Lächeln, das ihre Augen aber nicht erreichte. »Meine liebe Frau Neuhaus. Ich habe lange genug gewartet. Letzte Woche wollten Sie von sich hören lassen, aber es kam nichts. Irgendwann ist die Zeit nun mal um.« Sie wandte sich zum Gehen.

»Sie haben mir versprochen, Ihre Entscheidung bis Mitte November aufzuschieben!«, rief Laurence nun außer sich vor Wut. »Deshalb habe ich mich nicht gemeldet!«

Die Frau zuckte mit den Achseln. »Ich habe es mir anders überlegt. Einen schönen Tag noch.« Sie nickte Katharina und Eva gnädig zu und rauschte aus dem Laden. Zurück blieb eine Wolke Parfum mit einer schweren orientalischen Duftnote.

Laurence starrte ihr hinterher, und ihre Faust sauste auf den Kassentresen nieder. »Merde!« Sie schaute die Kommissarinnen an. »Hallo«, sagte sie dann matt.

»Hallo Laurence.« Katharina deutete zur Tür. »Das war aber eine anspruchsvolle Kundin.«

»Das war keine Kundin«, erwiderte die Boutiquebesitzerin. »Das war meine Vermieterin. Sie hat mir gerade eröffnet, dass ich nun endgültig hier rausmuss.« Laurence lehnte sich kraftlos gegen den Kassentresen und massierte sich mit Daumen und Zeigefinger ihre Stirn. »Ach, Scheiße.«

»Das tut mir leid«, sagte Katharina und fügte hinzu: »Das ist übrigens meine Kollegin Eva Mertens.«

Laurence blickte hoch. Man sah ihr an, dass es sie einige Mühe kostete, ein Lächeln zustande zu bringen. »Ich bin Laurence. Katharina hat nicht übertrieben. Du hast wunderschöne Haare.«

»Oh, danke!« Eva lächelte erfreut, wurde aber gleich wieder ernst. »Mein herzliches Beileid.«

Katharina sah sich um. »Können wir uns irgendwo hinsetzen?«

»Wir können nach hinten gehen. Es ist zwar nicht sehr gemütlich dort, aber man kann sitzen.«

Die Kommissarinnen folgten Laurence in den hinteren Teil des Geschäfts und betraten einen kleinen, fensterlosen Aufenthaltsraum. Es roch nach kaltem Zigarettenrauch und abgestandenem Kaffee. Laurence nahm den Aschenbecher vom Tisch und platzierte ihn auf die Spüle, auf der schon zwei umgedrehte Kaffeetassen standen. »Ich weiß nicht, wann meine Aushilfen es endlich mal lernen, den Aschenbecher auszuleeren, bevor er überquillt.«

Katharina legte ihr Handy auf den fleckigen Tisch. »Wenn es in Ordnung für dich ist, nehmen wir das Gespräch mit dem Voice-Recorder des Telefons auf.«

Die Frauen nahmen um den Tisch herum Platz. Laurence lachte unsicher auf. »Ich bin etwas irritiert, ehrlich gesagt. Das wirkt gerade alles so … so … keine Ahnung … so übertrieben irgendwie. Ich meine, ihr taucht hier zu zweit auf und wollt mich befragen. Das Gespräch soll aufgezeichnet werden. Wozu das alles? Mich interessiert mehr, was jetzt mit Arndt passiert.«

Katharina betrachtete die Witwe aufmerksam. Sie wirkte gefasster als gestern Abend. Die Kommissarin beschloss daher, sofort zur Sache zu kommen. »Es ist so: Wir gehen nicht davon aus, dass Arndt einfach nur unglücklich auf den Hinterkopf gefallen ist, sondern dass eine weitere Person in seinen Sturz verwickelt war. Deshalb wurde ein Ermittlungsverfahren eingeleitet.« Katharina erläuterte Laurence, welche Anzeichen ihre Theorie stützten und dass sie davon ausgingen, dass die Rechtsmedizin diese Annahme bestätigen würde.

Laurence starrte Katharina an. »Verstehe ich das jetzt richtig? Arndt wurde umgebracht?«

»Was genau passiert ist, werden hoffentlich unsere Ermittlungen hervorbringen. Aber ja, er ist aller Wahrscheinlichkeit nach Opfer eines Gewaltverbrechens geworden.«

Laurence lehnte sich auf ihrem Stuhl zurück. »Mon dieu.«

Katharina ergriff wieder das Wort. »Unsere Aufgabe ist es nun, den Tathintergrund zu ermitteln und herauszufinden, wer das war.«

»Mit Tathintergrund meinst du das Motiv, oder? Wenn eine Mordanschuldigung ein triftiger Grund ist, dann kann ich euch gleich vier Personen mit Motiv nennen.«

Katharina, die offiziell nichts von Arndts Unterstellung gegenüber seinen Freunden wusste, nahm den Faden sofort auf. »Das müsstest du uns näher erklären.«

Laurences Blick verlor sich irgendwo im Raum, als sie leise sagte: »Ich fand es von Anfang an keine gute Idee, was Arndt sich da vorgenommen hatte. Dabei habe ich selbstverständlich nicht im Kopf gehabt, dass er damit sein Leben riskiert. Ich dachte, schlimmstenfalls kriegen sie sich heftig in die Haare.« Die Französin setzte die Kommissarinnen über Arndts Mutter und ihre letzten Worte in Kenntnis. »Daraufhin hatte Arndt sich in den Kopf gesetzt, den Vorgängen von damals auf den Grund gehen zu wollen. Er war der festen Überzeugung, dass seine Mutter die Wahrheit gesagt hat. Und er ist zu dem Schluss gekommen, dass nur jemand aus seinem Freundeskreis seinen Vater erschlagen haben konnte und ihm die Tat hatte anhängen wollen. Das Argument, dass sie alt und dement war, hat er nicht gelten lassen. Er hat vehement darauf verwiesen, dass sie auch immer wieder lichte Momente gehabt habe. Laut Arndt war seine Mutter bei völlig klarem Verstand, als sie mit ihm über das schreckliche Ereignis gesprochen hat.«

»Dann ging es gestern Abend in der *Hafenschänke* also um den Tod seines Vaters und die Umstände, die dazu geführt haben?«, vergewisserte sich Katharina.

»Ja. Laut Cara hat Arndt so eine Art Verhör daraus gemacht und alles in seinem Laptop festgehalten. Cara meinte, erst wäre es noch ganz okay gewesen, aber dann wäre Arndt immer weiter abgedriftet. Es ist wohl ganz schön abgegangen zwischen Arndt und den anderen. Cara und Danilo haben auch deshalb die Runde früher verlassen. Cara war auf jeden Fall ziemlich bedient von dem Abend und auch von Arndt.«

Katharina machte sich eine schriftliche Notiz bezüglich des Laptops, der sich noch bei den Kollegen der SpuSi befand. »Wann genau hast du mit Cara telefoniert?«

»Kurz bevor ich dich angerufen habe. Das war so zwanzig nach elf.«

Katharina überschlug in Gedanken, dass Arndt zu dieser Zeit schon ungefähr eine Stunde tot gewesen war.

Laurence griff nach einem blauen Plastikfeuerzeug, das eine ihrer Aushilfen liegen gelassen hatte, und drehte es zwischen ihren Fingern hin und her. »Es sieht so aus, als hätte Arndt in ein Wespennest gestochen und sich sein eigenes Grab geschaufelt.«

»Zu diesem Zeitpunkt ist das allerdings reine Spekulation«, erklärte Katharina.

Laurence hob den Kopf. »Pffff. Mir ist schon klar, dass du das sagen musst. Zumal es keinen Beweis gibt.«

»Ja, genau«, bestätigte Katharina.

»Aber ganz ehrlich«, setzte Laurence wieder an, und ihre Stimme bekam nun einen nachdrücklichen Ton. »Ihr glaubt doch auch, dass Arndts Tod etwas mit dieser Sache zu tun hat, oder nicht? Das liegt doch auf der Hand!«

»Wir müssen uns jetzt erst mal einen Überblick verschaffen«, sagte Eva diplomatisch. »So lange ermitteln wir in alle Richtungen. Wir können im Moment auch nicht ausschließen, dass er ein Zufallsopfer geworden ist oder dass etwas ganz anderes hinter dem Angriff auf ihn steckt. Aber wir werden alles daransetzen herauszufinden, wer deinem Mann das angetan hat.«

Laurence nickte und legte das Feuerzeug aus der Hand.

Katharina fand es immer wieder faszinierend, welche Wirkung Eva auf die Menschen hatte, mit denen sie es bei ihrer Arbeit zu tun bekamen. Offenbar strahlte sie genau die richtige Mischung aus Ruhe, Kompetenz und der Zuversicht aus, dass sich alles schon richten werde.

»Aus diesem Grund«, legte Eva jetzt nach, »haben wir auch noch ein paar Fragen an dich, die wir aus Routinegründen stellen müssen. Warst du den ganzen Abend zu Hause?«

Man sah Laurence an, dass sie protestieren wollte. Der Blick aus Evas blauen Augen war jedoch so freundlich, dass sie gar nicht anders konnte, als zu antworten. »Ich war bis acht Uhr beim Pilates. Katharina ist meine Zeugin. Danach bin ich direkt nach Hause gefahren und habe mich nicht mehr dort wegbewegt, bis ich mit Katharina zusammen losgefahren bin, um Arndt zu suchen.«

»Gibt es vielleicht jemanden, der das bezeugen kann? Hattest du noch Besuch?«

Laurence stieß ein unfrohes Lachen aus. »Nein, sorry. Damit kann ich nicht dienen.«

»Hattet ihr in letzter Zeit mal Streit?«

»Nein. Oder doch. Aber es war nichts von Belang.«

»Könntest du deinen gestrigen Tagesablauf für uns wiedergeben? So genau wie möglich bitte. Was hast du gemacht? Wann bist du wo gewesen? Wann hast du Arndt das letzte Mal gesehen?«

Während Laurence bereitwillig über alles Auskunft gab, erinnerte Katharina sich an die Bemerkungen der

Französin, die sie während einer ihrer Absacker im *Piccolo* gemacht hatte. Da war es um Anzeichen eines Burn-outs bei ihrem Mann gegangen. Als Laurence geendet hatte, erkundigte sich die Kommissarin deshalb, ob Arndt in letzter Zeit noch etwas anderes beschäftigt habe als das überraschende Geständnis seiner Mutter.

Die Witwe nickte. »Da gab es etwas. Das liegt zwar schon eine ganze Weile zurück, aber es hat auf jeden Fall dazu geführt, dass Arndt sich verändert hat.«

»Um was ging es da?«, wollte Katharina wissen.

»Um Alexander Hardt, Arndts Expartner. Arndt hat herausgefunden, dass er in betrügerische Machenschaften verwickelt war. Alexander hat einigen seiner Mandanten geholfen, Geld am Fiskus vorbeizuschleusen. Als Anwalt für Wirtschaftsrecht mit Zusatzausbildung zum Wirtschaftsprüfer besaß er dafür die nötigen Kenntnisse und das Fachwissen. Er hat sogar selbst Konten auf seinen Namen eingerichtet. Munter schichtete er Geld hin und her und ließ sich das von seinen dankbaren Mandanten fürstlich entlohnen. Nachdem Arndt zufällig hinter dieses System gekommen war, hat er Alexander zur Rede gestellt. Es ist zu unschönen Szenen zwischen den beiden Männern gekommen, in denen Alexander Arndt abwechselnd angebettelt und gedroht hat. Mein Mann ist letztendlich seinem Gewissen gefolgt und hat die Betrügereien zur Anzeige gebracht mit dem Ergebnis, dass sein eigener Partner zu einer zwölfmonatigen Haftstrafe und einem zweijährigen Berufsverbot verurteilt worden war.« Laurence machte eine kleine Pause.

»Und inwiefern hat sich diese unschöne Geschichte auf Arndt ausgewirkt?«, fragte Katharina.

»Es fing damit an, dass Arndt nicht mehr richtig schlafen konnte. Er begann, an Appetitlosigkeit zu leiden, und fiel irgendwie immer mehr in sich zusammen. Meine mehrfachen Aufforderungen, endlich mal zum Arzt zu gehen, ignorierte er geflissentlich. Er wurde immer antriebsloser. Immer wieder kam er auf Alexanders Betrügereien zurück. Wie enttäuscht er darüber sei, schließlich wäre er ja nicht nur sein langjähriger Partner, sondern auch ein Freund gewesen. Andererseits quälte ihn aber auch ein schlechtes Gewissen wegen der Anzeige. Immerhin hatte sie auch enorme Auswirkungen auf das Leben von Alexanders Frau Claudia und die beiden Teenagertöchter gehabt.« Laurence machte eine unwirsche Bewegung mit der Hand. »Ich habe ihm tausendmal versichert, dass nur einer ein schlechtes Gewissen zu haben hat … und das ist Alexander.« Die Französin hob bedauernd die Schultern. »Aber ich habe Arndt nicht recht davon überzeugen können. Was die Kanzlei anging, so hat er glücklicherweise schnell einen neuen Partner gefunden. Einen jungen Familienvater, strotzend vor Ehrgeiz und Energie. Er übernahm mehr als die Hälfte der Mandanten, und je mehr Arbeit er hatte, desto mehr schien er zur Hochform aufzulaufen. So war jedenfalls mein Eindruck. Arndt dagegen klagte jeden Abend über die hohe Arbeitsbelastung und über Kopfschmerzen, wovon ich, das muss ich gestehen, irgendwann ziemlich genervt war.«

Katharina notierte den Namen des Expartners in ihrem Notizbuch und fragte dann, ob der Mann inzwischen wieder aus der Haft entlassen worden sei.

»Ja, vor ungefähr drei Monaten«, gab Laurence zur Antwort.

Katharina hielt auch diese Angabe fest. »Eine Frage habe ich noch. Hast du mit den anderen schon über Arndts Tod gesprochen?«

»Nein. Ich wollte das später machen. Aber unter diesen Umständen habe ich keinen Bedarf mehr, mit ihnen zu reden.«

Eva leitete das Ende der Befragung ein. Sie bat Laurence darum, sich zur Verfügung zu halten, und verwies abschließend auf die psychologischen Hilfsangebote der Polizei. »Meld dich dort, wenn du das Gefühl hast, nicht alleine mit der Situation fertigzuwerden.« Sie drückte Laurence eine Karte mit den Kontakten der Beratungsstelle in die Hand.

Beim Abschied sagte Katharina: »Wir werden ganz sicher nochmal auf dich zukommen. Sollte dir vorher noch etwas einfallen, was dir wichtig erscheint, ruf mich auf jeden Fall an.«

7. KAPITEL

Als die Kommissarinnen wieder im Auto saßen, meinte Katharina: »Laurence hat völlig recht. Arndts Freunde dürfen wir wohl als heiße Spur ansehen.« Ihr Blick schweifte aus dem Seitenfenster und blieb an einer Gruppe von Jungen im Teenageralter hängen, die sich, an der Ampel wartend, gegenseitig anrempelten. Im ersten Augenblick war Katharina sich nicht sicher, ob es Spaß oder Ernst war. Einer von ihnen war ins Straucheln geraten und landete auf seinem Hintern. Die anderen johlten, halfen ihrem Kumpel dann aber wieder auf die Beine.

»Sehe ich genauso. Diese Geschichte mit dem verurteilten Expartner müssen wir aber auch überprüfen. Rache ist immer ein starkes Motiv.« Eva setzte den Blinker und bog von der Steinfurter Straße auf die Grevener Straße ab.

Auf dem Weg zum Auto hatten sie sich darauf geeinigt, als Nächstes Cara aufzusuchen.

Auf der linken Seite tauchte der Germania Campus auf, wo sich Caras Praxis befand. Eine völlig andere Welt als das beschauliche Altstadtviertel, aus dem sie gerade kamen. Wo früher Bier gebraut wurde, war vor gut fünfzehn Jahren ein neues Quartier aus der Retorte entstanden. Katharinas Blick blieb an den unter Denkmalschutz stehenden Gebäuden der ehemaligen Brauerei hängen. Es war den Architekten gut gelungen, den Germaniaturm, das Kesselhaus und die Fabrikantenvilla mit modernen Neubauten zu verbinden.

Eva stellte das Auto auf einem großen Parkplatz an der Rückseite des Campus ab. Neben modernen Appartements, Einzelhandelsgeschäften und verschiedenen Dienstleistungsunternehmen befand sich auf dem Gelände auch ein Ärztehaus. Mit einem Aufzug fuhren die Kommissarinnen in den dritten Stock.

Es kostete sie einiges an Überzeugungskraft, die freundliche Anissa vom Empfang zu überreden, Frau Dr. Bergmann aus einem der fünf Behandlungszimmer zu holen. Schließlich aber fanden sich Katharina und Eva in einem Besprechungsraum wieder, der nichts weiter enthielt als ein paar abstrakte Kunstdrucke an der Wand und einen Tisch mit ein paar Stühlen drum herum. Nur wenige Sekunden nachdem sie sich gesetzt hatten, kam Cara ins Zimmer geeilt, zwischen den Augenbrauen eine steile Falte. Während sie sich setzte, streifte sie die dünnen Latexhandschuhe ab und warf sie als Knäuel vor sich auf den Tisch. Katharina war schon öfters aufgefallen, dass bei vielen Ärzten der klassische Arztkittel ausgedient hatte. Cara trug weiße Jeans, ein weißes Langarmshirt und weiße Sneakers.

»Katharina, ich muss sagen, ich bin etwas überrascht.« Sie würdigte Eva keines Blickes. »Diesen Auftritt musst du mir erklären.« Die Ärztin legte ihre Arme verschränkt auf der makellosen Tischplatte ab und sah Katharina auffordernd an.

»Ja, klar. Wir sind beruflich hier. Das ist meine Kollegin Eva Mertens.«

Cara schaute perplex von Katharina zu Eva und wieder zurück. »Wie meinst du das? Wieso beruflich?«

Diesmal übernahm Eva es, von Arndts gewaltsamem Tod zu berichten. Katharina ließ Cara dabei nicht aus den Augen.

Die Ärztin schien ihren Ohren nicht zu trauen. Immer wieder murmelte sie vor sich hin: »Ich kann's nicht fassen. Ich kann's einfach nicht fassen.« Sie hatte sich inzwischen mit vor der Brust gekreuzten Armen auf ihrem Stuhl zurückgelehnt. Von der demonstrativen Geschäftigkeit war nichts mehr vorhanden. »Laurence hat mich gestern angerufen. Sie hat sich Sorgen um Arndt gemacht, aber ich fand das übertrieben. Mein Gott, wenn ich das gewusst hätte. Die Arme. Wie geht es ihr denn jetzt?«

Katharina dachte, dass Cara aufrichtig bestürzt wirkte. Allerdings traute sie dieser energiegeladenen Frau auch durchaus zu, sich gut verstellen zu können. Sie legte der Ärztin dar, dass sie bereits mit Laurence gesprochen hätten und es für die Aufklärung des Verbrechens nun wichtig sei, auch Antworten von ihr und den anderen zu bekommen. Außerdem verwies sie darauf, dass sie das Gespräch gerne aufzeichnen würden. »Motiv und Alibi, das sind die beiden Punkte, bei denen wir in der Regel ansetzen, und deshalb …«

Cara fuhr dazwischen. »Du spielst auf den Quatsch an, den Arndt gestern losgelassen hat.« Die Ärztin war von ihrem Stuhl aufgesprungen und lief im Zimmer auf und ab. »Laurence hat euch davon erzählt. Aber das könnt ihr vergessen. Niemand von uns hat Arndts Vater erschlagen, deshalb hat Arndt auch keinen von uns triggern können. Denn das vermutet ihr doch, oder? Aber ich sage euch, Arndts Mutter hat ihren Mann auf dem Gewissen. Sie war dement und nicht mehr zurechnungsfähig. Sie hat Arndt ein Hirngespinst in den Kopf gepflanzt.«

Katharina antwortete ruhig: »Also, Arndts Annahme, einer von euch könnte seinen Vater auf dem Gewissen haben, müssen wir im Zusammenhang mit seinem Tod schon ernst nehmen. Das heißt aber nicht, dass andere Ermittlungsansätze und Theorien vernachlässigt werden. Was könnte denn deiner Meinung nach hinter dem Überfall stecken. Hast du eine Idee?«

Cara war stehen geblieben. Ohne das geringste Zögern sagte sie: »Ja, habe ich. Ich weiß ja nicht, ob Laurence dazu etwas gesagt hat, aber Arndt hatte ziemlichen Ärger mit seinem Partner aus der Kanzlei. Genauer gesagt mit dem ehemaligen Partner. Er hat ihn wegen Betrugs angezeigt. Daraufhin wurde er zu einer Gefängnisstrafe verurteilt. Vor einer Weile hat Laurence mal erwähnt, dass der Typ entlassen wurde.«

Katharina nickte. »Wir wissen darüber Bescheid und werden dem auch nachgehen. Allerdings sind wir ja jetzt hier bei dir, und deshalb würden wir uns auch gerne auf dich konzentrieren. Aber bitte verstehe unsere Fragen nicht als Schlussfolgerungen. Es geht vorerst nur darum, alle Fakten zu sammeln, damit wir uns ein Gesamtbild machen können.«

Cara setzte ihren Streifzug durch das Besprechungszimmer fort. Mit einer ungehaltenen Handbewegung sagte sie: »Ja, dann los. Ich kann den armen Jungen nicht ewig warten lassen.«

Bei der ersten Befragung von Zeugen und Verdächtigen ließen sich Katharina und Eva meistens von ihrer Intuition leiten. Sie waren so gut aufeinander eingespielt, dass sie nur selten etwas im Vorfeld absprachen. Das kam erst später, wenn es bei den Vernehmungen darum ging, ein Geständnis zu erreichen oder eine Aussage zu einem bestimmten Aspekt aus einer Person herauszubekommen.

»Laurence hat uns erzählt, dass du gestern Abend am Telefon ziemlich aufgebracht warst und die *Hafenschänke* mit Danilo zusammen früher verlassen hast«, begann Katharina. »Warum bist du eher gegangen?«

Caras Hand fuhr zu ihrem Hals. Eva deutete auf den Stuhl. »Setzen Sie sich doch bitte.«

Fast automatisch kam Cara der Aufforderung nach. »Wir können uns ruhig duzen«, sagte sie mit abwesendem Blick, räusperte sich und fing an zu reden. »Du weißt ja bereits, Katharina, dass ich es war, die Herrn Neuhaus im Pool gefunden hat. Für mich war das ein traumatisches Erlebnis, was mich noch bis heute verfolgt. Ich habe mit den anderen nie darüber gesprochen, aber ich hatte jahrelang schlimme Albträume und dadurch bedingt starke Schlafstörungen. Irgendwann wurden die Träume weniger, aber die Schlafstörungen sind chronisch geworden. Ich war ewig in Behandlung deswegen. Aber was ich auch probiert habe, nichts hat wirklich geholfen. Ich weiß nicht, ob ihr euch das vorstellen könnt, aber Schlafmangel ist die Hölle. Nicht umsonst wird Schlafentzug als Foltermethode angewandt. Irgendwann habe ich eine Therapeutin gefunden, die mir mit einer Mischung aus kognitiver Verhaltenstherapie und einem bestimmten Medikament helfen konnte. Den Rest hat mein hohes wöchentliches Sportpensum besorgt. Ich habe meine Insomnie in den Griff bekommen, und um nichts in der Welt möchte ich diesen Zustand gefährden. Ich hatte einfach keine Lust, mich von Arndt wieder in diesen Strudel ziehen zu lassen. Vor allem nicht wegen solcher unverschämten, an den Haaren herbeigezogenen Verdächtigungen. Deshalb bin ich gegangen.«

Katharina nickte, und Cara sprach weiter.

»Arndt wollte zuerst wissen, was uns von dem Abend noch im Gedächtnis geblieben ist. Jule und Tobi haben dann auch brav den Ablauf der Party und alles andere beschrieben, obwohl sie sich zuerst auch total über Arndts irre Vermutung aufgeregt haben. Ich habe zu Arndt gesagt, dass ich dem nichts weiter hinzufügen kann. Er wollte dann mit mir darüber sprechen, wie das war, als ich seinen Vater entdeckt habe. Ob mir da etwas Ungewöhnliches aufgefallen wäre.« Cara stieß ein bitteres Lachen aus. »Ich habe seinen Vater reglos im Wasser treibend gefunden, und seine Mutter hockte am Beckenrand und starrte mit geisterhaftem Gesicht auf ihn runter. Sorry, aber mit viel mehr Ungewöhnlichem konnte ich nun wirklich nicht dienen.«

»Hat Arndt sich damit zufriedengegeben?«, wollte Eva wissen.

Caras Hand fuhr wieder zu ihrem Hals und verharrte dort.

»Nein. Er sagte, es ginge ihm um Details. Alles könnte wichtig sein. Ich sollte mich gedanklich in die Situation zurückversetzen und mir nochmal alles vor Augen führen. Na, schönen Dank auch! Da bin ich aufgestanden und habe mich verabschiedet. Nicht ohne Arndt klipp und klar zu sagen, wie unmöglich und auch verletzend ich seine Unterstellung finde. Danilo hat die Gunst der Stunde genutzt und ist mit mir mitgekommen.«

»Seid ihr zusammen nach Hause gefahren?«, fragte Katharina.

»Nur bis zur Schillerstraße. Ich wohne im Mauritz-Lindenweg gegenüber des Friedhofs. Ich bin über die Andreas-Hofer-Straße zurückgefahren, und Danilo hat sich durch die kleinen Straßen Richtung Friedensstraße geschlängelt. Er wohnt im Erphoviertel.«

»Da du alleine wohnst, kann niemand bestätigen, wann du nach Hause gekommen bist, oder?«

Cara zuckte mit den Schultern. »Leider nein.«

»Wann hast du Arndt das letzte Mal gesehen?«

Cara setzte ein müdes Lächeln auf. »Soll das eine Fangfrage sein, Frau Kommissarin?«

Katharina gab das Lächeln zurück. »Also, hast du ihn nach dem Treffen in der *Hafenschänke* nicht mehr gesehen?«

»So ist es. Interessanterweise ist mir aber etwas anderes passiert.«

»Nämlich?«

»Obwohl ich mich gar nicht mehr mit dieser furchtbaren Geschichte befassen wollte, hatte Arndt es geschafft, mein Gedankenkarussell wieder anzuwerfen. Trotz zwei Gläsern Rotwein, was inzwischen besser hilft als die Schlaftabletten, lag ich noch lange wach und hatte wieder die alten Bilder vor Augen. Und da ist mir tatsächlich etwas eingefallen … ein Detail … ich habe nie einen Gedanken daran verschwendet, denn es bestand ja keine Veranlassung dazu, aber als ich heute Nacht darüber nachgegrübelt habe …«

»Ja?« Beide Kommissarinnen schauten die Ärztin aufmerksam an.

»Es geht um die Tür nach draußen«, fuhr Cara fort. »Das Schwimmbad befand sich im Keller, und von dort aus gab es eine Tür in den Garten. Die war aber immer verschlossen und wurde auch nie von Familie Neuhaus benutzt. Ich glaube, wir sollten gar nicht erst auf die Idee kommen, zwischen Schwimmbad und Garten hin und her zu laufen. Von wegen Dreck reintragen und so. Wenn wir fertig waren mit Schwimmen, dann haben wir uns wieder angezogen und sind durchs Haus nach oben gegangen. Das war ein ungeschriebenes Gesetz. Aber als ich auf Herrn und Frau Neuhaus gestoßen bin, stand die Tür auf. Ich sehe es ganz genau vor mir.«

»Dann habt ihr die Tür an dem Abend wahrscheinlich doch benutzt«, vermutete Eva. »Ihr wart doch alleine und habt ordentlich Party gemacht. Da gehört es doch auch dazu, sich über Verbote hinwegzusetzen.«

»Ja, wahrscheinlich. Es ist nur eigenartig, weil wir das sonst nie gemacht haben. Ich habe auch gar nicht mitbekommen, dass einer von uns die Tür geöffnet hat.«

In diesem Augenblick klopfte es, und gleich darauf steckte Anissa ihren Kopf herein. »Wie lange dauert das denn hier noch, Frau Doktor? Jonas hat langsam keine Lust mehr, und mein Ablaufplan für heute Vormittag ist schon jetzt hinüber.«

Cara erhob sich. »Wir sind fertig, Anissa. Ich komme.«

Katharina und Eva standen ebenfalls auf. Katharina sagte: »Ich gehe davon aus, dass du Münster in der kommenden Zeit nicht verlassen wirst. Oder hast du eine Reise oder einen Kurztrip geplant? Dann müssten wir dich bitten, das zu canceln.«

»Ich habe keinen Urlaub mehr in diesem Jahr.« Die Ärztin hielt ihren Besucherinnen die Tür auf. »Sehe ich das richtig, dass wir eure Hauptverdächtigen sind? Das mit dem Überblick verschaffen ist doch nur Geschwafel.«

»Lass es mich so sagen«, antwortete Katharina. »Bei Fällen wie diesem, wenn also Bandenkriminalität und Ähnliches ausgeschlossen werden kann, dann stammt laut Statistik der Täter oder die Täterin zu über fünfzig Prozent aus dem sozialen Nahbereich des Opfers. Als Arndts Freunde gehört ihr zu diesem Personenkreis.«

Auf dem Weg zum Auto hielt Eva ihrer Freundin den Autoschlüssel hin. »Ich springe schnell beim Rewe rein. Ich habe keine Lust auf ein Resteessen aus der Kantine.«

Katharina warf einen Blick auf ihre Armbanduhr. Der Vormittag war wie im Flug vergangen. Es war bereits Viertel nach zwei. »Ich warte im Auto.«

Eva nickte, und Katharina sah ihr nach, wie sie durch die Schiebetür des Supermarkts verschwand und die Theke vom Bäcker ansteuerte. Am Dienstwagen angekommen, hatte sie gerade die automatische Türverriegelung betätigt, da vibrierte ihr Handy in ihrer Gesäßtasche. Es war Birgit.

»Ich rufe vom Präsidium aus an«, meldete sich die Kollegin mit untypisch dünner Stimme. »Es geht um KD. Er wurde gerade im Krankenwagen abtransportiert.«

Katharina spürte, wie der Schreck in ihre Beine sickerte. Sie lehnte sich gegen das Auto.

»Er hatte so etwas wie einen epileptischen Anfall. Es war so furchtbar!« Birgit rang um Fassung.

»Was genau ist passiert?«, wollte Katharina wissen.

»Ich bin in sein Büro gekommen, um zu fragen, ob es bei der Besprechung um drei Uhr bleibt. Er lag auf dem Fußboden und hat sich gekrümmt, und seine Beine und Arme und auch der Kopf haben völlig unkontrolliert gezuckt. Als hätte ihm jemand Elektroschocks durch den Körper gejagt. Es ist Schaum aus seinem Mund gekommen, und er wurde ganz blau im Gesicht. Dann ist er plötzlich schlaff geworden und hat sich gar nicht mehr bewegt.«

Birgits Stimme kippte. »Ich habe schon viel gesehen«, flüsterte sie. »Aber das hat mich wirklich umgehauen. Ich habe mich so hilflos gefühlt.«

Vor Katharinas innerem Auge schob sich etwas ins Bild und nahm das ganze Format ein. Ihr Chef, dieser baumlange Kerl mit den kurz rasierten Haaren und den braunen Hundeaugen, wie er auf dem Fußboden lag und krampfte.

»Ich habe den ganzen Flur zusammengeschrien«, fuhr Birgit fort. »Die Kollegen waren einfach großartig. Irgendjemand hat den Notarzt gerufen, und Christoph und Martina haben sich um KD gekümmert. Haben ihn in die stabile Seitenlage gelegt und Mund und Nase von Speichel und Erbrochenem befreit.«

»Wo haben Sie ihn hingebracht?«

»In die Uniklinik. Der Notarzt und die Sanis haben nicht viel zu seinem Zustand gesagt, aber er ist die ganze Zeit nicht wieder zu Bewusstsein gekommen.« Nun fing Katharinas Kollegin an zu weinen. Birgit arbeitete schon über dreißig Jahre mit KD zusammen. Die beiden verband aber mehr als eine lange berufliche Beziehung. Birgit hatte sich auch mit KDs verstorbener Frau gut verstanden, und in den vergangenen Monaten hatten sie und ihr Mann KD und Helene Reinbeck hin und wieder zum Essen eingeladen und umgekehrt.

Auch Katharina spürte einen Kloß im Hals. Sie sah Eva auf sich zukommen. Ihr Pferdeschwanz schwang fröhlich von einer Seite zur anderen. Sie hatte zwei Tüten in der Hand. Katharina wusste, was sie enthielten. Ein belegtes Käsebrötchen und eine Laugenstange für sie und ein Franzbrötchen und ein Schokocroissant für Eva. Warum dachte sie jetzt ans Essen, fragte sie sich und hörte gleichzeitig, wie Birgit sagte: »Es steht nicht gut um ihn, Katharina.«

Erschrocken und bestürzt von Birgits Anruf, machten sich Katharina und Eva auf den Weg ins Präsidium. Dort stand allen die Betroffenheit über den Vorfall ins Gesicht geschrieben.

Erst zwei Stunden später sorgte ein Anruf von Helene Reinbeck für Erleichterung. Katharina und Eva waren gerade dabei, die Befragungen mit Laurence und Cara zu protokollieren, als Birgit in ihr Büro kam. »Helene hat mich gerade aus der Klinik angerufen«, berichtete sie und strich sich ihr brünettes, mit feinen, silbernen Strähnen durchzogenes Haar aus dem Gesicht. »KD ist im Krankenwagen wieder zu sich gekommen. Es geht ihm soweit gut!«

Katharina und Eva stöhnten beide befreit auf. »Gott sei Dank«, sagte Eva und hielt Birgit eine geöffnete Schachtel Celebrations hin. Als diese dankend verneinte, nahm Eva sich einen Mini-Bounty und stellte die Schachtel in Reichweite wieder ab.

»KD bleibt zur Beobachtung ein paar Tage im Krankenhaus«, fuhr Birgit fort. »Sie ziehen den MRT-Termin vor und werden ihn jetzt auch nochmal insgesamt durchchecken. Man hofft, dass man nicht nur die Ursache für seine ständigen Kopfschmerzen, sondern auch für den Krampfanfall findet.« Die ältere Kollegin wandte sich an Katharina. »Der Chef lässt dir etwas ausrichten. Er würde sich freuen, wenn du heute noch auf einen Sprung bei ihm vorbeischauen könntest.« Birgit schüttelte missbilligend den Kopf. »Helene war auch nicht begeistert davon, aber ihr kennt ja KD. Er hat darauf bestanden, dass sie seinen Wunsch weitergibt.«

Katharina zuckte mit den Schultern. »So ist er eben. Er möchte halt auf dem Laufenden bleiben. Wenn wir hier fertig sind, fahre ich ihn besuchen.«

»Aber ihr könntet doch auch einfach telefonieren«, wandte Birgit ein. »Warum er sich jetzt nicht erst mal die Ruhe antut, versteht doch kein Mensch.« Sie zeigte auf die Süßigkeiten. »Ich könnte jetzt doch etwas davon vertragen, Eva.«

Am späten Nachmittag radelte Katharina auf ihrem Mountainbike vom Polizeipräsidium den Friesenring Richtung Universitätsklinik entlang. Als sie vom Ring aus rechts in die Einsteinstraße abbog, erhaschte sie einen Blick auf die vier zylindrischen Bettentürme der Uni-Klinik, die als Wahrzeichen der Münsteraner Skyline galten. Auf dem Albert-Schweitzer-Campus angekommen, stellte sie ihr Rad ab und ließ den Blick an den imposanten Bauwerken entlanggleiten. Je zwei Türme waren zu einem Ensemble zusammengefasst. Architektonisch mochten diese technokratischen Gebäude von Bedeutung sein, in Katharina löste ihr Anblick jedes Mal ein bedrückendes Gefühl aus. Vor mehr als zehn Jahren war ihr Vater in einem der über zweiundsechzig Meter hohen Bettentürme seiner Chronisch-Lymphatischen Leukämie erlegen.

Sie betrat den Westturm, in dem die Neurologische Klinik untergebracht war. Birgit hatte ihr erklärt, wie sie zu KDs Zimmer gelangte. Der Leiter des KK11 war in einem Doppelzimmer untergebracht, doch das Bett an der Tür war nicht belegt. Beim Anblick ihres Chefs hatte Katharina plötzlich das Bild ihres Vaters nach dessen Knochenmarktransplantation vor sich, die ihm letztendlich nichts genützt hatte. Sie musste schlucken und fegte die Erinnerung beiseite wie welkes Laub vom Gehsteig.

»Ah, Katharina. Schön, dass du kommst!« KD lag angezogen auf dem Bett und winkte sie herein.

Die Kommissarin begrüßte ihren Chef, zog ihre Jacke aus und nahm auf dem bereitstehenden Besucherstuhl Platz. »Du hast uns einen riesigen Schrecken eingejagt«, sagte sie.

Das Rückenteil des Bettes war hochgeklappt, sodass KD bequem an den Beistelltisch neben dem Bett herankam. Er deutete auf die Flasche Wasser. »Möchtest du einen Schluck trinken?«

Katharina schüttelte den Kopf.

KD füllte sein Glas und leerte es in einem Zug. »Ja, das war auch für mich eine ganz neue Erfahrung. Ich erinnere mich tatsächlich an nichts. Als ich im Krankenwagen wieder zu mir gekommen bin, war ich doch einigermaßen überrascht, mich nicht mehr im Büro zu befinden.«

»Gibt es schon eine Vermutung, wie es zu dem Anfall gekommen ist?«

»Nein. Die Ärzte stellen ja keine Vermutungen an. Die warten die Untersuchungsergebnisse ab.« Er lächelte. »Da sind sie wie wir. Das MRT ist jedenfalls gemacht, und im Laufe der Woche folgt der Rest. Die wollen mich einmal auf den Kopf stellen. Danach weiß man hoffentlich mehr.«

»Dann steht wahrscheinlich auch noch nicht fest, wie lange du hierbleiben musst, oder?«

»Nein, und deshalb habe ich dich auch gebeten vorbeizukommen. Es ist so, Katharina. Ich glaube nicht, dass ich in der nächsten Woche schon wieder am Start bin und vielleicht auch noch nicht die Woche danach. Diese Kopfschmerzen und jetzt dieser Anfall, vielleicht steckt etwas Ernsteres dahinter.«

Katharina spürte, wie sie einen trockenen Mund bekam. »Aber das weißt du doch gar nicht. Das kann doch eine Art Migräne sein oder …«

KD unterbrach sie. »Ja. Das kann sein. Es kann aber auch etwas anderes sein. Das wird man sehen. Aber wir können nicht davon ausgehen, dass ich Mitte oder Ende der Woche wieder fit bin, und deshalb möchte ich, dass du die Leitung der Ermittlungen in unserem aktuellen Mordfall übernimmst. Ganz offiziell. Helene weiß schon Bescheid.«

»Ich? Warum ich? Wäre es nicht besser, wenn Birgit ...«

»Nein. Birgit ist eine erfahrene Beamtin, aber glaub mir, ich tue ihr keinen Gefallen, wenn ich sie zur Ermittlungsleiterin mache. Vor allem jetzt nicht, wo sie ihre Stunden reduziert hat. Ich habe es dir schon oft gesagt, Katharina, du bist meine beste Ermittlerin. Du wirst auch diesmal erfolgreich sein. Mach es einfach wie immer. Spuren überprüfen, Fragen stellen, zuhören und auf Zwischentöne achten.«

»Aber als Leiterin der Ermittlungen kommt doch noch etwas mehr dazu«, wandte Katharina ein.

KD machte eine beschwichtigende Bewegung mit der Hand. »Aber das ist gar nicht so viel«, behauptete er. »Die Kommunikation nach oben und das Koordinieren der Aufgaben. Und natürlich den Überblick behalten. Das war es im Grunde auch schon.«

Katharina seufzte. Sie fühlte sich geschmeichelt von dem Vertrauen, das ihr Chef ihr entgegenbrachte, aber sie war sich nicht sicher, ob sie dieser Herausforderung gewachsen war. Denn einen wesentlichen Punkt hatte KD nicht genannt, nämlich die Verantwortung, die mit dieser Aufgabe einherging. Die Verantwortung dafür, dass die Untersuchungen in dem Mordfall letztlich zum Erfolg führten oder eben nicht. Es war etwas anderes, sich lediglich auf das Aufspüren der Wahrheit zu konzentrieren, als den Weg dahin auch noch zu organisieren und am Ende für das Ergebnis geradestehen zu müssen.

»Gut, ich mach's«, sagte sie schließlich.

KD klatschte erfreut mit der flachen Hand auf die Bettkante. »Ich hatte auch nichts anderes erwartet. Und jetzt lass hören. Was hat die Witwe gesagt?«

* * *

Als Katharina nach diesem langen Tag abends im Bett lag, warf sie noch einen letzten Blick auf ihr Handy. Nachdem sie aus dem Krankenhaus gekommen war, hatte sie eine WhatsApp in den Kollegen-Chat geschickt. Sie hatte das Team darüber informiert, dass KD ihr die Leitung der Ermittlungen übertragen hatte. Binnen weniger Minuten waren Emojis von klatschenden Händen, hochgereckten Daumen und lachenden Gesichtern mit Sternchenaugen zurückgeschickt worden.

Anschließend hatte Katharina noch eine weitere Nachricht gesendet: *Besprechung morgen um 9!*

Erst jetzt sah sie, was Tim darauf geantwortet hatte: *Geht auch 10?*

Nein! tippte Katharina, legte das Handy zur Seite und schlief augenblicklich ein.

8. KAPITEL

1986

Monika saß in ihrem vollgestellten Arbeitszimmer am Schreibtisch. Erst kürzlich hatte sie den Tisch von der Wand weg und unter das Fenster geschoben. Nun konnte sie von ihrem Arbeitsplatz ins Grüne schauen. Monika liebte den Anblick des Gartens. Hier gab es eine Wiese statt kurz gemähtem Rasen, alte Apfelbäume und am Rand Rabatten, in denen im Sommer bunte Blumen wild durcheinanderwuchsen.

Im Moment war draußen allerdings gar nichts zu sehen. Es war Abend, und die Dunkelheit drückte sich von außen gegen das Fenster. Alles, was Monika sah, wenn sie den Blick von den Deutscharbeiten löste, war eine Frau mittleren Alters, deren Leben in Schieflage geraten war. Wovon allerdings niemand etwas wusste, außer sie selbst. Monika betrachtete ihr Spiegelbild und versuchte, sich vorzustellen, was andere in ihr sahen. Eine typische Lehrerin? Eine durchschnittlich aussehende Frau, die ihr Alter nicht leugnen konnte? Eine interessante Frau, weil rötliches Haar und grüne Augen nicht so häufig vorkamen wie blond und blauäugig?

Monika seufzte, setzte die Note *befriedigend* unter die Arbeit, die vor ihr lag, und griff nach dem nächsten Heft. Es war das von Arndt. Monika schlug es auf. Zunächst schaute sie sich die Berichtigung der vorangegangenen Arbeit an. Monika überflog die acht Sätze in Arndts gleichmäßiger, leicht nach rechts kippender Jungenhandschrift und setzte einen Haken und ihr Kürzel dahinter. Dann blätterte sie um und begann zu lesen. Die Charakterisierung von Effi Briest war Arndt gut gelungen. Bislang war er der Einzige, der Effis liebstes Spielzeug, die Schaukel, als Hinweis auf das kommende Schicksal des jungen Mädchens identifiziert hatte.

Während Monika las, hörte sie Wolfgang in der Küche nebenan herumklappern. Sie hatten gerade zusammen Abendbrot gegessen. Jule war anschließend zu Cara geradelt. Wolfgang hatte sich bereiterklärt, den Abendbrottisch abzuräumen. Was das anging, konnte Monika sich wirklich nicht über ihren Mann beschweren. Sie wollte die Klassenarbeiten am Montag zurückgeben. Da sie am Wochenende noch andere Dinge zu tun hatte, war ihr nichts anderes übrig geblieben, als sich nochmal an ihren Schreibtisch zu setzen. Sie konnte aber, wenn sie viel für die Schule zu tun hatte, immer auf Wolfgang zählen. Ohne zu murren, brachte er sich in die Hausarbeit mit ein. Von ihren Kolleginnen wusste sie, dass das nicht selbstverständlich war.

Wolfgang hatte das Radio angestellt, und als nach den 19-Uhr-Nachrichten das Lied *Summer of '69* gespielt wurde, sang er den Refrain laut mit. Der Rotstift schwebte über Arndts Heft, während Monika lauschte. Sie konnte ihren Mann jetzt genau vor sich sehen. Die Ärmel seines Hemdes bis zu den Ellenbogen umgekrempelt, ein Geschirrhandtuch über die Schulter geworfen, absolvierte er jetzt mit Sicherheit einige ungelenke Tanzschritte. Die Vorstellung berührte Monikas Herz. Auf eine gewisse Art liebte sie ihn immer noch. Sie liebte ihn, weil er anständig und zuverlässig war. Und weil er über sich hinauswuchs, wenn es um »die da oben« ging. Monika musste lächeln. »Die da oben.« Das war O-Ton Wolfgang. Leider ließ ihr Mann dieses Engagement in ihrer Ehe komplett vermissen. Er war ein verlässlicher Partner. Aber mehr auch nicht. Romantik, Zärtlichkeit und Sex, der mal ein bisschen vom Standardrepertoire abwich, gehörten schon lange der Vergangenheit an. Diese Dinge waren irgendwo zwischen Kindererziehung, Arbeiten und Alltag auf der Strecke geblieben. Was Wolfgang anging, so war er offenbar mit dem zufrieden, was sie hatten. Eine wohlgeratene Tochter, ein Eigenheim, eine sichere Arbeit und abends ein paar gemeinsame Stunden vor dem Fernseher. Aber Monika wollte mehr. Und deshalb war ihr das passiert, was sie nie für möglich gehalten hätte. Sie hatte sich in einen anderen Mann verliebt und damit ihr Leben in besagte Schieflage gebracht.

In der Küche war Ruhe eingekehrt. Durch die Wand konnte Monika die Spülmaschine leise brummen hören. Wolfgang war ins Wohnzimmer gegangen und hatte es sich wahrscheinlich mit einem Bier und der Tageszeitung auf dem Sofa gemütlich gemacht. Monika zog die oberste Schublade ihres Schreibtisches auf. Ganz oben lag eine Hochglanzbroschüre. Die Lehrerin nahm sie heraus und betrachtete die erste Seite. *Orthopädische Praxis Dr. Fred Neuhaus.* Darunter war zu lesen: »Das Praxisteam stellt sich vor.« Es folgten fünf Portraitfotos in Passbildgröße. Sie zeigten die vier Arzthelferinnen und den Chef der Praxis. Eine der Frauen war in Monikas Alter. Die anderen drei waren blutjung, Monika konnte sie kaum auseinanderhalten. Aber sie hatte sowieso nur Augen für den umwerfend gut aussehenden Mann im strahlend weißen Polohemd mit den lächelnden, von dichten Wimpern umrahmten dunkelblauen Augen.

»Nehmen Sie sich gerne eine Broschüre mit«, hatte Frau Schulze-Holtkamp vom Empfang gesagt, als Monika bei ihrem letzten Besuch auf das Foto gestarrt hatte. Etwas ertappt hatte Monika das Faltblatt in ihre Handtasche gestopft. Jetzt strich sie zärtlich mit den Fingerspitzen über das ovale Gesicht von Dr. Fred Neuhaus.

Plötzlich hallte Jules Stimme in ihrem Kopf wider. »Mama, wie gut kennst du eigentlich Arndts Eltern?« Im ersten Augenblick hatte die Frage ihrer Tochter ihr einen Schrecken eingejagt. Aber warum eigentlich? Sie hatte nichts Verbotenes getan. Allerdings war ihr Jules Fragerei irgendwie komisch vorgekommen. Sie seufzte tief, legte die Broschüre zurück und schloss die Schublade mit einem Ruck.

Dann kramte Monika unter dem Stapel der Klassenarbeitshefte ihren roten Lehrerkalender hervor und blätterte darin. Ihr Herz machte einen kleinen Sprung. Am kommenden Mittwoch hatte sie den nächsten Termin in der Praxis Neuhaus. Und dann war es an der Zeit, endlich das umzusetzen, was sie sich schon so lange vorgenommen hatte. Monika spürte den Anflug eines Zweifels, aber sie ignorierte ihn. Was war schon dabei? Es war doch alles völlig harmlos.

* * *

Jule, Cara und die Jungs trafen sich an diesem Abend im Partykeller von Caras Eltern. In dem schummrigen, holzvertäfelten Raum mit den ausrangierten Polstermöbeln und der selbst gezimmerten Bar war es nicht nur urgemütlich, sondern sie waren auch ungestört. Caras Eltern ließen sich nie hier unten blicken. Ab und an kam es vor, dass Caras Schwester ihren Kopf durch die Tür steckte. Dann schnappte sich Cara eins der geblümten Kissen, warf es mit Schwung Richtung Tür und rief: »Verpiss dich!«

Jule balancierte einen Collegeblock auf ihren Knien und hielt einen Kugelschreiber mit der Aufschrift *Wir machen auch Hausbesuche – Ihr Finanzamt Münster* in der Hand. Noch hatte sie nicht viel aufgeschrieben. Nur dass Tobi am nächsten Mittwoch den Anfang mit der Beschattung von Herrn Neuhaus machen sollte.

»Wann geht dein Vater denn mittwochs aus der Praxis?« Tobi sah Arndt fragend an.

»Um zwölf Uhr ist die Sprechstunde zu Ende. Aber er bleibt immer noch ungefähr eine Stunde länger, um Schreibkram und Telefonate zu erledigen. Dann geht er zu *Stuhlmacher* zum Mittagessen, und danach macht er sich auf den Weg zu seinen Patienten.«

»Na, das passt doch gut«, sagte Jule. »Wir haben sechs Stunden am Mittwoch. Du kannst dich also nach der Schule vor *Stuhlmacher* postieren und ihn dort abpassen.« Sie wandte sich Arndt zu. »Es macht wenig Sinn, dich zum Beobachten einzuteilen. Auf uns wird er nicht achten, aber bei dir ist das etwas anderes. Die Gefahr ist zu groß, dass er dich entdeckt. Schließlich können wir uns nicht unsichtbar machen. Es kann immer mal sein, dass er sich plötzlich umschaut.«

In Tobis Augen trat ein schwärmerischer Ausdruck. »Wär das geil, wenn wir uns unsichtbar machen könnten oder so etwas wie einen Tarnumhang hätten.«

Seine Freunde reagierten auf seine kindliche Fantasie wie immer mit einem milden Lächeln. Nur Danilo schüttelte den Kopf und murmelte: »Ach, Tobi.«

9. KAPITEL

Gegenwart

Am Donnerstagmorgen war Katharina bereits eine Dreiviertelstunde vor ihren Kollegen im Präsidium. Im Besprechungsraum war die Luft abgestanden. Katharina riss die Fenster auf und säuberte dann die beiden übergroßen mobilen Whiteboards, die vor Kopf des langen Konferenztisches standen. Anschließend griff sie nach einem Boardmarker und hielt auf der linken Tafel stichwortartig fest, was es bislang an Fakten und Informationen im Fall Arndt Neuhaus gab.

Anschließend zeichnete sie auf das andere Whiteboard eine Tabelle, in der sie Arndts Namen und dann die von Laurence, Jule, Cara, Danilo und Tobi eintrug. Als Letztes notierte sie den Namen von Arndts ehemaligem Partner Alexander Hardt.

Um kurz vor neun legte Katharina zufrieden den Stift aus der Hand und griff nach dem Bericht der Gerichtsmedizin, der heute Morgen auf ihrem Schreibtisch gelegen hatte. Als ihr Blick auf die graue Mappe gefallen war, hatte sie ein stolzes Lächeln nicht unterdrücken können. Es war schon ein besonderes Gefühl, dass die Fäden nun alle bei ihr zusammenliefen.

Während sie den Bericht studierte, betrat Birgit den Raum. Sie hängte ihre Umhängetasche über eine Stuhllehne. »Ich koche uns schnell eine Kanne Kaffee«, verkündete sie und war auch schon wieder verschwunden.

Als Nächstes tauchte Jörn auf. Wie immer tiptop angezogen mit anthrazitfarbenem Jackett und schwarzem Hemd mit Rundhalskragen. Sein zurückgekämmtes Haar war noch feucht von der morgendlichen Dusche. »Oh, du warst ja schon fleißig«, lobte er mit einem flüchtigen Blick auf die beschriebenen Tafeln, ließ sich dann auf einem Stuhl nieder und wischte über den Bildschirm seines Handys.

Eva betrat den Raum. In den Händen balancierte sie ein mit Papier eingeschlagenes Kuchentablett. »Guten Morgen«, grüßte sie gut gelaunt und strahlte Katharina an. »Ermittlungsleiterin. Sehr cool! Ich bin stolz auf dich.«

»Danke.« Katharina lächelte ihr zu. Das war das Tolle an Eva. Im beruflichen Zusammenhang gab es so etwas wie Neid oder Missgunst für sie nicht.

Eva befreite das Kuchentablett vom Papier und schob den Pappteller in die Mitte des Tisches. »Ich war heute Morgen schon bei *Bread & Breakfast* und habe diese göttlichen Zimtschnecken gekauft, die es auch immer auf dem Markt gibt.«

Jörn löste den Blick von seinem Telefon und betrachtete das Gebäck mit deutlich mehr Interesse als zuvor die Whiteboards. »Sind das diese mega Dinger von dem kleinen Kaffeestand direkt an der Domgasse?«, fragte er.

»Ja, genau. Ich finde, das sind die besten Zimtschnecken in ganz Münster.«

Die beiden begannen eine Unterhaltung darüber, ob es notwendig war, die trendigen Hefeteilchen mit Toppings wie Schoko-Chunks, Smarties, Heidelbeer-Frischkäse oder Karamellsauce zu versehen. Eva, der es gar nicht süß genug sein konnte, war dafür.

Katharina warf einen Blick auf ihre Armbanduhr. Es war inzwischen Viertel nach neun. Birgit kam herein und stellte eine Warmhaltekanne neben dem Gebäck ab. »Ah, wir haben Cinnamon Rolls!«, sagte sie erfreut. »Dann hole ich noch Teller und kleine Gabeln. Dieses Zeug klebt ja immer so.«

Katharina stöhnte innerlich auf. Sie überlegte, ob Tim ihre Antwort nicht gelesen hatte und erst um zehn Uhr auftauchen würde. Doch da hörte sie ein helles Kinderlachen, und Tims blonder Engel Emilia marschierte in den Besprechungsraum. Sie zerrte eine riesige Stoffpuppe hinter sich her, die fast so groß war wie sie selbst. In der anderen Hand hielt sie ein angebissenes Croissant. Katharinas Kollege tauchte hinter seiner Tochter auf. »Moin.« Tim nickte müde in die Runde. »Ich musste Emmi mitbringen. Annkathrin hat heute Nacht Magen-Darm bekommen. Ich hoffe, das ist okay.«

Nein, ist es nicht, lag es Katharina auf der Zunge, aber sie schluckte die Worte hinunter. Sie wollte jetzt mit den Kollegen den Stand der Ermittlungen durchgehen und die Aufgaben verteilen und nicht mit Tim darüber diskutieren, ob es vertretbar war, dass er ständig seine kleine Tochter mit ins Präsidium schleppte.

Birgit schenkte etwas umständlich Kaffee aus und schob allen eine Tasse zu. »Was trinkt Emmi?«, wandte sie sich an Tim.

»Das!«, rief die Kleine und deutete energisch mit dem Finger auf Tims Tasse.

»Nee, nee, nee. Für Emmi habe ich das hier«, sagte ihr Papa und holte aus seinem Rucksack eine bunt bedruckte Schnabeltasse mit zwei Henkeln an jeder Seite.«

»Oh, trinkt sie noch nicht aus einem Becher?«, fragte Jörn, und dabei hob sich ein klein wenig seine linke Augenbraue.

Katharina kam Tim zuvor, der gerade zu einer Rechtfertigung ansetzen wollte. »Wenn jetzt alle versorgt sind, würde ich gerne anfangen«, erklärte sie mit einem Hauch von Ungeduld in ihrer Stimme.

Eva nickte, deutete dann aber auf die Zimtschnecken. »Leg ruhig los. Ich mache mich mal ans Verteilen.«

Katharina spürte, wie eine Welle des Unmuts sie ergriff, aber sie versuchte, das Gefühl zu ignorieren, und ging als Erstes auf den Bericht der Gerichtsmedizin ein. Er bestätigte die Aussage des Notarztes, dass Arndt mit voller Wucht auf den Hinterkopf aufgeschlagen und aufgrund seiner schweren Kopfverletzung gestorben war. Ferner konnte dem Bericht zufolge ein solch tödliches Schädel-Hirn-Trauma kaum von einem einfachen Sturz herrühren. Vielmehr legte die ungebremste Heftigkeit, mit der der Tote auf dem Hinterkopf aufgeschlagen war, eine Gewalteinwirkung von außen nah. Beispielsweise ein kraftvoller Stoß vor die Brust. Ergänzt wurde diese Darstellung um präzise Angaben, an welchen Stellen die Schädelknochen gebrochen und in welchem Winkel sie ins Gehirn eingedrungen waren. Außerdem klärte der Bericht über einen weiteren Punkt auf. »Bei seinem Tod hatte der Tote 0,8 Promille Alkohol im Blut«, zitierte Katharina. »Er war also angetrunken, aber deutlich entfernt von einem Vollrausch.«

Als Nächstes erläuterte Katharina die Stichpunkte, die sie auf dem Whiteboard festgehalten hatte. Die Kommissarin legte dar, was Arndt mit dem Treffen bezwecken wollte, und erklärte, dass Cara und Danilo sich nicht darauf eingelassen hatten und eher gegangen waren. Plötzlich unterbrach sie ihre Ausführungen. »Sagt mal, hört ihr überhaupt zu oder seid ihr alle mit Essen beschäftigt?«

Birgit machte eine beschwichtigende Geste. »Wir sind ganz Ohr«, versicherte sie mit vollem Mund. Katharina wandte sich wieder dem Whiteboard zu und schloss für einen Augenblick die Augen. Nach einem tiefen Atemzug schilderte sie den Grund für Caras vorzeitigen Abgang. Außerdem erwähnte sie noch, dass die Ärztin Arndts Expartner als Täter ins Spiel gebracht hatte. Nachdem Katharina geendet hatte, erkundigte sie sich bei Tim und Jörn, was sie von den Mitarbeitern der *Hafenschänke* erfahren hatten. Dabei bemühte sie sich, nicht auf die kleine Emmi zu achten, die am Ende des Tisches vergeblich versuchte, ihre Puppe auf einen Stuhl neben sich zu setzen.

Jörn legte seine Gabel aus der Hand. »Wir haben sowohl mit dem Betreiber Philipp Rottmann gesprochen als auch mit den beiden Jungs, die vorgestern Abend gearbeitet haben. Zwei Studenten. Laut Rottmann war es ein ganz normaler Dienstagabend. Der Laden war mäßig besucht, um elf Uhr sind die letzten Gäste gegangen. Die Servicekraft, die Arndt Neuhaus und seine Freunde bedient hat, wusste zu berichten, dass die Stimmung am Tisch 9 nicht die beste war. Zwei von den Gästen sind deutlich früher gegangen und nicht gerade mit guter Laune. Das waren dann wohl Cara und Danilo. Zwischen den verbliebenen dreien war es erst friedlich, aber dann haben sie wieder angefangen zu diskutieren. Ziemlich laut sogar. Aber der arme Student hat nicht verstanden, worum es ging. Arndt Neuhaus ist schließlich als Letzter übrig geblieben. Er hat noch ein Glas Wein bestellt und ist dann auf Martini umgestiegen. Gegen halb elf hat er die Kneipe verlassen.«

»Arndt ist also unmittelbar nach dem Verlassen der *Schänke* auf den Täter gestoßen.« Katharina probierte ein Stück von der Zimtschnecke, die sie bislang noch nicht angerührt hatte.

»Oder auf die Täterin«, fügte Eva hinzu. »Wir können eine Frau nicht ausschließen. In seinem Zustand hätte ihn auch eine körperlich unterlegene Person mit einem kräftigen Stoß zum Fallen bringen können.«

»Das stimmt.« Jörn nickte und fuhr fort: »Um viertel nach elf haben die drei Männer Feierabend gemacht. Draußen haben sie nicht weiter auf ihre Umgebung geachtet, sonst wäre ihnen der Tote vielleicht aufgefallen. Neuhaus lag ja nicht weit entfernt.«

Katharina wandte sich an Birgit. »Gibt es noch irgendwelche interessanten Infos von den beiden Mädels? Was hatten sie eigentlich auf diesem unbeleuchteten Baugrundstück zu suchen? Das habe ich sie gestern gar nicht gefragt.«

Birgit musste erst einen Bissen von ihrer Zimtschnecke hinunterschlucken, bevor sie antworten konnte. »Die wollten für ein Projekt ihres Kunst-LKs von einer ganz bestimmten Stelle aus Fotos vom Hafen machen. Genauer gesagt von der gegenüberliegenden Seite. Die B-Side by night sozusagen.«

»Die B-Side, das ist dieses neue Kulturzentrum, oder?«, wandte sich Eva an Birgit.

»Ja. Eine tolle Sache. Ein soziokulturelles Quartierszentrum, das sich selbst verwaltet und Räume für Kunst, Kultur und Bildung anbietet. Auf der Suche nach einem Ort für ein cooles Foto sind die Mädchen quer über die Wiese gelaufen und dabei quasi über unser Opfer gestolpert. Ansonsten konnten sie keine weiteren Angaben machen. Ihnen ist nichts weiter aufgefallen. Auch der Zeugenaufruf hat übrigens noch nichts ergeben. Aber das braucht ja erfahrungsgemäß immer etwas Zeit.«

»Ach, da fällt mir noch etwas ein«, meldete sich Jörn wieder zu Wort. »Wir haben Rottmann und seine Mitarbeiter gefragt, ob jemand von den anderen Gästen kurz nach Arndt Neuhaus die *Schänke* verlassen hat. Das war nicht der Fall. Allerdings saß oben auf der Empore eine größere Gruppe von Männern. Zwei von ihnen sind kurz vor ihm gegangen. Die restlichen Kneipenbesucher haben sich erst kurz vor Schluss auf den Weg gemacht.«

Katharina erhob sich und zeichnete unter die Tabelle mit den Namen einen Zeitstrahl, auf dem sie Jörns Angaben eintrug. Danach wandte sie sich ihren Kollegen zu. »Ich denke, unsere Ermittlungen sollten im Moment in zwei Richtungen gehen. In Richtung Freundeskreis und in Richtung Expartner. Bei beiden Ansätzen wäre zuerst die Frage nach dem Alibi zu klären. Birgit, dich würde ich gerne auf Alexander Hardt ansetzen.«

Die Angesprochene drückte mit ihrer Gabel ein paar übrig gebliebene Kuchenkrümel platt. »Klar, kein Problem.«

»Was ist denn mit Laurence Neuhaus?«, wollte Jörn wissen. »Willst du sie bei unseren Nachforschungen gar nicht mit einbeziehen?«

»Natürlich. Übernimmst du es, sie zu durchleuchten?«

»Du meinst das ganze Programm? Nachbarn befragen, Freundinnen, Arbeitskollegen?«, vergewisserte sich Jörn.

»Ja, wenn schon, denn schon. Arbeitskollegen hat sie keine, aber sie beschäftigt in ihrer Boutique Aushilfen.«

Jörn nickte bereitwillig, und Katharina sah zu Eva und Tim. »Dann führt ihr doch bitte die Erstbefragungen bei Tobi, Danilo und Jule durch. Von Cara wissen wir ja, dass sie kein Alibi hat.«

»Machen wir«, kam es etwas gepresst von Tim. Er war gerade dabei, Emilia davon abzuhalten, ihre klebrigen Fingerchen an seinen Haaren abzuwischen. »Ich kann dann auf dem Weg diese kleine freche Maus«, jetzt knuddelte er seine Tochter liebevoll, »bei ihrer Oma abliefern.«

Gott sei Dank, dachte Katharina.

»Nicht Oma«, krähte Emmi.

Eva wandte sich stirnrunzelnd an Katharina. »Was machst du eigentlich?«

»Ich warte auf den Abschlussbericht der SpuSi und auf Arndts Laptop. Der ist auch noch dort. Mich interessiert, was Jule und Arndt von dem Abend damals erzählt haben.«

»Okayyyy«, kam es etwas gedehnt von Eva, während sie das leere Papptablett zusammenfaltete.

»Ach, eins noch«, wandte sich Katharina an ihre Kollegen, die nun dabei waren aufzubrechen. »Nächste Besprechung heute kurz vor Feierabend. Wäre es dann möglich, pünktlich zu kommen, ohne Kinder und ohne Picknick?«

10. KAPITEL

Am Ende des ersten Tages als Ermittlungsleiterin saß Katharina im Besprechungsraum, hatte ihre Arme auf dem Tisch abgestützt und massierte ihre Schläfen. Es war kurz vor 19 Uhr. Ihre Kollegen, einschließlich Eva, waren vor ein paar Minuten gegangen. Die Stimmung während des Updates war bescheiden gewesen. Katharina wusste, dass das auf ihre Kappe ging, hatte sich aber diesmal nicht zurückhalten können. Tim hatte wieder Emilia im Schlepptau gehabt. Ohne ein Wort der Begrüßung hatte Katharina gesagt: »Sag jetzt nicht, dass sie bei den Befragungen dabei war.«

Tim hatte sie befremdet angeschaut. »Hallo Katharina«, sagte er dann betont freundlich. »*Sie* heißt Emilia, und nein, Emmi war nicht bei den Befragungen dabei. Ich habe sie auf dem Weg hierher von meiner Schwiegermutter abgeholt.«

Ärgerlich erwiderte Katharina: »Warum hast du nicht mit dem Abholen gewartet, bis wir hier fertig sind? Ist es wirklich zu viel verlangt, dass du ohne deine Tochter zum Dienst kommst?«

Tim stemmte eine Hand in die Hüfte. Sein Ton war jetzt nicht mehr so freundlich. »Vielleicht entspannst du dich einfach mal ein bisschen. Ich weiß gar nicht, warum du die ganze Zeit so einen Stress machst. Es war doch sonst auch nie ein Problem, wenn Emmi ab und zu mal mitgekommen ist.« Katharina wusste, dass jetzt der Punkt gekommen war, um einzulenken oder zumindest die Diskussion vorerst abzubrechen und sich wichtigeren Dingen zuzuwenden, aber sie bekam die Kurve nicht. »Ab und zu ist es auch kein Problem. Aber du bringst sie in letzter Zeit ständig mit. Das ist hier keine Kindertagesstätte, sondern ein Polizeipräsidium!«

Tim stieß ein Lachen aus, das eher einem Schnauben glich. »Sorry, aber das ist wirklich ein Spruch, der nur von jemandem kommen kann, der keine Kinder hat.«

»Und das wiederum ist eine Logik, die nur von jemandem kommen kann, *der* Kinder hat«, patzte Katharina zurück.

Emilia war mittlerweile an Katharina vorbeistolziert, ohne sie eines Blickes zu würdigen. Sie ging zu ihrem Stammplatz und kletterte umständlich auf ihren Stuhl. Unter ihrem Arm klemmte ein Teddybär, der nur noch ein Auge besaß. Dafür konnte er aber Geräusche machen. Unermüdlich kippte die Dreijährige den Bären vor und zurück, sodass er ein Brummen von sich gab, das an das Blöken eines Schafs erinnerte.

Katharina fasste sich an den Kopf. »Ich halte das nicht aus!«

Birgit und Eva hatten den kleinen Zwist zwischen Katharina und Tim mitbekommen. Während Eva eine Tüte vom Bäcker auf den Tisch legte, ging Birgit zu Emilia hinüber, ließ sich von ihr den Stoffbären zeigen und fragte dann, ob der Teddy mal ein bisschen auf ihrem Schoß sitzen dürfe. Emilia nickte gnädig und sah mit einer Mischung aus Skepsis und Interesse zu, wie Birgit den Teddy erst in ihren Armen wiegte und ihn dann auf ihren Beinen platzierte. Katharina wollte gerade einen Kommentar loslassen, als sie den Blick der älteren Kollegin auffing, die unmissverständlich den Kopf schüttelte. So seufzte sie ergeben und dachte, dass immerhin das Geblöke aufgehört hatte.

Jörn kam als Letzter. Als er die Papiertüte erblickte, sagte er: »Eva, du bist ein Schatz. Ich habe seit heute Morgen nichts mehr gegessen.«

Eva hatte das Wort Mohnstritzel kaum ausgesprochen, da riss Katharinas ohnehin angespannter Geduldsfaden knallend in der Mitte durch, und sie fauchte Eva an, dass ihr dieses ständige Mitbringen von Kuchen und Gebäck schon lange auf die Nerven gehe.

In den folgenden fünfundvierzig Minuten rissen sich dann alle am Riemen und brachten sich gegenseitig auf den aktuellen Stand. Als Katharina die Besprechung beendet hatte, waren ihre Kollegen regelrecht aus dem Raum geflüchtet. Am schnellsten von allen war Eva gewesen.

Katharina konnte sich noch nicht dazu entschließen, nach Hause zu fahren. Der heutige Tag hatte sie im Fall Arndt Neuhaus kaum vorangebracht. Zu diesem Zeitpunkt der Ermittlungen war das nicht ungewöhnlich.

Der Beginn einer Untersuchung, bei dem es vor allem darum ging, Informationen zu sammeln, verlief häufig zäh. Obwohl Katharina das bewusst war, machte sie der Umstand unzufrieden. Sie betrachtete die Notizen auf den Whiteboards. Was war denn überhaupt an neuen Erkenntnissen hinzugekommen? Die SpuSi hatte keine fremde DNA und auch sonst keine verwertbaren Spuren gefunden. Bei den Erstbefragungen von Tobi, Jule und Danilo war auch nicht viel herausgekommen. Allerdings stand jetzt fest, dass sie, genau wie Cara, ebenfalls kein Alibi für die Tatzeit hatten. Ihren Angaben zufolge waren sie auf direktem Weg nach Hause gefahren. Ob das stimmte oder nicht, ließ sich nicht überprüfen.

Auch Jörn hatte bislang nichts Nennenswertes bei seiner Recherche hinsichtlich Laurence herausgefunden. Katharina war zwar inzwischen im Besitz von Arndts Laptop, aber da dieser passwortgeschützt war, hatte sie sich noch nicht weiter mit ihm beschäftigt. Ihr Blick blieb an der letzten Spalte der Tabelle hängen. Alexander Hardt. Das Erste, was Birgit über ihn gesagt hatte, war: »Der ist eine tickende Zeitbombe.«

Genau wie Arndts Freunde hatte er für den Abend kein Alibi. Weiter hatte Birgit im Gespräch mit ihm erfahren, dass seine Frau ihn nach seiner Verurteilung verlassen hatte und er nun alleine in einer Sozialwohnung am Hohen Heckenweg wohnte. Er hatte Birgit gegenüber behauptet, Arndt Neuhaus ginge ihm inzwischen am Arsch vorbei, war aber augenblicklich explodiert, als Birgit ein bisschen nachgebohrt hatte.

Katharina erhob sich von ihrem Stuhl, streckte ihren Rücken durch und schlenderte zu einem der drei Fenster hinüber. Das Schmerzzentrum am Ende ihrer Wirbelsäule hatte sich wieder zurückgemeldet. Die Kommissarin versuchte es mit ein paar halbherzigen Rumpfbeugen. Dabei ging ihr durch den Kopf, dass der Tag doch nicht so unproduktiv gewesen war, wie er sich anfühlte. Sie war einfach zu ungeduldig, sagte sie zu sich selbst und ging zu sanftem Beckenkreisen über. Gedankenverloren schaute sie in den Innenhof des Präsidiums. Mittlerweile war es dämmrig geworden. In den Häusern gegenüber wurde nach und nach das Licht angeknipst, und die Menschen hinter den Fenstern bereiteten sich auf den Feierabend vor. Katharina beobachtete einen Mann in einer der gegenüberliegenden Wohnungen, der eine Weinflasche entkorkte und sich ein Telefon zwischen Ohr und Schulter geklemmt hatte. Da fiel ihr ein, dass sie sich noch nicht bei Laurence nach dem Passwort für Arndts Laptop erkundigt hatte. Sie zog ihr Handy aus der Gesäßtasche und ließ es lange bei der Witwe klingeln, aber der Anruf wurde nicht entgegengenommen. Spontan beschloss Katharina, auf dem Heimweg bei Laurence vorbeizufahren.

11. KAPITEL

Als Katharina kurz darauf ihr Rad gegenüber von Laurences Haus an einen Laternenpfahl schloss, war es nicht mehr dämmrig, sondern dunkel geworden. Die Giebelhäuser mit ihren erleuchteten Fenstern boten einen heimeligen Anblick. Auch bei Laurence brannte Licht.

Katharina wollte gerade die Straße überqueren, da sah sie einen Mann auf der anderen Seite stehen. Er musste gerade aus Laurences Haus gekommen sein. Der Typ hatte die Kapuze seines Hoodies tief ins Gesicht gezogen. Er verharrte einen Moment und blickte zu Katharina herüber. Dann wandte er sich nach rechts und machte sich davon.

Katharina starrte ihm nach. Sie war sich nicht ganz sicher, aber sie probierte es trotzdem. »Tobi?«, rief sie. »Warte mal bitte!«

Der Angesprochene fing an zu laufen und verschwand aus Katharinas Sichtfeld. Die Kommissarin überlegte nicht lange und setzte dem Unbekannten nach.

Am Ende der Straße gab es zwei Möglichkeiten. Entweder war der Mann geradeaus Richtung Mauritz-Lindenweg gelaufen, oder er war links in die Kapitelstraße abgebogen. Und genau dort, in etwa hundert Metern Entfernung, entdeckte Katharina jetzt eine Gestalt mit Kapuzenpulli und Jogginghose, die sich eilig entfernte. Sie spurtete los. Im gleichen Augenblick drehte sich der Mann um. Als er die Kommissarin auf sich zukommen sah, zog er sein Tempo an und wurde schon bald von der Dunkelheit verschluckt. Katharina versuchte, noch schneller zu laufen. Kurz darauf erreichte sie die Dechaneischanze. Die ehemalige Wehranlage bestand heute nur noch aus einer kleinen Grünanlage mit einem in die Länge gezogenen Ententeich. Der auffälligste Baum der Grünfläche war eine Hängerotbuche mit enormen Ausmaßen. Unter ihren bis zum Boden reichenden Zweigen hätte eine ganze Schulklasse Platz gefunden. Auf Höhe des riesigen Baums kam Katharina nun zum Stehen. Ihr Herz klopfte hart gegen ihre Rippen, und ihr Atem ging stoßweise. Mit den Augen suchte sie die beiden Straßen ab, die den Minipark umschlossen. Ein böiger Wind war aufgekommen und ließ die Zweige der Rotbuche wie Vorhänge hin und her schwingen. Angestrengt spähte Katharina zwischen den Zweigen hindurch, ob sich der Mann mit dem Hoodie vielleicht darunter versteckt hatte. So viel Vorsprung hatte er nicht gehabt, und irgendwo musste er ja geblieben sein. Doch dort stand niemand. Unschlüssig trat Katharina von einem Bein aufs andere. Wo war dieser Typ – und vor allem: Wer war das? Und warum verhielt er sich so? Er war ja regelrecht vor ihr geflüchtet.

Auf einmal fiel Katharina ein, dass Tobi nicht weit entfernt wohnte. Warum ihm nicht einfach mal einen kleinen Überraschungsbesuch abstatten? Wahrscheinlich würde sich dann schnell klären, ob er es gewesen war, hinter dem sie hergerannt war.

Ein verschlafenes Schnattern ließ Katharina zum Ententeich hinübersehen. Das dunkle Gewässer lag ruhig und friedlich da, eingerahmt von einer üppigen Ufervegetation. Auf der kleinen Insel, die zum Teich dazugehörte wie die gefräßigen Enten, thronte eine Linde.

Plötzlich nahm Katharina eine Bewegung am Rand des Teichs wahr. War das Einbildung oder drückte sich da jemand zwischen den Büschen herum? Katharina hörte das leise Knacken von Zweigen und wieder eine Ente, deren Geschnatter jetzt ungehaltener klang. Vielleicht war sie gestört worden. Katharinas Blick glitt zwischen Platanen und Buchen hindurch zum Teich hinüber. Mit einem Mal war sie sich ganz sicher, die Umrisse einer menschlichen Gestalt auszumachen. Lautlos überquerte sie den Rasen. Den Punkt, wo sie den Unbekannten vermutete, behielt sie fest im Blick. Ihre Augen begannen zu brennen, weil sie nicht wagte zu blinzeln.

Sie hatte etwa die Hälfte der Strecke zurückgelegt, da wusste Katharina nicht mehr genau, hinter welchem Busch sie meinte jemanden gesehen zu haben. Die Sträucher standen dicht nebeneinander und sahen alle gleich aus. An der Wasserkante blieb sie stehen. Auch wenn sie niemanden sah, spürte Katharina, dass sie nicht alleine war. »Tobi? Bist du das? Hier ist Katharina. Ich möchte nur mit dir reden. Komm einfach heraus.«

Nichts geschah. Gerade hatte Katharina beschlossen aufzugeben, da erhielt sie einen kräftigen Stoß zwischen die Schulterblätter und landete bäuchlings im Ententeich. Im ersten Augenblick konnte sie sich vor Schreck und aufgrund der Temperatur des Wassers nicht rühren. Dann begann sie zu rudern und zu strampeln und kam auf die Füße. Ein spitzer Schmerz bohrte sich in ihre Lendenwirbel und ließ sie laut aufstöhnen. An dieser Stelle war der Teich nicht tief, aber Katharina versank bis zu den Knöcheln im weichen Schlamm. Vor Schmerz nach vorne gebeugt und mit einer Hand in den Rücken gestützt, watete Katharina ans Ufer. Es kostete sie einiges an Anstrengung, sich mit den durchnässten Klamotten aus dem Wasser zu ziehen. Aber es gelang ihr schließlich. Bei dem Versuch, sich aufzurichten, walzte eine Schmerzwelle über sie hinweg, die ihr fast den Atem nahm. Mit kleinen Schritten und zitternd vor Kälte machte die Kommissarin sich auf den Rückzug.

In der Dechaneistraße läutete sie bei Laurence Sturm. Die Französin öffnete mit erschrockener Miene. Als sie erkannte, wer da klatschnass und mit Dreck verschmierten Schuhen und Hosenbeinen vor ihr stand, weiteten sich ihre Augen vor Überraschung. »Katharina! Mein Gott! Was ist denn mit dir passiert?«

»Das kann ich dir sagen, was mit mir passiert ist«, platzte es aus Katharina heraus. Der Schmerz in ihrem Rücken wurde kurzfristig von einer unverhohlenen Wut verdrängt. »Irgendein Idiot hat sich da vorne am Ententeich von hinten an mich herangeschlichen und mich ins Wasser geschubst.«

»Wie bitte?« Fassungslos starrte Laurence ihre Besucherin an. Ihr Blick blieb an Katharinas nassen Haaren hängen. In ihren Locken hatten sich gelbe Blättchen und winzige Zweige verfangen.

Die Kommissarin machte einen Schritt nach vorne. Sie griff nach Laurences Arm und umklammerte ihn wie eine Zange. Mit mühsam beherrschter Stimme zischte sie. »Ich will jetzt sofort wissen, wer hier war. War es Tobi?«

Laurence hielt Katharinas Blick stand. Ohne mit der Wimper zu zucken, sagte sie ruhig: »Es war niemand hier. Bitte lass meinen Arm los. Du tust mir weh.«

»Warum warst du dann telefonisch nicht erreichbar?«, fauchte Katharina.

Laurence lächelte milde. »Bist du immer erreichbar? Ich habe mein Telefon auf lautlos gestellt.« Sarkastisch fügte sie hinzu: »Schon vergessen? Mein Mann ist tot. Was meinst du, wie oft ich heute schon telefoniert habe?«

Katharina lockerte ihren Griff. Ihr Ärger verrauchte, stattdessen spürte sie wieder das unnachgiebige Stechen in ihrem Rücken.

Laurence trat zur Seite. »Komm rein. Du holst dir ja den Tod, wenn du noch länger da stehst.«

Zwanzig Minuten später saß Katharina mit einer Wärmflasche im Rücken auf Laurences weißem Ledersofa und pustete in eine Tasse mit Yogitee. Sie hatte das Angebot der Witwe angenommen, bei ihr zu duschen. Beim Ausziehen waren ihr fast die Tränen gekommen, aber inzwischen war der Schmerz ein wenig abgeklungen. Zwei Ibuprofen 600 zeigten ihre Wirkung.

»Meinst du, das war ein weiterer Bandscheibenvorfall?«, fragte Laurence. Sie hockte Katharina mit angezogenen Beinen gegenüber und schaute sie mitfühlend über den Rand ihrer Teetasse an.

»Ich hoffe nicht. Vielleicht ist es ja auch nur eine Zerrung oder so etwas.« Sie zupfte an dem Pullover herum, den Laurence ihr mit einer Leggings zusammen herausgelegt hatte. Beides saß etwas eng.

»Was deine Frage von vorhin angeht, kann ich mich nur nochmal wiederholen«, sagte Laurence. »Ich hatte keinen Besuch und schon gar nicht von Tobi. Vielleicht war es ja ein Kumpel von Rainer.«

Katharina nippte an dem heißen Getränk und genoss, wie der mit viel Honig gesüßte Tee ihre Kehle hinunterlief. »Warum sollte ein Kumpel von Rainer sich so verhalten? Ich werde aber trotzdem bei ihm nachfragen.«

»Bist du dir denn wirklich sicher, dass der Typ aus unserem Haus kam?«

»Ich wüsste nicht, wo er sonst hergekommen sein sollte. Den Bürgersteig habe ich ihn jedenfalls nicht entlangkommen sehen. Er stand einfach plötzlich da, und offenbar wollte er nicht erkannt werden.«

Laurence sah ratlos aus. »Merkwürdig«, murmelte sie. »Seid ihr denn schon weitergekommen bei euren Ermittlungen? Was sagen denn die anderen?«

»Ich kann dir keine Auskunft darüber geben. Aber gestanden hat keiner. So viel kann ich dir zumindest verraten.«

Laurence schnaubte. »Feige Bande. Ich habe übrigens den Kontakt vorerst zu ihnen abgebrochen.«

Nachdem Katharina noch eine zweite Tasse Tee getrunken hatte, machte sie sich auf den Heimweg. Während sie eine Plastiktüte mit ihren nassen Klamotten an den Lenker hängte und vorsichtig auf ihr Rad stieg, murmelte sie vor sich hin: »Was für ein Scheißabend, aber immerhin habe ich das Passwort für Arndts Laptop.«

12. KAPITEL

1986

Wie besprochen machte sich Tobi am Mittwoch direkt nach der Schule auf den Weg. Das Schlaun-Gymnasium befand sich nur drei Radminuten vom Prinzipalmarkt entfernt.

Obwohl der Name etwas anderes nahelegte, handelte es sich beim Prinzipalmarkt nicht um einen großen Platz, sondern um einen in Münsters Innenstadt liegenden Straßenzug. Eine breite, mit Kopfstein gepflasterte Straße, die zu beiden Seiten mit stattlichen Giebelhäusern gesäumt war. In den alten Kaufmannshäusern befanden sich im Erdgeschoss unter einem Bogengang immer noch viele Einzelhandelsgeschäfte. Das bekannteste Gebäude des Prinzipalmarkts war das historische Rathaus, das während des Westfälischen Friedenskongresses eine bedeutende Rolle gespielt hatte. Fast direkt daneben befand sich das alteingesessene Restaurant *Stuhlmacher*.

Tobi bezog auf der gegenüberliegenden Seite Position. Er stellte sich hinter eine der Säulen aus hellem Sandstein, die zusammen mit der halbrunden Überdachung den Bogengang bildeten. Das war ein guter Beobachtungsposten, denn es hatte angefangen zu nieseln.

Um sich die Zeit zu vertreiben, beobachtete Tobi die Passanten, die unter den Bögen an den Schaufenstern entlangbummelten. Häufig waren es ältere Paare in langen Mänteln, die eingehakt die Auslagen der Bekleidungs- und Schuhläden, der Juweliere, Parfümerien und Feinkostläden betrachteten.

Nach fast einer Dreiviertelstunde Wartezeit öffnete sich endlich die Tür des Restaurants, und Herr Neuhaus trat in Begleitung einer Frau nach draußen. Ein Linienbus fuhr im Schneckentempo den Prinzipalmarkt entlang, sodass Tobi die Sicht versperrt wurde. Als der Bus vorbeigefahren war, verdeckte Arndts Vater die Frau mit seinem Rücken. Doch dann trat er einen Schritt zur Seite und wandte sich ihr zu. Als Tobi die Begleitung von Herrn Neuhaus erkannte, entwich ihm ein Überraschungslaut. Niemand anderes als Frau Flechtkamp stand auf der gegenüberliegenden Seite und strahlte Herrn Neuhaus an wie ein Honigkuchenpferd. Ihre Wangen leuchteten hellrot, so wie bei Jule, wenn sie Alkohol getrunken hatte. Sie stieß ein etwas zu lautes Lachen aus, griff sich dabei ins Haar und machte eine halbe Bewegung mit ihrem Kopf. Dabei schweifte ihr Blick in Tobis Richtung. Schnell verzog er sich hinter die Säule, ließ die beiden Erwachsenen aber nicht aus den Augen. Herr Neuhaus reichte Jules Mutter nun förmlich die Hand. Die griff danach und schüttelte sie lange. Anschließend trennten sich die beiden. Frau Flechtkamp ging Richtung Lambertikirche davon. Herr Neuhaus klappte den Kragen seines Trenchcoats hoch und überquerte die Straße. Er kam über das regennasse, glänzende Kopfsteinpflaster direkt auf Tobi zu. Der drehte sich geistesgegenwärtig um und tat so, als interessiere er sich für einen Pullover mit V-Ausschnitt und Karomuster für satte 250 Mark. Aus den Augenwinkeln sah der Junge, wie Herr Neuhaus mit langen Schritten an ihm vorbei und in Richtung Dom lief. Tobi hatte sein Rad ganz in der Nähe seines Beobachtungspostens an eine Hauswand gelehnt. Mit ein paar Sätzen war er dort. Er zog sich seine Kapuze über den Kopf und folgte Herrn Neuhaus. Sein Rad schob er neben sich her. Arndts Vater ließ den Wochenmarkt, der mittwochs und samstags auf dem Domplatz abgehalten wurde, links liegen. Stattdessen steuerte er auf eine lange Reihe von Fahrradständern zu. Er machte sich an einem Herrenrad zu schaffen, schloss es auf und klemmte seine unförmige Arzttasche auf den Gepäckträger. Arndt schulterte seine Armeetasche und stieg auf sein Rad. Zwanzig Meter vor ihm schwang sich Fred Neuhaus ebenfalls aufs Rad und radelte los, ohne sich umzuschauen.

Tobi hatte keine Schwierigkeiten, an ihm dranzubleiben. Er hielt nach wie vor ausreichend Abstand, aber so viel Vorsicht war überhaupt nicht nötig. Fred Neuhaus kam gar nicht auf die Idee, einen Blick über die Schulter zu werfen. Er fuhr Richtung Bahnhof, was Tobi verwunderte. Arndt hatte berichtet, dass sein Vater viele Patienten aus den besseren Stadtteilen wie Kreuzviertel, Sentruper Höhe, Mauritz- und Aaseeviertel behandelte. Was hatte er dann im Bahnhofsviertel verloren? Sie erreichten die Bahnhofstraße. Auf der gegenüberliegenden Straßenseite lag der Münsteraner Hauptbahnhof. Ein typischer Nachkriegsbau, aber immerhin mit einer Empfangshalle, die aus viel Glas bestand.

Herr Neuhaus hielt sich rechts, schlängelte sich zwischen ankommenden Bussen, hupenden Taxis und PKWs hindurch und überquerte die Straße. Kurze Zeit später bog er in den Bahnhofstunnel ein, der hinter das Gebäude führte. Am Eingang lungerte eine Gruppe Punks herum mit eindrucksvollen grün und pink gefärbten Irokesenfrisuren und dicken Nietengürteln, die sie locker um die Hüfte trugen. Fast alle hielten sie eine Bierflasche in der Hand. Zwei große Hunde gehörten auch zu ihnen. Als Tobi sich an ihnen vorbeistehlen wollte, machte einer von ihnen einen Schritt nach hinten. Tobi musste einen Schlenker machen, um nicht mit dem Punk zusammenzustoßen. Er kam aus dem Gleichgewicht und geriet gefährlich ins Schlingern. Nur mit Mühe gelang es ihm, sich auf dem Rad zu halten.

Der Punk rief hinter ihm her: »Sorry, Kleiner. Hab dich nicht gesehen!«

In den Tunnel drang kaum Tageslicht. Er wurde von schmutzig gelben Neonröhren beleuchtet, die aber nur zum Teil funktionierten. Der scharfe Gestank nach Urin war unerträglich. Tobi trat in die Pedale. Dies war kein Ort, an dem man länger als nötig bleiben wollte. Fred Neuhaus hatte den Tunnel bereits verlassen. Als auch Tobi wieder frische Luft einatmen konnte, hatte er Arndts Vater aus den Augen verloren. »Das darf nicht wahr sein«, murmelte Tobi halblaut vor sich hin. Fieberhaft ließ er seinen Blick umherschweifen. Direkt hinter dem Bahnhof befand sich der Bremer Platz. Die kleine

Grünanlage diente Obdachlosen und Drogenabhängigen als Treffpunkt und Konsumplatz. Man ließ sie gewähren, war man doch froh, die Szene auf diese Weise weitestgehend aus Münsters schmucker Innenstadt heraushalten zu können. Es regnete immer noch. Nicht stark, aber beharrlich und ausdauernd. Tobis Hosenbeine fühlten sich bereits unangenehm feucht an.

Als er gerade überlegte, die Verfolgung abzubrechen und nach Hause zu fahren, entdeckte Tobi Dr. Neuhaus, wie er seitlich des Bremer Platzes sein Rad abstellte. Tobi zögerte nicht lange, lehnte sein Rad an die nächstgelegene Hauswand und überquerte eilig die Straße. Der Orthopäde betrat den kleinen Park. Wegen des schlechten Wetters war hier nicht so viel los wie sonst. Um eine Bank herum hatten sich ein paar verwahrlost aussehende Männer geschart. Der Nieselregen schien sie nicht zu stören, aber sie pöbelten sich lautstark gegenseitig an. Die Männer nahmen weder von Fred Neuhaus noch von Tobi Notiz, der kurz nach dem Arzt an ihnen vorbeilief. Doch gerade als Tobi, wie sein Zielobjekt vor ihm, den Park auf der gegenüberliegenden Seite wieder verlassen wollte, stellten sich ihm zwei Typen in den Weg. Tobi fuhr zusammen, als sie plötzlich aus dem Gebüsch auftauchten.

Bei genauem Hinsehen erkannte er, dass es sich um einen Mann und eine Frau handelte. Die Frau grinste ihn an, und Tobi registrierte, dass die wenigen Zähne, die sie noch hatte, kleine, braune Stumpen waren. Ihr Begleiter trug einen schief sitzenden Verband um den Kopf, der aussah, als müsste er dringend gewechselt werden. Er verdeckte eine große Platzwunde an der

Schläfe kaum noch. Tobi kannte sich mit Kopfverletzungen nicht aus, aber diese sah nicht danach aus, als würde sie bald heilen. Schnell wandte Tobi den Blick ab.

»Haste ein paar Groschen für uns?«, fragte die Frau.

»Nee, ich habe selber kein Geld«, log Tobi und versuchte, sich an den beiden vorbeizudrücken.

»Das kannste deiner Oma erzählen, Bürschchen.« Der Mann packte Tobi am Arm. Obwohl er aussah, als würde ein Windstoß ihn umpusten können, war sein Griff hart und fest. Doch Tobi war stärker. Mit einem kräftigen Ruck gelang es ihm, sich loszureißen. Er drehte sich um und machte sich davon.

»Scheiß Penner«, schrie die Frau hinter ihm her.

Arme Schweine, dachte Tobi und blieb in der Straße hinter der Grünanlage ratlos stehen. Es handelte sich um die Soester Straße, an deren Anfang sich das eindrucksvolle Gebäude des Aschendorff Verlags befand. Arndts Vater war nicht mehr zu sehen. Tobi ging ein paar Schritte die Häuserzeile entlang, die die Straße säumte. Bei einem der Häuser fiel ihm die angelehnte Haustür ins Auge. Es handelte sich um ein dreigeschossiges Gebäude plus Dachgeschoss aus dunkelrotem Backstein. Der Sockel war mit unleserlichen Graffitis beschmiert, und rechts der Haustür drängelten sich überquellende Mülltonnen. Alles in allem ein Haus, das nicht zum Betreten einlud. Nachdenklich starrte Tobi die braune Holztür an. War Dr. Neuhaus in diesem Haus verschwunden? Aus reiner Neugier inspizierte Tobi die mit Hand geschriebenen Klingelschilder. Entziffern konnte er nur das unterste. Dort stand in schrägen Buchstaben *Why not?* und dahinter das Wörtchen *Bar*. Tobi legte den

Kopf in den Nacken und ließ seinen Blick an den Fenstern des Erdgeschosses entlangwandern. Sie waren alle mit blickdichten Gardinen verhängt. Interessante Bar, dachte er. Dann stupste er spaßeshalber mit zwei Fingern gegen die Tür, die daraufhin aufschwang.

Tobi hielt den Atem an. Vor ihm lag, wie ein dunkles Versprechen, ein schäbiger Hausflur. Der Fußboden war bedeckt mit einem unansehnlichen Läufer in Sepiabraun. Mithilfe des Tageslichts erkannte Tobi zwei an die Wand gelehnte Fahrräder. Am Ende des Flurs führte eine Treppe nach oben. Gegenüber befand sich eine gepolsterte, schalldichte Tür. Während Tobi unschlüssig in der Tür stand, vernahm er plötzlich Stimmen aus der Etage über ihm. Es waren Männerstimmen, und eine davon gehörte Arndts Vater! Vor Aufregung breitete sich ein leichtes Flattern in Tobis Magengegend aus. Sein Instinkt war also genau richtig gewesen. Herr Neuhaus war in diesem Haus! Aber was tat er hier? Tobi schien es kaum vorstellbar, dass hier Patienten von Dr. Neuhaus wohnten. Aber nach einer heißen Affäre sah das auch nicht aus. Tobis Unsicherheit, was nun zu tun sei, wich dem Wunsch, Gewissheit haben zu wollen. Deshalb war er schließlich hier, redete er sich gut zu. Für jemanden, der Geschichten schrieb, war es doch sicher auch wichtig, selbst welche zu erleben. Er kam sich nun vor wie Uri, eine seiner Romanfiguren. Der junge Krieger vom Planeten Kavas brachte sich bei der Mission, die Erde zu einem besseren Ort machen zu wollen, auch regelmäßig in Gefahr.

Vorsichtig schritt er den Flur entlang und erreichte die Treppe. Auf der untersten Stufe lag ein Stapel Werbeprospekte. Möglichst lautlos versuchte er die Stufen hinaufzusteigen. Das war schwierig, denn die alten Holzstufen knarrten bei jedem Schritt. Auf dem Weg nach oben stieg ihm der Geruch nach angebranntem Essen in die Nase.

Im ersten Stock angekommen, erkannte Tobi, dass es hier zwei Wohnungen gab. Die Stimmen kamen aus der, die links von ihm lag. Deutlich konnte Tobi hören, wie Arndts Vater mit einem anderen Mann stritt. Tobi schob sich näher zur Tür. Seine anfängliche Angst war nun gänzlich verflogen. Alle seine Sinne waren bis auf das Äußerste geschärft. Er fühlte sich prächtig. Seine Observierung war jetzt schon ein voller Erfolg. Zumindest wussten sie jetzt, dass mit Arndts Vater irgendetwas los war. Eine Verabredung zum Mittagessen mit Frau Flechtkamp und dann der Besuch hier in diesem Haus. Das war alles mehr als verdächtig.

»Du kannst nicht immer …«, hörte er jetzt den fremden Mann rufen. Der Stimme nach zu urteilen, war er um einiges jünger als Dr. Neuhaus.

»Doch! Ich kann! Ich habe es dir schon gesagt … ich …«

»Es interessiert mich einen Scheiß, was du gesagt hast … Ich bin immer noch …«

»Sascha, hör doch zu. Es geht mir doch nur um …«

»Nein! Ich will nicht mehr … ich habe genug von …«

In diesem Augenblick hörte Tobi, wie im zweiten Stock eine Wohnungstür geöffnet und wieder geschlossen wurde. Über seinem Kopf ertönten Schritte. Flink wie ein Wiesel drehte er sich um und lief die Treppe wieder hinunter. Sich in diesem abgewrackten Haus von irgendjemandem erwischen zu lassen, das war nicht sein Plan. Unten angekommen, blieb Tobi wie angewurzelt stehen, und die Haken der Angst bohrten sich in seine Haut. Jemand stand in der Haustür und versperrte mit seinem massigen Körper den Weg nach draußen.

13. KAPITEL

Gegenwart

»Also nur ein Hexenschuss, kein weiterer Bandscheibenvorfall. Da bist du dir auch wirklich sicher?« Katharina stellte diese Frage zum dritten Mal, seit sie gestern Abend von Laurence zurückgekommen war. Mit einer Wärmflasche hinten im Hosenbund setzte sie sich zu Klaas an den Frühstückstisch.

Der kleckste Erdbeermarmelade auf seine Brotscheibe und nickte. »Ganz sicher. Sonst hättest du viel größere Schmerzen und könntest dich überhaupt nicht bewegen, geschweige denn Fahrradfahren. Das ist ein leichter Hexenschuss, verursacht durch eine unglückliche Drehbewegung, die du beim Fall ins Wasser gemacht haben wirst. Abgesehen davon ist aber deine gesamte Rücken- und Nackenmuskulatur immer noch bretthart. Und das nach all den Behandlungen, die du schon in der Praxis bekommen hast. Eigentlich müsste das schon viel besser sein.«

Katharina zuckte mit den Schultern. »Ich mache doch schon regelmäßig Pilates und immer wieder zwischendurch die Rückenübungen.«

»Du musst dich insgesamt etwas lockerer machen.«

»Ich bin locker«, brummte Katharina über den Rand ihrer Kaffeetasse hinweg. »Meistens jedenfalls.«

Klaas lächelte seine Freundin an. Katharina hatte ihm gestern Abend nicht nur von ihrem Erlebnis an der Dechaneischanze erzählt, sondern auch von dem unglücklichen Verlauf der letzten Besprechung. »Ich habe es dir ja schon gestern Abend geraten. Mach dir nicht so einen Druck in deiner Rolle als Ermittlungsleiterin. Psychischer Stress wirkt sich immer auch auf den Körper aus, wie man in deinem Fall sehr gut sehen kann. Du wirst sonst noch ewig mit deinen Rückenbeschwerden herumhampeln.«

Katharina stellte ihre Tasse ab und griff ebenfalls nach einer Scheibe Brot. »Jaja, ich weiß.«

»Und vor allem, sei nicht so streng mit deinen Kollegen. Dadurch werdet ihr den Fall auch nicht schneller lösen. Im Gegenteil. Womöglich bremst das nur.«

Auch diese Bemerkung hatte Klaas gestern Abend schon fallen gelassen, und Katharina hatte sie sich zu Herzen genommen. Sie hatte noch vor dem Schlafengehen eine Sprachnachricht an Eva geschickt und sich für ihren Anranzer entschuldigt. Eva war eine Frohnatur und konnte niemandem lange böse sein. Sie schickte ein großes, rotes Herz zurück. Lächelnd hatte Katharina das pochende Emoji betrachtet, und eine Welle der Zuversicht war durch ihren Körper geströmt. Mit Eva zusammen würde sie nicht nur den Anfang, sondern auch das Ende in diesem verworrenen Knäuel aus Indizien, Informationen, Spuren und Fakten finden. Sie schrieb zurück: *Morgen 8:30 Büro?* Und setzte noch hinzu: *Du glaubst nicht, was ich heute Abend erlebt habe.* Von Eva kam ein hochgereckter Daumen zurück und die Anmerkung: *Bin sehr gespannt. Bringe Nussecken mit.* Dahinter hatte sie ein Zwinkersmiley gesetzt.

»Ein leichter Hexenschuss also, kein neuer Bandscheibenvorfall«, wiederholte Eva eine Dreiviertelstunde später Katharinas eigene Worte.

Die beiden Kommissarinnen saßen in ihrem Büro. Katharina hatte Eva über den Unbekannten vor Laurences Haus in Kenntnis gesetzt und beschrieben, wie sie ihn verfolgt hatte und was daraufhin geschehen war.

»Ja. Das sagt zumindest der Experte.«

»Der muss es ja wissen«, sagte Eva lächelnd. »Aber solltest du dich nicht trotzdem schonen?«

»Laut Klaas ist Bewegung sogar gut. Und Wärme. Ich habe mir auf dem Weg hierher ein Wärmepflaster besorgt.«

»Na, du wirst schon merken, wenn es nicht mehr geht«, meinte Eva. »Aber nochmal zurück zu diesem Typ, dem du das verdankst. Glaubst du, dass Laurence die Wahrheit sagt?«

»Ich kann es nicht genau sagen. Sie wirkte ziemlich überzeugend. Aber woher kam der Mann, wenn nicht aus dem Haus?«

»Es besteht immerhin noch die Möglichkeit, dass er bei dem Nachbarn von oben war. Wer weiß, was der für Typen kennt. Ich könnte das überprüfen.«

»Ja, sehr gut. Ich werde mir jetzt als Erstes die Aufzeichnungen von Arndt ansehen. Und je nachdem, was du von dem Nachbarn erfährst, sollten wir als Nächstes dem lieben Tobi einen Besuch abstatten. Irgendwie denke ich immer noch, dass er der Typ gewesen sein könnte. Größe und Statur haben auf jeden Fall gepasst. Wenn er es war, dann wüsste ich doch zu gerne, was den gestern Abend geritten hat.«

Eva hatte gerade das Büro verlassen, da meldete sich Katharinas Handy. Im Display sah sie, dass es sich bei dem Anrufer um Jörn handelte. Sie nahm das Gespräch entgegen. Ihr Kollege hauchte mit schwacher Stimme ins Telefon, dass ihn wohl der gleiche Virus erwischt habe wie Tims Frau und er sich die ganze Nacht übergeben habe. Das Erbrechen sei zwar nun abgeklungen, aber er fühle sich nicht in der Lage, heute zum Dienst zu kommen. Katharina unterdrückte nur mit Mühe einen genervten Seufzer. Sie erhob sich schwerfällig von ihrem Bürostuhl und dachte, dass sie sich auch nicht gerade topfit fühlte und trotzdem arbeiten ging. Allerdings musste sie Jörn zugestehen, dass ein Magen-Darm-Infekt einen wirklich in die Knie zwingen konnte. So wünschte sie ihrem Kollegen gute Besserung und äußerte die Hoffnung, ihn morgen wieder im Präsidium zu sehen. Während sie das sagte, ging sie bereits durch, wer von den Kollegen sich nun mit dem Umfeld von Laurence beschäftigen könnte. Bei der gestrigen Besprechung hatten sie beschlossen, dass Birgit weiter an Alexander Hardt dranbleiben sollte. Was Eva anging, so wollte Katharina sie gerne bei der Befragung von Tobi dabeihaben. Also Tim, dachte Katharina und hörte im gleichen Augenblick, wie ein Tumult direkt vor ihrer Bürotür ausbrach. Neugierig öffnete sie die Tür, spähte hinaus und glaubte ihren Augen nicht zu trauen. Vor ihr stand eine quietschvergnügte Emilia und direkt hinter ihr zwei kleine Jungs in ihrem Alter, die genau gleich aussahen. Die Kinder steckten in dick wattierten, wasserdichten Overalls, in denen sie aussahen wie kleine Marsmännchen.

Als Emilia Katharina erkannte, strahlte sie noch mehr und gab der Kommissarin einen kleinen Klaps gegen den Oberschenkel. »Du musst jetzt fangen«, rief sie, und dann lief sie glucksend den langen Flur entlang.

Die Jungs hefteten sich an ihre Fersen. An den Füßen trugen die Kinder unförmige Boots, in denen es sich offenbar nicht besonders gut laufen ließ. Jedenfalls kam Emilia ins Straucheln und fiel der Länge nach hin. Ihre beiden Freunde purzelten über sie hinweg. Für zwei Sekunden herrschte komplette Stille, dann stieß Emilia ein markerschütterndes Gebrüll aus, und die beiden Jungs stimmten augenblicklich mit ein. Birgits Bürotür sprang auf, und sie eilte zu den übereinanderliegenden Kindern. Sie stellte alle drei wieder auf die Beine und sprach ihnen dabei gut zu. Von der anderen Seite näherte sich Tim im Laufschritt. Er hielt sich sein Handy ans Ohr. Als er Katharina erreichte, verlangsamte er seinen Schritt und beendete das Gespräch. Die Kinder hatten sich von Birgit trösten lassen und wollten nun ihr Büro begutachten.

Tim fing Katharinas entgeisterten Blick auf und hob entschuldigend die Arme. »Ich muss leider heute Vormittag Urlaub nehmen. Die Mutter der Zwillinge hat nun auch …«

»Magen-Darm?«, fiel Katharina ihm eisig ins Wort.

Tim nickte und ließ ergeben die Arme fallen. »Die Kinder haben heute Matschtag, und da müssen immer zwei

Elternteile als Begleitperson mit. Ich versuche schon die ganze Zeit, ob nicht jemand anderes einspringen kann, aber wie es aussieht, findet sich niemand.«

»Was um Himmels willen ist ein Matschtag?«

»Einmal im Monat gehen die Kinder in den Wald und spielen die ganze Zeit draußen. Egal was für ein Wetter ist.«

»Und was ist das für eine Kita, bei der die Eltern die Betreuung übernehmen müssen?« Katharina konnte ihren Ärger nun nicht mehr unterdrücken. Alle guten Vorsätze, gelassener zu reagieren, waren wie fortgeblasen.

»Das ist eine Elterninitiative«, erklärte Tim in einem Ton, als wäre damit alles gesagt.

Katharina schüttelte den Kopf. »Ich glaub's nicht. Der eine meldet sich krank, der andere macht Urlaub. Als hätten wir hier kein Verbrechen aufzuklären! Warum bist du überhaupt für eine halbe Stunde hierhergekommen?«

»Ich wollte kurz bei der Kollegin Mannefeld nachfragen, ob es neue Reaktionen auf den Zeugenaufruf gibt. Wenn ja, würde ich mich da heute Nachmittag drum kümmern.«

»Okay«, sagte Katharina etwas besänftigt. »Eigentlich hatte ich etwas anderes für dich vorgesehen, aber das kann auch noch einen Tag warten. Dann bis später.« Mit diesen Worten schloss sie ihre Bürotür.

Die Kommissarin atmete dreimal tief ein, sog die Luft bis zu ihrer Körpermitte, wie sie es beim Pilates machten, und setzte sich dann an ihren Schreibtisch. Mit dem Passwort, das Laurence ihr auf einen Zettel geschrieben hatte, entsperrte sie Arndts Laptop und scrollte anschließend durch seine Aufzeichnungen. Die Datei umfasste nicht mehr als zehn Seiten. Arndt hatte mit Jule begonnen. Anschließend war Tobi an der Reihe gewesen. Offenbar war es dem Anwalt vor allem darum gegangen zu erfahren, was seinen Freunden von jenem schicksalhaften Abend im Kopf geblieben war. Bis auf einige Details ähnelten sich die Schilderungen. Nachdem Katharina die Aufzeichnungen zweimal gelesen hatte, rollte sie auf ihrem Schreibtischstuhl ein Stück nach hinten und verschränkte die Arme hinter dem Kopf. Es war ein ziemlich genaues Bild der Ereignisse vor ihrem inneren Auge entstanden. Sie konnte die fünf Jugendlichen genau vor sich sehen, wie sie den Abend im Wohnzimmer der Familie Neuhaus mit Chips und Bier begonnen hatten und wie sie dann später mit einer Flasche Wodka nach unten ins Schwimmbad gezogen waren, wo sie den Schnaps während der Herumplanscherei ziemlich zügig plattgemacht hatten. In ihrer Vorstellung folgte die Kommissarin den fünfen, wie sie sich anschließend im ganzen Haus verteilten. Wie sie in der Küche Würstchen heiß machten, auf der Terrasse einen Joint bauten, im Wohnzimmer weiter tranken und zwischendurch immer wieder einen Abstecher ins Schwimmbad machten. Eine ausgelassene Teenagerparty, auf der anscheinend nichts weiter passiert war, außer dass Arndt sich zweimal im Garten übergeben und es anschließend nur mithilfe der Mädchen bis zum Sofa geschafft hatte.

Später musste etwas vorgefallen sein, was Arndts Vater das Leben gekostet hatte. Katharina konnte aber in den Darstellungen von Jule und Tobi keinen Hinweis ausmachen, was zu der Tragödie geführt haben könnte.

Ein Detail war ihr allerdings aufgefallen. Tobi hatte erwähnt, dass sie zu Beginn ziemlich lange im Wohnzimmer gehockt hätten und erst ins Schwimmbad gegangen seien, nachdem sie ausführlich über die Sache mit Jules und Arndts Vater und über das, was Danilo und Cara passiert war, diskutiert hätten. Worum genau es dabei gegangen war, wurde nicht deutlich. Jule war auf diese Unterhaltung nicht eingegangen. Katharina starrte nachdenklich vor sich hin. *Die Sache mit Jules und Arndts Vater.* Ihre Neugier war geweckt. Auch hinsichtlich der Frage, was Danilo und Cara zugestoßen sein mochte, dass man sich so ausführlich darüber austauschen musste. Die Kommissarin überlegte noch einen Augenblick und beschloss dann, ihren Plan zu ändern. Seit Arndts Tod hatte sie keinen Kontakt mehr mit Jule gehabt. Das würde sie nun nachholen. Sie würde zunächst ihre Pilates-Freundin aufsuchen und sich anschließend mit Eva zusammen Tobi vornehmen. Sie schickte Eva eine WhatsApp und machte sich auf den Weg.

* * *

Als Katharina die Gerhardstraße erreichte, verließ ein Mann das Mehrfamilienhaus, in dem Jule wohnte, und marschierte zügig in die entgegengesetzte Richtung. Katharina starrte ihm nach. Der Mann war groß, kräftig, trug eine dunkle Jogginghose und einen Hoodie, dessen Kapuze er übergestreift hatte. Das war der Typ von gestern, schoss es der Kommissarin durch den Kopf, und auf einmal hatte sie es sehr eilig.

Schon nach kurzer Zeit hatte sich die Distanz so weit verringert, dass die Kommissarin eine kleine Überraschung erlebte. Sie folgte keinem Mann, sondern einer Frau! Es war Jule. Sie hatte ihr rotes Haar hochgesteckt und unter der Kapuze verborgen. »Jule!«, sprach Katharina die Lehrerin an, die daraufhin leicht zusammenzuckte. Katharina hatte neben ihr abgebremst.

Jule nahm einen ihrer Airpods aus dem Ohr. »Hey. Wo kommst du denn auf einmal her?«

»Ich wollte zu dir. Ich habe dich von Weitem aus dem Haus kommen sehen.«

»Ja, ich bin auf dem Weg zum Kanal. Eine Runde Walken. Ich habe heute erst zur vierten Stunde.«

»Warst du gestern Abend auch walken?«, fragte Katharina.

»Nein. Ich mache das nicht abends im Dunkeln.«

»Hast du was dagegen, wenn ich dich ein Stück auf dem Fahrrad begleite?«

»Von mir aus.« Jule lief weiter mit ausholenden Schritten die Straße entlang. Katharina rollte auf ihrem Mountainbike neben ihr her. Bevor sie losgefahren war, hatte sie noch eine Schmerztablette eingenommen. Im Moment war sie so gut wie beschwerdefrei.

Die beiden Frauen erreichten die Ostmarkstraße. In der vergangenen Nacht hatte es einen deutlichen Temperatursturz gegeben. Die Luft war an diesem Oktobermorgen kalt und feucht. Katharina konnte die kleinen Atemwölkchen sehen, die Jule bei jedem Schritt ausstieß.

Als sie an der Ampel warten mussten, um den Schifffahrter Damm zu überqueren, sagte Katharina: »Ich habe das mit dem Walken gefragt, weil ich gestern jemanden vor Laurences Haus beobachtet habe. Dieser Jemand trug eine Jogginghose und einen Hoodie und hat mich in den Ententeich an der Dechaneischanze gestoßen.« Katharina gab in wenigen Sätzen wieder, was genau passiert war.

Jule warf Katharina einen ungläubigen Seitenblick zu. »Sicher, dass du nicht einfach gestolpert bist? Ich war jedenfalls gestern Abend nicht an der Dechaneischanze.«

»Ich gehe eigentlich auch eher davon aus, dass ich einem Mann auf den Fersen war«, räumte Katharina ein, »und irgendwie hat er mich an Tobi erinnert.«

»Ich dachte, die Person hätte dich an mich erinnert. Was denn nun?«

»Na ja, als ich dich gerade aus dem Haus kommen sah, war ich mir für einen Moment sicher … ach egal …«

»Ist ja sehr schmeichelhaft, dass du mich von hinten für einen Kerl hältst.«

»Nur von Weitem.«

»Pfff«, machte Jule. Dann fügte sie hinzu: »Aber wenn es Tobi war, warum sollte er vor dir weglaufen und dich auch noch ins Wasser schubsen?«

Katharina ging nicht auf die Frage ein und kam zu ihrem eigentlichen Anliegen. »Ich habe mir angesehen, was Arndt bezüglich eurer Gespräche aufgeschrieben hat, und da ist mir etwas aufgefallen. Tobi und du, ihr erwähnt beide, dass ihr zuerst im Wohnzimmer mit Bier und Knabberzeug gesessen habt.«

»Ja, so hat der Abend angefangen. Was ist daran auffällig?«

»Tobi hat gesagt, dass ihr euch erst mal mit etwas beschäftigt habt, was zwischen deinem und Arndts Vater vorgefallen ist. Du bist allerdings nicht darauf eingegangen. Trotzdem wirst du sicher wissen, auf was er da anspielte. Ich wüsste es auch gern. Selbstverständlich werden wir auch Tobi und Danilo danach fragen, aber ich wollte mit dir beginnen, weil es sich ja um deinen Vater handelte.«

Jule verlangsamte ihr Tempo und stemmte einen Arm in die Taille, als hätte sie Seitenstechen. Sie hatten inzwischen die Kanalbrücke an der Warendorfer Straße erreicht und bogen auf den Uferweg Richtung Schleuse ab. Das grüne Wasser schaukelte in kleinen Wellen.

Katharina nickte einer Hundebesitzerin zu, die ihnen mit ihrem jungen Labrador entgegenkam und alle Hände voll zu tun hatte, das lebhafte Tier zu bändigen.

Jule beantwortete Katharinas Frage nicht, sondern stellte stattdessen eine Gegenfrage. »Weißt du, was ich nicht ganz verstehe, warum stocherst du in dieser alten Geschichte herum? Arndts Tod hat nichts mit damals zu tun. Entweder ist er einem Bekloppten über den Weg gelaufen oder sein Expartner hat ihm aufgelauert. Kümmert euch doch lieber mal um den.«

»Das machen wir. Trotzdem ermitteln wir auch in andere Richtungen. Und es ist so, dass die Erstbefragungen meiner Kollegen ergeben haben, dass keiner von euch für die Tatzeit ein Alibi hat. Wir können euch also als mögliche Täter nicht ausschließen.«

Jule schnaubte. »Da verliert man einen alten Freund, und als wäre das nicht schlimm genug, wird man auch noch verdächtigt. Laurence scheint übrigens auch zu glauben, dass einer von uns für Arndts Tod verantwortlich ist. Sie war gestern den ganzen Tag nicht erreichbar und hat abends in unsere WhatsApp-Gruppe geschrieben, dass wir uns nicht mehr melden sollen.«

»Bitte, Jule, beantworte meine Frage. Um was ging es da zwischen deinem und Arndts Vater?«

Jule seufzte und setzte sich wieder mit strammen Schritten in Bewegung. Katharina rollte neben ihr her. »Ach, das war eine ganz dumme Geschichte. Und so peinlich. Ich wäre damals am liebsten im Boden versunken. Wahrscheinlich habe ich sie deshalb auch aus meinem Gedächtnis verbannt.«

»Ich würde sie gerne hören«, erklärte Katharina.

»Zwei Wochen bevor das mit Arndts Vater passiert ist, waren wir auf einer Klassenfahrt im Sauerland. Als wir zurückkamen, wurden wir vom Busbahnhof von unseren Eltern abgeholt. Mein Vater war gekommen, und Arndts Vater war auch da. Als wir ausgestiegen waren, bekamen ich und auch alle anderen plötzlich mit, dass mein Vater und Herr Neuhaus sich in die Haare gekriegt hatten. Der Streit endete damit, dass mein Vater Arndts Vater vor versammelter Mannschaft eine schallende Ohrfeige versetzt hat.«

»Was ist da los gewesen zwischen den beiden?«

Jules Blick folgte einer Möwe, die über das Wasser hinwegsegelte. »Meine Mutter hatte sich in Arndts Vater verliebt, und mein Vater fand das verständlicherweise ziemlich bescheiden.«

Katharina konnte ihre Überraschung nicht verbergen. »Ach? Was heißt denn genau verliebt? Hatte sie ein Verhältnis mit ihm?«

»Um Gottes willen, nein! Es war einfach nur eine Schwärmerei. Sie war lange bei ihm mit einer Sehnenscheidenentzündung in Behandlung. Da hat sie sich in ihn verguckt, und weil sie so eine schlechte Schauspielerin ist, konnte sie das nicht verbergen und mein Vater hat das irgendwie spitzgekriegt.«

»Aber wenn das so harmlos war, warum ist dein Vater dann handgreiflich geworden?«

Jule zuckte mit den Schultern. »Er war manchmal einfach ein Idiot.«

Die Lehrerin blieb erneut stehen. Mit dem Jackenärmel wischte sie sich über die Stirn. »Puuh. Ich bin etwas aus der Puste. Walken und gleichzeitig reden bin ich nicht gewohnt.«

»Du hast ja auch ein ganz schönes Tempo drauf.« Katharina hielt ebenfalls an. Sie hatten schon fast die Schleuse erreicht.

»Mein Vater war übertrieben eifersüchtig auf Fred Neuhaus«, fuhr Jule fort. »Aber seine Aktion hatte auch ihr Gutes. Die Ohrfeige hat meine Mutter wieder zur Vernunft gebracht. Danach war es vorbei mit ihrer Schwärmerei für Dr. Neuhaus. So als hätte die Aktion meines Vaters sie wachgerüttelt und ihr klargemacht, wie hirnrissig sie sich aufgeführt hat.«

Katharina betrachtete Jule nachdenklich. »Ah ja.«

Jule blinzelte. »Was ist? Warum schaust du so?«

»Ich will ganz ehrlich sein. Mir geht gerade Folgendes durch den Kopf. Deine Mutter ist verliebt in Arndts Vater. Dein Vater ist so eifersüchtig, dass er ihm in aller Öffentlichkeit ins Gesicht schlägt, und zwei Wochen später wird Fred Neuhaus erschlagen in seinem Schwimmbad gefunden. Täter unbekannt.«

Jule starrte Katharina entgeistert an. »Willst du etwa sagen, dass mein Vater das war?«

»Nein. Was ich aber sagen kann, ist, dass Eifersucht ein Motiv ist, und da die Kellertür offen war, wäre es kein Problem für eine außenstehende Person gewesen, ins Schwimmbad zu gelangen.« In Gedanken setzte Katharina hinzu: Und ich frage mich gerade, ob du da auch schon drauf gekommen bist und verhindern wolltest, dass Arndt etwas ans Licht zerrt, was du da nicht haben willst?

»Ich habe dir doch gerade gesagt, dass meine Mutter nach der Geschichte am Busbahnhof nichts mehr von Dr. Neuhaus wissen wollte. Sie hat sogar den Orthopäden gewechselt. Meine Eltern haben wieder zueinander gefunden. Sie sind bis heute glücklich verheiratet.«

»Das freut mich«, antwortete Katharina. Nach kurzem Schweigen setzte sie hinzu: »Weißt du, Jule, eins wird mir immer deutlicher. Je mehr ich von damals erfahre, desto brennender ist mein Interesse daran, was genau passiert ist. Und zwar ganz unabhängig davon, ob die Geschehnisse mit Arndts Tod zu tun haben oder nicht. Das kannst du dir wie so einen inneren Zwang vorstellen, und ich kann dir hier und jetzt versprechen, ich werde noch ganz viel in der Vergangenheit herumstochern. Und zwar so lange, bis die Dinge klar und deutlich vor mir liegen.«

Jule schüttelte unwillig den Kopf, sagte aber nichts. Stattdessen marschierte sie weiter, den Blick stur auf den Weg vor ihr gerichtet.

»Was glaubst du denn, was an jenem Abend passiert ist?«, nahm Katharina wieder den Faden auf.

Ungehalten antwortete Jule: »Das ist doch ganz klar. Angelika Neuhaus hat ihren Mann umgebracht! Das denken wir alle! Sie war in der letzten Zeit sehr verwirrt und hat immer wieder Ereignisse und Namen durcheinandergebracht. Davon hat Arndt uns immer mal wieder erzählt. Sie hat sich da etwas zusammenfantasiert, die Gute.«

Katharina ließ nicht locker. »Aber nehmen wir mal den Fall an, es stimmt, was Arndt behauptet hat, und sie war nicht komplett geistig umnachtet. Das wird sich bei einem Gespräch mit dem Pflegepersonal und dem behandelnden Arzt ganz einfach überprüfen lassen. Dann erscheint es doch ziemlich unwahrscheinlich, dass sie ihrem Sohn so eine Geschichte auftischt, wenn sie nicht stimmt. Oder was meinst du? Und dann drängt sich die Frage auf: Wer anstelle von Frau Neuhaus hat ihren Mann ins Jenseits befördert?«

Jule schnappte nach Luft. Ihre ohnehin gut durchbluteten Wangen waren nun feuerrot. »Was willst du uns denn jetzt unterstellen? Das ist wirklich eine Unverschämtheit, Katharina! Und dich habe ich mal richtig nett gefunden!« Mit diesen Worten machte Jule kehrt und trat den Rückweg an.

Katharina sah ihr nach, und es kam ihr die gleiche Frage in den Sinn wie vorhin, als sie Jule dabei beobachtet hatte, wie sie aus dem Haus gekommen war. Könnte es Jule gewesen sein, der sie gestern Abend gefolgt war? Ausschließen wollte Katharina das jedenfalls nicht.

14. KAPITEL

1986

Tobi verharrte auf der untersten Treppenstufe, als sich die breite Gestalt durch die Tür schob und sie dann umständlich schloss. Aufgrund des schummrigen Lichts konnte er nicht viel erkennen. Aber dass es sich um einen Mann mit der Statur eines Kleiderschranks handelte, das sah er immerhin. Die Angst legte sich nun wie ein Felsblock auf seine Brust und machte ihm das Atmen schwer. Er hatte ungefragt ein Haus in einer Gegend betreten, wo man so etwas besser nicht riskierte. Wer wusste schon, was das für Leute waren, die hier ein und aus gingen? Zuhälter? Drogendealer? Schlägertypen?

Tobi hörte die Schritte von oben immer näher kommen. Gleichzeitig beobachtete er, wie der Kerl an der Tür nach dem Lichtschalter tastete. Binnen einer Sekunde kam Tobi eine Idee. Als das Flurlicht aufflammte, hielt er die Werbeprospekte in der Hand, die nachlässig zu einem Stapel zusammengeschoben auf der untersten Stufe gelegen hatten. Mit einem möglichst harmlosen Ausdruck im Gesicht blickte Tobi dem Mann entgegen.

»Was machst du denn hier? Kenne ich dich?« Der Kleiderschrank bewegte sich auf Tobi zu. In seinem schweren Gang lag eine zermalmende Kraft, und seine Schultern waren so breit, dass sie fast von Wand zu Wand reichten. Ein Bodybuilder, schoss es Tobi durch den Kopf. Oder ein Boxer. Der Typ stand nun direkt vor ihm und stierte ihn aus kleinen Augen misstrauisch an. Er trug eine armeegrüne Bomberjacke und einen silbernen Ohrring im rechten Ohrläppchen.

Tobi wedelte mit dem Stapel Papier in der Luft herum. »Ich … äh … ich verteile nur Werbeprospekte.« In Tobis Ohren klang seine Stimme schief und piepsig.

»Wieso stopfst du sie nicht durch den Briefschlitz? So wie ihr kleinen Scheißer es immer macht? Und zwar immer viel zu viele.«

»Die Tür war offen«, antwortete Tobi wahrheitsgemäß, »und da dachte ich, es wäre schön, also, es wäre gut, wenn … wenn ich allen Hausbewohnern einen Prospekt direkt vor die Wohnungstür lege. Als … als Überraschung sozusagen.«

Der Schrank stieß ein wieherndes Lachen aus. Dabei geriet die Schlange, die quer über seinen Hals tätowiert war, in Bewegung. Grob umklammerte seine riesige Pranke Tobis Schulter. »Willst du mich verarschen?« Nun lachte der Kerl nicht mehr. Sein Griff war so fest, dass Tobi beinahe in die Knie gegangen wäre.

Von oben ertönte eine heisere Stimme. »Lass gut sein, Günni. Du brichst dem Bengel noch die Knochen.«

Hinter ihnen war eine Frau mit blondierten, schulterlangen Haaren aufgetaucht. Sie ließ ein Feuerzeug aufschnappen und zündete sich eine Zigarette an. Tobi bemerkte den abgeblätterten, grellroten Nagellack auf ihren langen Fingernägeln. Die Frau nahm einen tiefen Zug und ließ anschließend einen trockenen Husten hören. Tobi spürte, wie sich die Eisenklammer um seine Schulter etwas lockerte.

»Ich habe noch nie erlebt, dass die Reklame bis vor die Wohnungstür getragen wird, Rosi«, brummte der Schrank namens Günni.

Die Angesprochene drängte sich an ihnen vorbei und trat auf die Tür zum *Why not?* zu. Erst jetzt bemerkte Tobi, wie klein und dünn sie war. Die Frau trug eine Art Hausanzug aus weichem, rotem Nicki und Pantoletten mit kleinem Absatz. Die Frau mit Namen Rosi steckte sich die Zigarette zwischen die Lippen und machte sich daran, die Tür zur Bar aufzuschließen.

Über die Schulter hinweg wies sie Günni an: »Jetzt lass den Jungen laufen, verdammt nochmal, und hilf mir lieber bei der Scheißtür. Sie klemmt schon wieder. Wir haben noch genug zu tun, bevor der Chef hier antanzt. Dann müssen wir Klarschiff gemacht haben. Also, mach hinne.«

Günni gab ein unwilliges Schnauben von sich, doch er ließ Tobi, der die Prospekte in seiner Hand so fest umklammerte, dass seine Fingerknöchel weiß hervortraten, endlich vorbei. Allerdings nicht, ohne ihm noch einen kräftigen Knuff zwischen die Schulterblätter zu geben. »Reklameblättchen als Überraschung. Ich lach mich schlapp. Wäre ich nur fünf Minuten später gekommen, dann hätten wir hier wohl ein Rad zu viel stehen gehabt. Ich kenne euch Strategen doch! Alles, was nicht festgeschraubt ist, wird eingesackt.«

Auf zittrigen Beinen verließ Tobi das Haus. Er zwang sich, nicht zu rennen, doch als er auf der Straße war und der Münsteraner Nieselregen ihm das Gesicht benetzte, fing er an zu laufen. Er legte einen Sprint hin, als würde er in der Sporthalle mit dem Ball aufs gegnerische Tor zustürmen. Kurz bevor er sein Rad erreichte, verlangsamte er das Tempo. Das hatte gutgetan.

Was für ein Abenteuer! Ein zufriedenes Grinsen breitete sich auf seinem Gesicht aus. Wie schlau es doch von ihm gewesen war, sich die Prospekte zu schnappen. Er hatte wirklich das Zeug für solche verdeckten Operationen.

* * *

Jule glaubte ihren Ohren nicht zu trauen, als Tobi am nächsten Morgen noch vor der ersten Stunde ausführlich von seiner Observation erzählte.»Du hast *meine* Mutter mit Arndts Vater gesehen?«, vergewisserte sie sich mit kugelrunden Augen. Als ihr die Idee gekommen war, Frau Neuhaus zu helfen, hätte sie niemals damit gerechnet, dass ihre Mutter in dieser Geschichte auftauchen würde.

Die Clique stand in einer Ecke des Schulhofs, von wo aus man das Schultor sehen konnte. Es war ein ungeschriebenes Gesetz am Schlaun-Gymnasium, dass der kleine Platz vorm Tor für die Oberstufenschüler reserviert war. Jules Blick schweifte hinüber, und sie beobachtete, wie einige von ihnen sich noch schnell vor Unterrichtsbeginn eine Zigarette anzündeten. Was hatte ihre Mutter mit Herrn Neuhaus zu schaffen? Es konnte nur eine Erklärung geben. Sie waren sich unbeabsichtigt über den Weg gelaufen und sind dann zusammen Essen gegangen.

Wie zur Bestätigung meinte Cara: »Du hast doch mal erzählt, dass deine Mutter bei Dr. Neuhaus in Behandlung ist. Vielleicht haben sie sich zufällig in der Stadt getroffen und hatten dann beide Hunger.«

Tobi fügte hinzu: »Viel interessanter ist doch, was Dr. Neuhaus in diesem Haus hinterm Bahnhof zu suchen hatte und was es mit diesem Sascha auf sich hat, mit dem er da rumgestritten hat.«

»Ja, ist ja richtig«, räumte Jule ein.

»Und was deine Mutter angeht«, ergänzte Cara, »sprichst du sie am besten einfach darauf an.«

»Das wollte ich auch gerade vorschlagen«, sagte Danilo. »Du kannst ja sagen, dass Tobi nach der Schule in der Stadt war und sie und Herrn Neuhaus zufällig vor *Stuhlmacher* gesehen hat. Dann wird sich das schon aufklären.«

Jule nickte zustimmend. So würde sie es machen. Ihre Mutter war eine schlechte Lügnerin. Sie würde es bemerken, wenn sie nicht die Wahrheit sagte.

Drei Tage später ergriff Jule die Gelegenheit, ihre Mutter auf das Mittagessen mit Herrn Neuhaus anzusprechen. Es war der dritte Samstag im Monat und somit schulfrei. Ihr Vater war direkt nach dem Frühstück in den Garten gegangen, um die Buchsbaumhecke zurückzuschneiden. Jule hatte bis zehn Uhr geschlafen, und als sie im Schlafanzug in die Küche getappt kam, war ihre Mutter dabei, einen Rührteig zuzubereiten.

»Was machst du für einen Kuchen?«, fragte sie und öffnete währenddessen den Kühlschrank.

Monika schlug nacheinander vier Eier in die Rührschüssel. »Einen Apfel- und einen Marmorkuchen.«

»Mmmhhhh«, machte Jule. Ihre Mutter feierte am folgenden Tag ihren siebenundvierzigsten Geburtstag und hatte ihre Schwester mit Familie und ihre Eltern zum Kaffee eingeladen. Jule freute sich nicht besonders darauf. Ihre beiden jüngeren Cousins waren nervig und laut, und ihr Vater bekam sich bei solchen Gelegenheiten regelmäßig mit ihrem Opa in die Haare. Opa Heinz war bis zu seiner Pensionierung Oberinspektor bei der Oberfinanzdirektion Münster gewesen. Dass seine älteste Tochter einen Werkzeugmechaniker geheiratet hatte, dessen politische Ansichten dazu noch meilenweit von seinen eigenen entfernt lagen, wurmte ihn bis heute.

Beim letzten Familientreffen hatte Opa Heinz zu Jule gesagt: »Merk dir Folgendes, Julia: Wer mit zwanzig Jahren nicht Sozialist ist, der hat kein Herz. Wer mit vierzig Jahren noch Sozialist ist, hat kein Hirn. Du bist ein intelligentes Mädchen. Mach nicht denselben Fehler wie dein Vater.«

Wolfgang, der die Worte seines Schwiegervaters gehört hatte, wollte schon Paroli bieten, aber ein warnender Blick seiner Frau hatte ihn gestoppt. Daraufhin hatte er laut vernehmlich gemurmelt: »Besser, als zu den Ewiggestrigen zu gehören.«

Jule schüttete Cornflakes in eine Schüssel, goss Milch hinzu und setzte sich an den Küchentisch. Monika war fertig mit dem Kuchenteig und holte die Springform aus dem Küchenschrank. Während Jule die Cornflakes in sich hineinschaufelte, beobachtete sie, wie ihre Mutter den Boden der Kuchenform mit Margarine einpinselte und den zähflüssigen goldgelben Teig in die Form gab. Anschließend griff sie zu einer Schüssel mit Boskop-Äpfeln und setzte sich zu Jule an den Tisch. Mit flinken Fingern machte Jules Mutter sich daran, das Obst zu schälen und zu vierteln.

»Es geht doch wirklich nichts über selbst gebackenen Kuchen«, sagte sie zufrieden. »Ich verstehe die Leute nicht, die Backmischungen verwenden. Als wäre es so viel mehr Arbeit, Mehl und Zucker selbst abzuwiegen.« Sie schüttelte den Kopf. Dann warf sie ihrer Tochter einen Blick zu. »Und? Wie ist es bei dir? Nächste Woche steht Mathe an, oder? Habe den Becker im Lehrerzimmer darüber reden hören. Und auch darüber, dass offenbar nur eine Handvoll Schüler aus der Klasse das mit dem binären Logarithmus verstanden hat.«

Jule winkte ab. »Der Becker kann eben nicht erklären. Übrigens, Mama, Tobi hat dich gestern zusammen mit Herrn Neuhaus in der Stadt gesehen.«

»Ahh, verflucht!« Jules Mutter sprang vom Stuhl hoch und saugte an ihrem Finger. Das frisch geschliffene Küchenmesser war abgerutscht und hatte ihr seitlich in den Finger geschnitten. Jule sah ein dünnes, rotes Rinnsal, das den Finger hinab quer über die Handinnenfläche ihrer Mutter lief. »Mist!«, fluchte Monika weiter. »Das Messer ist so wahnsinnig scharf. Ich habe Papa schon hundertmal darum gebeten, die Messer nicht so extrem nachzuschärfen.« Sie ging zum Spülbecken hinüber, drehte den Wasserhahn auf und hielt ihren Finger unter das fließende Wasser. »Was hast du gerade gesagt? Tobi hat mich mit Herrn Neuhaus gesehen? Das stimmt. Ich hatte ja gestern einen Termin bei ihm. Ich war die letzte Patientin, und als ich ging, hat er Feierabend gemacht. So sind wir vor der Praxis noch einmal aufeinandergetroffen, und dann hat sich das so ergeben, dass wir zusammen bei *Stuhlmacher* was gegessen haben. Da bin ich ja ewig nicht gewesen.«

Jule hatte ihre Mutter die ganze Zeit nicht aus den Augen gelassen. Dennoch konnte sie nicht wirklich erkennen, ob sie verlegen oder ertappt wirkte. Ihr Gesicht war eher schmerzverzerrt. »Geht's mit dem Finger?«, fragte sie deshalb.

»Es blutet wie verrückt. Ich glaube, der Schnitt ist ganz schön tief.« Monika begutachtete ihre Verletzung. Dann hielt sie den Finger wieder unter den Wasserstrahl.

Jule stand auf und kramte in einer Schublade nach einem Pflaster. »Warum hast du denn gestern gar nichts davon erzählt, dass du Arndts Vater getroffen hast und sogar mit ihm essen warst?« Sie streckte ihrer Mutter das Pflaster entgegen und sah ihr dabei in die Augen. Und da bemerkte sie es. In den Augen, die so grün waren wie ihre eigenen, flackerte etwas auf.

Monika senkte den Blick und griff nach dem Pflaster. »Ich weiß nicht. Ich habe einfach nicht daran gedacht. Es war ja auch gar keine große Sache.«

»Was war keine große Sache?«, kam es von der Küchentür. Wolfgang betrat die Küche und wischte sich mit dem Ärmel seiner Jacke über die verschwitzte Stirn.

»Dass Mama gestern mit Herrn Neuhaus bei *Stuhlmacher* war«, antwortete Jule, ohne zu zögern.

Ihr Vater ließ den Arm sinken, und sein Blick pendelte erstaunt zwischen seiner Tochter und seiner Frau hin und her. »Ach«, sagte er. »Tatsächlich? Mit dem Lackaffen? Ich dachte, du hättest in der Schule zu tun gehabt?« Er öffnete eine Mineralwasserflasche und goss Wasser in ein Glas.

Monika stöhnte genervt auf. »Hatte ich auch, mein Gott! Ich war gestern wegen meinem Handgelenk bei ihm in der Praxis, und da haben wir uns nachher zufällig draußen vor der Tür getroffen, und dann waren wir zusammen etwas essen. Was macht ihr denn da jetzt so ein Problem daraus?« Eine leichte Röte überzog ihre Wangen.

»Aber Moni«, sagte Wolfgang mit einer übertrieben sanften Stimme. »Niemand macht ein Problem daraus. Du bist es, die überreagiert. Ist doch schön, wenn du eine nette Mittagspause hattest.« Er leerte das Glas in zwei Zügen und zeigte dann auf den Haufen ungeschälter Äpfel. »Wenn du solche Schmerzen im Handgelenk hast, dass du damit ständig zum Onkel Doktor laufen musst, solltest du nicht kiloweise Äpfel schälen.« Nach diesen Worten verließ er die Küche.

Jule warf einen Blick auf die Uhr an der Wand. »Ich muss mich anziehen. Ich will noch was bei Edeka einkaufen, bevor sie zumachen.«

Monika blieb alleine in der Küche zurück. Sie lehnte sich gegen die Küchenzeile. Um ihren linken Zeigefinger hatte sie mehrfach Pflaster gewickelt. »Scheiße!«, fluchte sie leise vor sich hin. Jetzt war ihr Plan, Fred Neuhaus vor seiner Praxis abzufangen, so gut aufgegangen – und nun das! Dann war der Junge auf der anderen Straßenseite also doch Tobi gewesen. Monika versuchte, sich zu beruhigen. Sie hatte nichts Verwerfliches getan, und es hatte sich alles genauso abgespielt, wie sie es ihrer Tochter und ihrem Mann erzählt hatte. Nur, dass sie und Fred Neuhaus nicht zufällig aufeinandergetroffen waren. Die Idee, zusammen Mittag zu essen, war allerdings von ihm gekommen. Es war alles absolut unverfänglich – und doch fühlte es sich nicht so an. Und Monika wusste auch, warum. Ihre Gedanken mussten nur zu den fünfzig Minuten zurückwandern, in denen sie Fred Neuhaus an einem Tisch mit frisch gestärkter Tischdecke gegenübergesessen und in einem Salat herumgestochert hatte. Das hatte sich ganz anders angefühlt, als wenn er in der Praxis nach ihrem Befinden fragte. Sie hatte den Blick kaum von seinem aparten Gesicht und den schmalen Händen mit den langen Fingern lassen können. Wie ein Pianist, war es ihr durch den Kopf geschossen. Zu Beginn hatte Dr. Neuhaus ihr ein wenig von der wechselvollen Geschichte des Restaurants erzählt. Sie hatte an seinen Lippen gehangen und jedes Wort aufgesogen. Gemerkt hatte sie sich allerdings nur zwei Daten. 1470 war das Haus erbaut und 1948, nach einem schweren Bombenangriff, wiedereröffnet worden.

Hin und wieder hatte Fred Neuhaus ihr sein herzerwärmendes Lächeln geschenkt, und Monika war dahingeschmolzen. Es war ihr auch nicht entgangen, dass ihr Gegenüber ihr ab und zu etwas zu lange in die Augen geschaut hatte. Gegen Ende allerdings war sein Blick immer häufiger zu seiner Armbanduhr gewandert. Monika hatte die Geste verstanden. Obwohl sie selbst noch Stunden in dem Lokal mit seiner urigen Atmosphäre und der freundlichen Kellnerin hätte verbringen können, hatte sie erklärt, auch dringend loszumüssen.

Monika betrachtete ihren Finger. Die Wunde pulsierte unter den Pflastern. Doch darüber machte sie sich keine Gedanken. Sorgen bereitete ihr etwas anderes. Fred Neuhaus übte eine Anziehungskraft auf sie aus, die sie aus der Rolle fallen ließ, und das fühlte sich gut und beängstigend zugleich an.

15. KAPITEL

Gegenwart

Als Jule aus Katharinas Blickfeld verschwunden war, zog die Kommissarin ihr Handy hervor und rief bei Eva an. In wenigen Sätzen berichtete sie, was Jule bezüglich ihrer Eltern und Fred Neuhaus erzählt hatte.

»Na, das ist ja eine Geschichte«, kommentierte Eva. »Es gab damals also einen eifersüchtigen Vater. Das ist ein interessanter Aspekt.«

»Was hat denn dein Abstecher bei Rainer ergeben?»

»Außer dass ich das Vergnügen hatte, eine Weile mit einem sehr sympathischen Journalisten zu plaudern, leider gar nichts.«

»Der ist Journalist?«

»Yepp. Und er hat mir glaubhaft versichern können, dass er gestern Abend alleine war. In der Zeit, in der du da aufgekreuzt bist, hat er mit seiner Tochter gefacetimed. Ich durfte das sogar auf seinem Handy überprüfen. Das Mädchen lebt bei ihrer Mutter und ist gerade für ein Jahr in London.« Katharina hörte das Knistern von Papier und dann nochmal Eva, die sich irgendetwas in den Mund gesteckt hatte. »Vor oder nach dem Telefonat hat er auch nichts mitbekommen, was für uns von Interesse wäre.«

»Schade. Dann wollen wir doch mal sehen, was Tobi zu sagen hat.« Katharina schlug Eva vor, sich in einer Viertelstunde vor Tobis Haus zu treffen, und gab der Freundin die genaue Adresse. »Ich werde ihn auch auf die skandalöse Ohrfeige von Jules Vater ansprechen. Er erinnert sich bestimmt daran.«

Auf dem Weg zu Tobi kam Katharina zwangsläufig an der Dechaneischanze vorbei. Missmutig warf sie im Vorbeiradeln einen Blick zum Ententeich hinüber. Jaja, dachte sie gereizt. Eine Oase voller Frieden und ein Wunder der Natur.

Die Kapitelstraße zeichnete sich durch eine sehr unterschiedliche Bebauung aus. Hier wechselten sich individuelle Einfamilienhäuser mit mehrstöckigen Wohnblocks ab. Tobi bewohnte ein kleines Einfamilienhaus, das mit viel Gespür für den Charme eines Bauwerks aus den Sechzigerjahren modernisiert worden war. Besonders der Anbau aus hellem Holz und viel Glas, der sich rechts an das Haus schmiegte, gefiel Katharina. Riesige Grünpflanzen in Terracottatöpfen verhinderten, dass man zu viel von drinnen sehen konnte.

Eva war noch nicht in Sicht. Katharina betätigte trotzdem schon mal die Klingel. Als sich auch nach dem dritten Klingeln nichts rührte, trat sie einen Schritt zurück und ließ ihren Blick die Fassade entlangwandern. Nichts regte sich hinter den Fenstern. Direkt vor dem Haus parkte ein schnittiger BMW der 5er-Klasse, und an das Geländer der Kellertreppe war ein rotes Rennrad angeschlossen. Der Herr Architekt schien es sportlich zu mögen, dachte Katharina und betätigte nochmals die Klingel. Sie ließ es fünf, sechs Mal hintereinander läuten. Von der Straße her hörte sie ein Motorengeräusch. Eva kam mit dem Dienstwagen angerollt und stellte den Ford Focus hinter dem BMW ab.

»Es macht keiner auf«, rief Katharina Eva zu, als diese aus dem Auto stieg. »Lass uns mal ums Haus herumgehen.«

»Vielleicht ist er schon in seinem Büro oder irgendwo anders unterwegs«, gab Eva zu bedenken und folgte ihrer Freundin halb um den Anbau herum. Katharina schirmte mit der Hand ihre Augen ab und versuchte, zwischen den grünen Blättern der Pflanzen etwas zu erspähen. »Tobis Auto und sein Fahrrad stehen vor der Tür. Jedenfalls nehme ich an, dass beides zu ihm gehört, und Tim hat er gesagt, dass er immer erst gegen Mittag das Haus verlässt. Vormittags arbeitet er von zu Hause aus. Homeoffice ist ja seit Corona der große Trend.«

Der Wintergarten ging in einen großzügigen Wohnbereich mit Essplatz und offener Küche über. Katharina und Eva schlenderten weiter um das Haus und gelangten auf eine Terrasse, zu der man sowohl vom Anbau als auch vom Wohnzimmer aus Zutritt hatte. Wieder schaute Katharina ins Innere. Diesmal sah sie etwas. Auf der Couch lag jemand halb verdeckt unter einer Decke. Ein Arm hing schlaff über die Sofakante hinaus.

»Da liegt jemand auf dem Sofa!«, sagte sie alarmiert über die Schulter zu Eva und klopfte energisch gegen das Glas. Doch die Person rührte sich nicht. Katharina vermutete, dass es sich um Tobi handelte, aber Gewissheit hatte sie nicht. Das Sofa stand längs an der Wand. Von der Terrasse aus war es nicht möglich, über die Armlehne hinwegzuschauen. Aber Katharina sah etwas anderes. Aufgeregt winkte sie Eva heran. »Siehst du das auch?«

»Scheiße! Da liegen mindestens drei aufgerissene Packungen mit Tabletten.« Eva schirmte nun auch mit ihrer anderen Hand die Augen ab, um noch besser sehen zu können. »Da liegt auch Erbrochenes auf dem Teppich. Direkt vor dem Sofa.«

Katharina begann mit der Faust gegen die Scheibe zu hämmern, obwohl sie sich bereits sicher war, dass das zwecklos war. Dann zerrte sie an der Schiebetür, doch die ließ sich nicht von außen öffnen. Nachdem sie es auch vergeblich an der Tür des Wintergartens probiert hatte, liefen die beiden Kommissarinnen wieder nach vorne zur Haustür.

In diesem Augenblick trat aus dem Nachbarhaus ein jüngeres Paar mit Kleinkind auf dem Arm. Sie nickten den beiden Frauen freundlich zu.

»Haben Sie vielleicht einen Schlüssel zum Haus?«, rief Katharina ihnen zu und eilte ihnen entgegen.

Das Pärchen zögerte. Schließlich antwortete die Frau gedehnt: »Jooah. Aber wofür brauchen Sie den?«

»Es geht um Ihren Nachbarn. Wir müssen sofort zu ihm rein.«

Das Kleinkind bewegte sich unruhig auf dem Arm der Mutter, die immer noch unsicher war. »Wer sind Sie denn, wenn ich fragen darf? Ich habe Sie noch nie bei Tobias gesehen. Wir können ja nicht einfach seinen Schlüssel an wildfremde Leu...«

»Jetzt machen Sie schon!«, herrschte Katharina die Frau ungehalten an. »Ich bin eine Bekannte und außerdem von der Polizei.« Sie kramte ihren Polizeiausweis hervor und hielt ihn der Frau unter die Nase. »Holen Sie jetzt bitte sofort den Schlüssel!«

Die Nachbarin warf einen Blick auf den Ausweis, zögerte kurz und sah dann ihren Mann an. Der zuckte mit den Schultern und verschwand im Haus. Kurz darauf überreichte er Katharina einen Hausschlüssel an einem kurzen, ledernen Schlüsselband. Katharina eilte wieder zurück zur Haustür. Tobis Nachbarn verständigten sich mit einem Blick, und der Mann sagte: »Also, ich gehe mal lieber mit rein.«

»Jaja, machen Sie«, murmelte Katharina zwischen zusammengebissenen Zähnen. Sie öffnete die Tür und lief ins Wohnzimmer. Eva und der Nachbar folgten ihr. Bereits im Flur roch es säuerlich. Im Wohnzimmer war der Gestank nach Erbrochenem noch penetranter. Eva ging auf die Schiebetür zu und schob sie weit auf. Katharina trat näher an die Couch heran. Es war tatsächlich Tobi, der dort lag. Auf seinen Beinen hatte sich eine grau-weiß getigerte Katze zusammengerollt. Nun erhob sie sich, machte einen Buckel und fauchte Katharina ungnädig an.

»Das ist Uhura«, erklärte der Nachbar. »Tobis Katze«, setzte er noch überflüssigerweise hinzu. »Ich kann sie wegnehmen. Sie kennt mich gut.«

»Ja, bitte schaffen Sie das Tier hier raus«, sagte Katharina. Sie stand nun direkt vor dem Sofa. Tobis Augen waren geschlossen. Kalter Schweiß stand auf seiner Stirn, und seine Gesichtsfarbe war aschfahl. Katharina zog die Decke ein Stück zur Seite und registrierte erleichtert, dass sich der Brustkorb des Architekten hob und senkte. Ein leises Stöhnen kam über seine Lippen. Katharina berührte Tobi leicht an der Schulter. »Tobi, hier ist Katharina Klein. Wir haben uns auf der Party von Laurence kennengelernt.«

Die Augenlider flatterten, dann öffnete Tobi sie ganz. »Mir ist so schlecht«, wisperte er. »Ich habe es Klingeln und Klopfen gehört, aber ich kann nicht aufstehen. Ich habe mir die ganze Nacht die Seele aus dem Leib gekotzt.«

»Ein Magen-Darm-Virus?«, fragte Katharina.

»Schlimmer. Ich glaube, ich habe eine Lebensmittelvergiftung.«

Katharina warf einen Blick auf die Tablettenschachteln. Es handelte sich um verschiedene Präparate gegen Übelkeit und Erbrechen. Sie wandte sich an den Nachbarn, der mit der Katze auf dem Arm unschlüssig mitten im Raum stand. »Danke. Sie können jetzt gehen. Wir kümmern uns um ihn.«

»Okay.« Der Mann setzte die Katze auf dem Boden ab.

Tobi stöhnte wieder. Mit geschlossenen Augen flüsterte er: »Mir ist es noch nie so schlecht gegangen. Ich hatte heute Nacht das Gefühl, meine Eingeweide lösen sich auf. Ich war gestern essen. Wahrscheinlich liegt es an den Garnelen. Die waren bestimmt nicht mehr gut.« Der Blick des Architekten wanderte zu Eva. »Du bist nicht allein gekommen?«

»Nein. Das ist meine Kollegin Eva Mertens.«

Eva grüßte den bemitleidenswerten Mann, und Tobi rang sich ein schwaches Lächeln ab. »Die ganze Nacht stand ein Eimer neben dem Sofa. Irgendwann habe ich mich zur Toilette geschleppt und ihn ausgeleert und dann vergessen, ihn wieder mit ins Wohnzimmer zu nehmen. Deshalb ist da die Kotze auf dem Teppich.«

Katharina konnte mit Tobi mitfühlen. »Eine Lebensmittelvergiftung ist wirklich schrecklich. Helfen denn die Tabletten?«

»Allmählich ja. Ich kann nur nicht aufstehen, dann wird mir direkt wieder schlecht.«

»Dann bleib liegen. Ich kümmere mich mal um das da.« Sie zeigte auf den gelblichen Fleck vor dem Sofa.

»Das wäre total lieb«, seufzte Tobi. »Allein wenn ich das rieche, könnte ich mich schon wieder übergeben.«

Eine Dreiviertelstunde später hatte Katharina den Teppich mit warmem Wasser, Spülmittel und einem Lappen bearbeitet, während Eva für Tobi einen Kamillentee gekocht hatte. Zwischendurch war Tobis Nachbar nochmal da gewesen und hatte im Auftrag seiner Frau eine angebrochene Packung Zwieback und eine Tüte Haferflocken vorbeigebracht. Bei Tobi entfaltete das Vomex langsam seine Wirkung. Immer noch weiß wie eine Wand, konnte er nun immerhin mit einem Kissen im Rücken aufrecht sitzen, ohne dass ein Würgereiz ausgelöst wurde. Er hielt den Becher mit Kamillentee in den Händen und nippte ab und zu daran. Uhura hatte es sich wieder auf seinen ausgestreckten Beinen bequem gemacht und schnurrte behaglich. Die Kommissarinnen saßen Tobi in zwei Sesseln in knalligem Orange gegenüber. »Cooler Style«, bemerkte Katharina mit Blick auf den Couchtisch, der aus einer ovalen Glasplatte und einem futuristisch anmutenden Chromgestell bestand.

Auch das weich gepolsterte Sofa mit seinen abgerundeten Ecken gefiel ihr gut.

»Danke. Ich stehe auf Space-Age-Design.«

»Das ist aus den Sechzigerjahren, oder?«, fragte Eva.

»Ende Fünfziger- bis Anfang Siebzigerjahre, wenn man es genau nimmt. Mir gefallen die Farben und Formen dieser Zeit. Ich hatte immer schon ein Faible für alles, was irgendwie mit Science-Fiction zusammenhängt.«

Katharina deutete auf die Katze. »Deshalb ihr Name?«

Tobi grinste. »Eigentlich heißt sie Captain Uhura.« Er stellte seinen Tee ab und nahm sich einen Zwieback. »Ich probiere mal, ob mein Magen das schon mitmacht.«

Katharina fand es nun an der Zeit, Tobi über den Anlass ihres Besuchs aufzuklären. Er schien inzwischen in der Lage zu sein, ein paar Fragen beantworten zu können, und sie hatte nicht die Absicht, unverrichteter Dinge wieder abzuziehen. »Tobi, wir sind gekommen, weil es im Zusammenhang mit Arndts Tod einige Dinge abzuklären gibt.«

»Das habe ich mir schon gedacht«, sagte Tobi. Ein Schatten fiel über sein Gesicht, er sah plötzlich ernst und traurig aus. »Das ist so furchtbar mit Arndt. »So richtig realisiert habe ich das immer noch nicht.«

»Das glaube ich dir«, erklärte Katharina. »Trotzdem müssen wir dir ein paar Fragen stellen. Als Erstes möchte ich wissen, was du gestern Abend bei Laurence vorm Haus gemacht hast?«

Tobi hörte auf, an seinem Zwieback herumzuknabbern, und schaute Katharina verblüfft an. »Ich war gestern Abend nicht bei Laurence. Ich habe dir doch gesagt, dass ich auswärts essen war.«

Katharina nickte. Sie legte ihr Smartphone auf den Tisch. »Ich zeichne das Gespräch auf. Du hast nichts dagegen, oder?«

Tobi zuckte mit den Schultern. »Nö.«

»Von wann bis wann warst du gestern unterwegs und mit wem?«

»Du fragst, als ob du ein Alibi für gestern Abend überprüfen wolltest. Benötige ich eins? Ist noch etwas passiert?«

»Nein, keine Sorge. Aber ich hätte trotzdem gerne eine Antwort.«

»Ich war mit einer Frau verabredet, die ich vor einiger Zeit über das Datingportal *Zweisam* kennengelernt habe. Auf ihren Vorschlag hin waren wir in einem kleinen französischen Restaurant in der Nähe vom Aasee, in das ich sicher nie wieder einen Fuß setzen werde.« Tobi fegte ein paar Krümel von seiner Brust. »Den Namen des Restaurants weiß ich nicht mehr. Irgendetwas Unaussprechliches auf Französisch. Ich könnte dir den Chat mit Christine zeigen. Als Beweis sozusagen.«

Katharina nickte. »Das machen wir später.«

»Ich hoffe, du hast jetzt keinen schlechten Eindruck von mir, weil ich mich, kurz nachdem mein bester Freund umgekommen ist, mit einer Frau getroffen habe. Aber ich musste mit jemandem reden, und mit Christine kann man das ganz wunderbar. Wie kommst du denn darauf, dass ich gestern bei Laurence war? Hat sie das gesagt?«

»Nein, und es ist auch nicht weiter wichtig.« In Gedanken hatte Katharina Tobi als möglichen Besucher bei Laurence bereits abgehakt. Als Nächstes kam die Kommissarin auf Arndts Aufzeichnungen zu sprechen und legte dar, was ihr aufgefallen war. Anschließend erzählte sie Tobi von ihrem Gespräch mit Jule. »Ich muss zugeben, dass mich diese Eifersuchtsgeschichte zwischen den beiden Vätern sehr interessiert.« An dieser Stelle hielt Katharina inne, und der Architekt nahm den Faden sofort auf.

»Ach ja, das war wirklich bühnenreif und hat für ein großes Hallo gesorgt.«

»Das kann ich mir vorstellen. Jule hat mir versichert, dass ihre Eltern danach allerdings wieder gut miteinander waren. Kannst du dazu etwas sagen?«

Tobi sah gedankenverloren vor sich hin. »Wir haben erst ausführlicher über diese Sache auf dem Busparkplatz gesprochen, als wir uns bei Arndt zu unserer kleinen Party getroffen haben. Aber es stimmt. Jule hat erzählt, dass ihre Mutter nicht mehr zu Arndts Vater in Behandlung gehen würde und dass ihr Vater sich wieder beruhigt habe. Na ja, und dann hatte sich die Sache ja eh erledigt, so blöd wie das klingt.«

»Genau. Die Sache hatte sich erledigt«, wiederholte Eva.

Tobi warf ihr einen Blick zu. Er hatte begriffen, auf was die Kommissarin hinauswollte. Er schüttelte den Kopf. »Denkt ihr wirklich, Jules Vater ist in der Nacht bei Familie Neuhaus aufgetaucht und hat seinen Konkurrenten ausgeschaltet?«

Katharina wiederholte, was sie bereits zu Jule gesagt hatte. »Es geht nicht darum, was wir denken. Uns geht es um die Fakten. Und die sind in diesem Fall eine offene Kellertür und ein eifersüchtiger Ehemann.«

»Verstehe.« Plötzlich machte Tobi ein unbehagliches Gesicht. »Die Tür habe ich übrigens aufgeschlossen. Eigentlich war es ja ein ungeschriebenes Gesetz bei Familie Neuhaus, den Kellerausgang nicht zu benutzen. Aber an dem Abend haben wir uns über so einiges hinweggesetzt. Ich kann mich erinnern, dass ich irgendwann mal alleine im Schwimmbad war. Die anderen hatten keine Lust mehr und sind nach oben gegangen. Mir war es aber gerade erst gelungen, Arndt und Danilo die Schwimmluftmatratze abzuluchsen, und so habe ich mich noch ein bisschen auf dem Wasser treiben lassen. Dann musste ich so nötig pinkeln, dass ich durch die Kellertür in den Garten marschiert bin. Anschließend bin ich über die Terrasse wieder ins Haus gegangen. Die Tür ist offen geblieben.«

»Habt ihr eigentlich erst durch die Ohrfeige von der Sache mit Jules Mutter und Herrn Neuhaus erfahren?«

»Nein«, sagte Tobi. »Das hatten wir doch schon längst herausgefunden. Hat Jule davon gar nichts erzählt?«

Als er Katharinas ahnungsloses Gesicht registrierte, erzählte er den beiden Frauen von ihrer damaligen Mission, Dr. Neuhaus ein Verhältnis nachweisen zu wollen.

Das wurde immer interessanter, stellte Katharina fest, während sie Tobi zuhörte.

Der beendete seinen Bericht mit den Worten: »Letztendlich hat sich unser Verdacht nicht bestätigt. Auch was Arndts Vater in dem Haus in der Soester Straße zu suchen hatte und was es mit diesem Sascha auf sich hatte, hat sich nie geklärt. Es hat uns dann aber auch nicht mehr interessiert. Wir waren zu geschockt von den Ereignissen, und aus Respekt vor Arndt haben wir das auch nie wieder zum Thema gemacht. Er hatte auf einen Schlag seinen Vater und seine Mutter verloren und lebte auf einmal mit seiner Tante und seinem Onkel zusammen. Ich muss allerdings zugeben, dass ich schon hin und wieder darüber nachgedacht habe, was Dr. Neuhaus in diesem Haus und mit diesem Typen zu schaffen hatte. Aber nun ja«, Tobi zuckte mit den Schultern, »das Geheimnis hat er mit in sein Grab genommen.«

»Ja«, sagte Katharina, »das sieht so aus. Aber du bist doch bestimmt trotzdem zu irgendeinem Schluss gekommen, oder nicht?«

»Na ja. Das Wahrscheinlichste ist wohl, dass dieser Sascha ein Patient war. Aber auch das wirft ja Fragen auf. Zum Beispiel die, wie Dr. Neuhaus überhaupt an ihn geraten ist.«

Katharina nickte. »Ich habe noch eine andere Frage. Was glaubst du, wie ist es zum Tod von Fred Neuhaus gekommen?«

Tobi sah eine Weile gedankenverloren vor sich hin, dann sagte er entschieden: »Ich kann mir nichts anderes vorstellen, als dass es Frau Neuhaus war, die ihren Mann attackiert hat. Ich glaube weder, dass es Arndt war, noch einer von uns oder sonst jemand. Übrigens«, Tobi stellte den Teebecher auf dem Couchtisch ab, »selbst wenn Fred Neuhaus nicht gestorben wäre, hätten wir nicht weiter hinter ihm her geschnüffelt. Das hatten wir schon an dem Abend vor seinem Tod beschlossen. Es gab da nämlich noch einen Zwischenfall mit Danilo und Cara, diesem Junkie namens Sascha und einem gewissen Günni. Und danach wollte außer mir niemand mehr weitermachen.«

»Was genau ist da vorgefallen zwischen denen?«

»Ach, das lasst ihr euch am besten von Jule oder Danilo persönlich erzählen. Auf jeden Fall ist das Zusammentreffen etwas eskaliert.«

Eine Viertelstunde später wünschten Katharina und Eva Tobi gute Besserung und baten ihn, sich zur Verfügung zu halten. Anschließend verabschiedeten sie sich.

Auf der Straße warf Katharina einen Blick auf ihr Handy. Es hatte während des Gesprächs mit Tobi mehrmals vibriert. Außer einiger unwichtiger E-Mails war eine Sprachnachricht von Tim eingegangen. Aufgrund des fröhlichen Kindergeschreis im Hintergrund war er nur undeutlich zu hören, aber eins verstand Katharina sehr gut. Tim erklärte, dass er leider heute gar nicht mehr kommen könne, da Maximilian sich mit einem Schnitzmesser so tief in den Finger geschnitten habe, dass er jetzt erst mit dem armen Kind ins Krankenhaus fahren müsse.

Katharina wollte sich gerade darüber auslassen, da legte Eva eine Hand auf ihren Arm. »Nicht ärgern. Das bringt eh nix. Lass uns lieber überlegen, wie wir jetzt weitermachen. Wie es aussieht, waren die Umstände rund um Fred Neuhaus' Tod viel komplexer, als es anfangs den Anschein hatte.«

Katharina gab klein bei. Eva hatte ja recht. In beiden Punkten. Und so sagte sie: »Als Nächstes sollten wir uns mit Danilo unterhalten. Aber das machen wir am besten morgen, wenn die Gespräche mit Jule und Tobi protokolliert sind und wir uns nochmal die wichtigsten Punkte vor Augen geführt haben. Ich schlage vor, den Nachmittag nutzen wir für kleinere Überprüfungen.

Ich spreche mit dem Pflegepersonal von Frau Neuhaus senior und du informierst dich anstelle von Tim, was unser Zeugenaufruf bislang gebracht hat. Einverstanden?«

»Klaro«, sagte Eva und schwang sich hinter das Steuer des Dienstwagens.

Katharina wollte gerade die genaue Adresse des Seniorenstifts googeln, in dem die Mutter von Arndt ihre letzten Lebensjahre verbracht hatte, da blinkte KDs Name im Display. Schuldbewusst fiel Katharina ein, dass ihr Chef inzwischen seine erste Untersuchung hinter sich gebracht hatte. Sie nahm das Gespräch entgegen und erkundigte sich als Erstes, ob KD schon ein Ergebnis habe.

»Morgen, vielleicht aber auch erst am Montag«, antwortete der Kriminalhauptkommissar und stellte dann seiner derzeitigen Ermittlungsleiterin im Gegenzug die gleiche Frage.

Plötzlich verspürte Katharina das Bedürfnis, sich ihren Frust von der Seele zu reden und KD zu stecken, dass das Team teilweise ein undisziplinierter Haufen sei. Aber eine leise Stimme in ihrem Hinterkopf hielt sie im letzten Augenblick davon ab. Stattdessen nutzte sie die Gelegenheit, KD davon zu berichten, was sie bislang zusammengetragen hatten.

»Ich sehe schon«, sagte KD daraufhin in einem aufgeräumten Ton. »Ihr braucht mich gar nicht.«

Jetzt konnte Katharina sich doch nicht zurückhalten und sagte mit einem spitzen Unterton in der Stimme: »Wenn wir nicht gerade Kaffee trinken, Kuchen essen, Kinder betreuen oder eine Magenverstimmung auskurieren, dann kommen wir tatsächlich auch etwas voran.« Daraufhin meinte die Kommissarin ihren Chef leise lachen zu hören.

Als sie sich schon verabschiedet hatten, sagte KD plötzlich. »Ach, Katharina, sei ein bisschen nachsichtig, ja? Du hast mit den vieren ein super Team an deiner Seite. Das beste, das man haben kann. Glaub mir. Ich weiß, wovon ich spreche.«

Nach dem Telefonat machte Katharina sich auf den Weg zum St. Anna Stift, das sich ganz in der Nähe im Maikottenweg befand. KDs letzte Worte hallten noch in ihrem Kopf nach. *Das beste Team, das man haben kann.* Ja, verdammt nochmal, das stimmte! Wenn sich ihre Kollegen auf ihre Arbeit konzentrierten, waren sie alle absolut gut in dem, was sie taten. Was sie aber nicht gebrauchen konnten, war eine engstirnige Ermittlungsleiterin, die Angst hatte zu versagen.

»Wir werden das zusammen hinkriegen«, sagte Katharina laut zu sich selbst und fuhr einen Schlenker um eine Seniorin herum, die, ohne nach rechts oder links zu schauen, mit ihrem Rollator auf die Straße getreten war.

16. KAPITEL

1986

Eine Woche nach Tobis ergebnisreicher Observation ging es für die Clique drei Tage auf Klassenfahrt nach Brilon ins Sauerland. Jule hatte ihrer Freundin beim Einsteigen in den Bus den Vortritt gelassen, damit Cara sich neben Danilo setzen konnte, der als Erster eingestiegen war. Er hatte sich ganz hinten auf die Fünferbank gesetzt und war bis zum Fenster durchgerutscht. Cara quetschte sich neben ihn und sog den herben Duft seines Duschgels ein. Verstohlen musterte sie ihn von der Seite. Seine Locken waren noch etwas feucht vom Duschen und glänzten lackschwarz. An seiner markanten Kinnpartie konnte Cara sich wieder mal nicht sattsehen. Danilo wirkte viel älter als sechzehn Jahre, was ihn in Caras Augen nochmal besonders interessant machte. Außerdem legte er viel Wert auf seine Garderobe. So schlecht konnte sein Vater mit der Pizzeria nicht verdienen, dachte Cara manchmal. Danilo war derjenige von ihnen, der am häufigsten mit neuen Klamotten ankam.

Heute trug er eine moonwashed Jeans, die Cara noch nie zuvor an ihm gesehen hatte, und strahlend weiße, knöchelhohe Turnschuhe von Adidas. Sie selbst bekniete ihre Eltern schon seit Monaten, dass sie ihr solche Turnschuhe kauften, aber ihr Vater hatte ihr einen Vogel gezeigt. »Ich kaufe doch keine Schuhe für hundert Mark«, war seine Antwort gewesen.

Cara rückte ihre Schulterpolster zurecht und begann eine Unterhaltung mit Jule. Danilo starrte abwesend aus dem Fenster. Er war echt komisch in letzter Zeit, fand Cara. Jule hatte eine Packung Maoam geöffnet und bot jedem ein Kaubonbon an.

Tobi, der mit Arndt in der vorletzten Reihe saß, nahm eines und sah Jule an. »Was glaubst du denn jetzt, hat deine Mutter was mit Dr. Neuhaus oder nicht?«

»Ich denke nicht«, antwortete Jule, obwohl sie sich überhaupt nicht sicher war. Schon möglich, dass ihre Mutter und Arndts Vater sich zufällig vor der Praxis getroffen hatten. Und warum sollten zwei Erwachsene, die sich seit Jahren kannten, nicht zusammen Mittagessen gehen? Aber da war etwas in dem Verhalten ihrer Mutter gewesen, das ihr komisch vorgekommen war. Doch Jule wollte sich nicht weiter damit beschäftigen. Seit Tobi sich an Herrn Neuhaus' Fersen geheftet hatte, hatte es noch keine weitere Observation gegeben. Es war an der Zeit, die nächsten Schritte zu planen.

Sie wandte sich an Tobi. »Viel wichtiger ist, dass wir herausbekommen, was es mit Herrn Neuhaus' Besuch bei diesem Sascha auf sich hat.«

In Tobis Augen leuchtete es auf. »Unbedingt! Ich könnte das übernehmen, schließlich weiß ich, wo ...«

»Nein, das geht nicht!«, schnitt Jule ihm das Wort ab. »Drei Personen aus dem Haus haben dich schon gesehen. Das ist zu auffällig, wenn du da jetzt schon wieder auftauchst.«

Tobi machte ein enttäuschtes Gesicht.

»Ich übernehme das«, meldete sich Danilo.

»Und ich komme mit!«, sagte Cara geistesgegenwärtig.

Jule nickte. »Dann lasst uns mal überlegen, unter welchem Vorwand ihr bei diesem Sascha aufkreuzen könntet.«

Während die Jugendlichen sich einen Spaß daraus machten, immer abstrusere Ideen vorzuschlagen, und sich so die Zeit auf der Fahrt ins Sauerland vertrieben, hatte Monika sich schon längst einen neuen Plan überlegt, wie sie bei Fred Neuhaus weiter vorgehen wollte. Die Klassenfahrt ihrer Tochter und deren Freunde kam ihr dabei sehr gelegen. Sie hatte außerdem von Jule erfahren, dass Arndts Mutter ebenfalls ein paar Tage nicht zu Hause sein würde. »Arndt war selbst überrascht«, hatte Jule gesagt, »aber seine Mutter fährt zu Arndts Onkel. Der wird fünfzig.«

»Und sein Vater fährt nicht mit?«, hatte Monika nachgefragt.

»Nee, der muss ja arbeiten.«

Diese Chance konnte sie nicht ungenutzt verstreichen lassen, hatte Monika am frühen Morgen gedacht, als Jule mit ihrer Reisetasche von Wolfgang zum Busbahnhof gebracht wurde. Am Mittwochabend ging Monika immer zum Aerobic, aber am Donnerstagabend würde sie Fred Neuhaus zu Hause aufsuchen. Für heute würde sie sich damit begnügen, nach dem Sport einen kleinen Umweg zu fahren und bei den Neuhaus' vorbeizuradeln. Sie genoss jedes Mal das Kribbeln im Magen, wenn sie an dem ansehnlichen Neubau vorbeifuhr, immer darauf hoffend, Fred Neuhaus würde zufällig seinen Kopf durch die Tür stecken.

Am Donnerstagabend rief Monika ihrem Mann vom Flur aus einen kurzen Abschiedsgruß durch die geschlossene Wohnzimmertür zu und behauptete, für ein, zwei Stündchen zu Karin zu fahren. »Warte nicht auf mich, vielleicht wird es auch später. Du kennst uns ja.«

Wolfgang brummte etwas Unverständliches, was Monika als »viel Spaß« interpretierte.

Die Lehrerin schlüpfte aus der Tür und schwang sich auf ihr Fahrrad. Sie hatte zuvor noch geduscht und sich die Haare gewaschen. Gott sei Dank hatte Wolfgang davon nichts mitbekommen. Außer nach dem Aerobic-Kurs duschte sie nie abends. Monika hatte sich für eine sportliche Garderobe entschieden. Sie fühlte sich in der schwarzen Leggins, den pinken Stulpen und der kurzen Jeansjacke zwanzig Jahre jünger. Wolfgang hätte wohl mit den Augen gerollt, wenn er sie so gesehen hätte und gefragt, ob sie am Kleiderschrank von Jule gewesen sei.

Als Monika ihr Rad ein Stück entfernt an einer Bushaltestelle abstellte, hatte sie vor Aufregung schweißnasse Hände. Zweimal fiel ihr der Fahrradschlüssel aus der Hand. Vor dem mit großen, hellen Steinplatten in Marmoroptik ausgelegten Zugang zum Haus blieb Monika zögernd stehen. Nachdenklich betrachtete sie die weiße Fassade mit der dunklen Eingangstür und den großen

Fenstern. Statt Gardinen gab es Rollläden, die aber noch nicht geschlossen waren. So konnte Monika über grüne Topfpflanzen hinweg, die sich auf der Fensterbank drängelten, in die hell erleuchtete Küche sehen. Der Anblick der hochmodernen Einbauküche erinnerte sie an die Werbung eines bestimmten Putzmittels, auf dessen Namen sie gerade nicht kam. Hauptsache, Angelika Neuhaus war wirklich weggefahren, schoss es Monika durch den Kopf.

Plötzlich war da noch ein ganz anderer Gedanke in ihrem Kopf. War dieses Haus nicht viel zu groß für drei Personen? Und war der ganze Kasten nicht schon fast etwas zu protzig? Mit einem Mal wirkten die makellosen Bodenplatten auf Monika ziemlich dekadent. Etwas, das sie immer schon verabscheut hatte. Und das ganz unabhängig von ihrem Ehemann, der jeden, der sich so etwas vors Haus legte, garantiert als Spießer bezeichnen würde. Ein Lächeln huschte über Monikas Gesicht. Vor ihrem inneren Auge tauchte ihr eigenes kleines Häuschen auf, mit dem in die Jahre gekommenen, morschen Gartenzaun und dem romantisch verwilderten Vorgarten. »Um Himmels willen«, sagte Monika plötzlich laut. »Habe ich eigentlich noch alle Tassen im Schrank?« Sie fühlte sich jetzt gar nicht mehr zwanzig Jahre jünger. Mit einem Mal hatte sie das Gefühl, sie blicke von oben auf sich herab. Das, was sie sah, war eine Frau Ende vierzig, die auf dem besten Weg war, ihren Mann zu betrügen. Monika stieß ein freudloses Lachen aus und wandte sich zum Gehen.

Eine warme Stimme, leise, aber so klangvoll wie ein gut gestimmtes Klavier, ließ sie mitten in ihrer Bewegung erstarren. »Frau Flechtkamp? Kann ich Ihnen helfen?«

Wie in Zeitlupe und mit weichen Knien drehte sich die Lehrerin um. In der Tür stand Fred Neuhaus. Er trug einen dunkelblauen Bademantel. Über seinen Schultern hing ein Handtuch. Die Haare waren nass und verstrubbelt. In einer Hand hielt er einen Müllbeutel. »Entschuldigen Sie meinen Aufzug«, sagte er lächelnd, und auf seiner linken Wange erschien das gleiche winzige Grübchen, das sie auch von seinem Sohn kannte. »Ich bin gerade ein paar Bahnen geschwommen. Aber was gibt es denn? Ist was mit den Kindern?« Das Grübchen verschwand, und zwischen seinen dunklen, sanft geschwungenen Augenbrauen erschien eine steile Falte.

Monika starrte den Arzt an, unfähig, sich zu rühren oder etwas zu sagen. Wolfgangs struppige Augenbrauen sahen gegen seine aus wie zwei dicke Balken, dachte sie und räusperte sich. »Ähem ... mit den Kindern? Nein ... ich ... ich muss mich entschuldigen, dass ich hier einfach so ... also, ich habe ...«

»Geht es um Ihre Entzündung im Handgelenk? Ist es schlimmer geworden?«

»Was? Ja! Ja, genau.«

Fred Neuhaus öffnete die Mülltonne, die direkt neben der Eingangstür stand, und ließ den Müllsack hineinfallen. Er winkte Monika heran. »Kommen Sie herein. Ich schau mir das nochmal an.«

Wie ferngesteuert folgte Monika der Aufforderung. In dem großzügigen Flur drehte sich der Orthopäde zu seinem Gast um. Er streckte Monika die Hand hin. »Wollen wir nicht Du sagen? Wir kennen uns doch jetzt schon so lange. Ich heiße Fred.«

»Monika.« Freds Händedruck war kurz und fest.

»Geh doch schon mal ins Wohnzimmer, Monika«, wurde sie von Fred aufgefordert. »Ich hole schnell eine Salbe und Verbandszeug.«

In das Wohnzimmer der Familie Neuhaus hätte das der Flechtkamps dreimal hineingepasst. Es war nicht groß, es war riesig. Alles darin wirkte überdimensioniert. Die Sofalandschaft, die wenigen abstrakten Bilder an den Wänden, die Essecke vor den Panoramafenstern. Monika stellte sich an die geschlossene Schiebetür und spähte in den Garten, der mit einigen geschmackvollen Außenlampen beleuchtet wurde. Der Garten musste ein Traum sein.

»So, dann wollen wir mal schauen.«

Monika drehte sich um. Sie hatte erwartet, dass Fred sich etwas angezogen hätte, aber er war immer noch im Bademantel. Der Arzt nahm auf dem Sofa Platz und klopfte auf die freie Stelle neben sich. Monika setzte sich in Bewegung. Sie stellte fest, dass Freds Bademantel bis zur Brust aufgeklappt war. Oh mein Gott, dachte Monika. Karins Stimme drang zu ihr durch. »Wir sind emanzipierte Frauen, Monika. Mach das, worauf du Lust hast, und alles wird gut. Die Männer machen das genauso.«

Gestern hatte sie am Telefon mit ihrer besten Freundin über ihr Vorhaben gesprochen. Vielleicht war Karin nicht ganz unvoreingenommen, immerhin ging sie ihrem Mann ständig fremd, aber Monika hatte einfach mit jemandem reden müssen. »Wolfgang ist ein guter Kerl«, hatte Karin gesagt, »und du willst ihn ja auch nicht verlassen. Was er nicht weiß, macht ihn nicht heiß. Im Gegenteil, eurer Ehe wird es guttun, wenn du auch mal auf deine Kosten kommst.«

Nach dem Gespräch war ein Restzweifel geblieben, aber Monika hatte ihn erfolgreich ignoriert.

Sie setzte sich und streckte Fred ihre Hand hin. Wie auch bei den letzten Untersuchungen drehte er ihre Hand hin und her, bog den Daumen vor und zurück und drückte an verschiedenen Stellen. Alles immer bis zur Schmerzgrenze. »Da ist immer noch eine Entzündung drin. Ich mache dir da jetzt etwas von dieser Salbe drauf, und dann fixiere ich das Handgelenk und den Daumen mit dem Verband. Nächste Woche kommst du dann bitte in die Praxis. Dann verschreibe ich dir eine Handgelenkbandage, die du bitte mindestens vier Wochen trägst.«

Als Fred mit seinen schlanken Fingern die kühlende Salbe auf Monikas Hand verteilte, schloss sie die Augen. Es kribbelte unter ihrer Kopfhaut, und ein wohliger Schauer lief ihr sanft den Rücken hinunter. Sie spürte es jetzt ganz deutlich. Da war etwas zwischen ihnen. Das war mehr als nur ein Knistern. Das war wie ein Buschbrand. Sie öffnete die Augen und suchte den Blick des Arztes. Doch der hatte damit begonnen, ihre Hand zu verbinden. Konzentriert schaute er nach unten. Monika blickte auf seinen Scheitel und sah winzige graue Härchen am Haaransatz.

Als ihre Hand gut eingepackt war, stand Fred für Monikas Geschmack etwas zu abrupt auf. »Für das Wochenende müsste das so gehen. Bitte beim Duschen nicht nass werden lassen. Zieh einfach eine Plastiktüte darüber.«

Monika blieb nichts anderes übrig, als sich ebenfalls zu erheben. Missmutig folgte sie Fred in den Flur. Dort fiel ihr eine halb offene Tür auf, der sie vorhin keine Beachtung geschenkt hatte. Eine geflieste Treppe führte nach unten. Monika nahm einen schwachen Geruch nach Chlor wahr. »Geht's da zum Schwimmbad?«, fragte sie. »Ich weiß nicht, wie oft Jule schon davon erzählt hat.«

»Ja. Möchtest du mal schauen?«

»Sehr gerne«, antwortete Monika wie aus der Pistole geschossen. Sie stieg hinter Fred die gewendelte Treppe hinunter. Der Chlorgeruch wurde intensiver und vermischte sich mit einem angenehm ätherischen Duft. »Habt ihr hier auch eine Sauna?« Monika sah sich um.

»Nein, leider nicht. Wir haben das Haus ja nicht selbst gebaut, sondern gekauft. Sonst gäbe es auf jeden Fall eine. Ich liebe Saunagänge.«

»Ich auch«, erklärte Monika, und augenblicklich sah sie sich und Fred splitternackt und glänzend vor Schweiß eng nebeneinander auf einer vor Hitze knackenden Holzbank sitzen.

Durch einen hellblau gestrichenen Umkleideraum mit Garderobenhaken, einem Spiegel und Holzbänken gelangten sie ins Schwimmbad. Fred tastete nach dem Lichtschalter, und kurz darauf flammten mehrere in die niedrige Decke eingelassene Leuchten auf, die den Raum in warmes Licht tauchten.

»Wow«, entfuhr es Monika. »Das ist wirklich fantastisch. Das Becken ist ja riesig.«

Sie ließ ihren Blick durch den länglichen Raum schweifen. Der Boden war weiß gefliest, die Wände mit dunklem Holz vertäfelt. Auf der gegenüberliegenden Seite standen vier Liegestühle mit gepolsterten Auflagen. Außerdem gab es noch einen Strandkorb und ein Regal, das vollgestopft war mit Schwimmutensilien und Handtüchern. Daneben befand sich eine unscheinbare Tür.

»Der Pool ist acht Meter lang und vier Meter breit«, erklärte Fred. »Der Strandkorb stand übrigens mal am Timmendorfer Strand. Ich habe ihn vor einigen Jahren dort erworben, als sich die Gemeinde dazu entschlossen hatte, größere anzuschaffen.«

Monika schaute versonnen auf das in die Erde eingelassene Becken. Das Wasser sah türkis aus und wirkte auf Monika wie eine Einladung. Wieder hörte sie Karins Stimme. »Mach das, worauf du Lust hast, und alles wird gut.«

Fred plauderte inzwischen weiter. »Etwas schade, dass der Bauherr sich für diese dunklen Wände entschieden hat, aber das war ja damals der Trend.«

»Ich finde, dieser warme Ton gibt dem Raum etwas sehr Lauschiges.« Für einen Augenblick betrachtete Monika eine Bodenvase, die mit einigen Stielen getrocknetem Pampasgras bestückt war. Dann drehte sie sich zu Fred um. Ihre Blicke trafen sich, und Monika dachte nicht länger nach, sondern überließ sich ihren Gefühlen. Sie schlang die Arme um Freds Hals und küsste ihn auf den Mund.

17. KAPITEL

Gegenwart

Der Tag nach dem Gespräch mit Tobi war ein Samstag. Am Abend zuvor hatte Katharina sich dazu entschieden, am Wochenende keine Besprechung anzuberaumen. Da Tim und Jörn am Freitag ja nicht im Dienst gewesen waren, würde es sowieso nicht allzu viel an neuen Erkenntnissen geben. Stattdessen schlug Katharina den Kollegen am Freitagabend via WhatsApp vor, den kommenden Tag dafür zu nutzen, noch ausstehende Informationen einzuholen und den Sonntag freizumachen. Vier hochgereckte Daumen kamen als Antwort. Mit Eva hatte Katharina später noch kurz telefoniert. Dabei vereinbarten sie, Danilo am nächsten Tag einen Überraschungsbesuch in seinem Restaurant abzustatten. Tobi hatte ihnen gesagt, dass sein Freund zurzeit, immer anderthalb Stunden bevor das *Piccolo* öffnete, vor Ort sei. »Enrico ist ein paar Tage verreist, sodass Danilo die Vorbereitungen für den Abend alleine treffen muss.«

So trafen sich die Kommissarinnen am Samstag kurz nach siebzehn Uhr vor dem Piccolo. Als Katharina durch die Panoramascheibe spähte, wurde Danilo sofort auf sie aufmerksam. Er war gerade dabei, die Tische mit frisch gestärkten Stoffservietten, Gläsern und Besteck einzudecken. Geschäftig kam er zur Tür geeilt. Katharina dachte nicht zum ersten Mal, dass Danilo zwar deutlich übergewichtig war, sich aber nicht so schwerfällig bewegte, wie man es vielleicht erwarten würde. Der Italiener lächelte etwas angespannt, als er Katharina und Eva die Tür aufschloss.

»Hallo Danilo«, sagte Katharina. Sie deutete auf Eva. »Das ist meine Kollegin Eva Mertens. Wir möchten kurz mit dir sprechen.«

Danilo machte ein bedauerndes Gesicht. »Dein gut aussehender Kollege hatte ja schon angekündigt, dass es nicht bei einem Besuch von eurer Seite bleiben würde. Nur passt es mir jetzt gerade leider gar nicht. Enrico ist unterwegs, und seine Vertretung fängt erst um achtzehn Uhr an.«

Katharina versicherte dem Restaurantbesitzer, dass sie es kurz machen könnten, wenn er heute nicht so viel Zeit habe. Während sie das sagte, erinnerte sie sich an etwas, das Cara erzählt hatte. Die hatte gesagt, dass Danilo nicht nur fantastisch ausgesehen habe, sondern auch sehr sportlich gewesen sei. Wann hatte sich sein Äußeres wohl so verändert? Und wie war es dazu gekommen? Vielleicht lag es an dem Stress, den das Führen eines eigenen Restaurants mit sich brachte. Viel Arbeit, wenig Bewegung, unregelmäßige Mahlzeiten.

Immer noch zögernd, ließ Danilo die Kommissarinnen schließlich eintreten. Die beiden Frauen setzen sich an den Tisch, an dem Katharina schon oft dienstagabends mit Laurence, Jule und Cara gehockt hatte. Gefühlt lagen diese Treffen eine Ewigkeit zurück.

Während Danilo eine Karaffe mit Wasser, Gläser und drei Tassen Cappuccino auf den Tisch stellte, schaute Eva sich interessiert um. »Sehr stilvoll, Ihr Restaurant«, sagte sie anerkennend.

»Grazie«, antwortete Danilo und nippte an seinem Kaffee. »Was genau führt euch denn nun zu mir?«

Wie schon zuvor bei Jule und Tobi legte Katharina auch Danilo dar, dass sich einer ihrer Ermittlungsansätze auf Arndts Vorhaben konzentrierte, den Tod seines Vaters aufklären zu wollen. »Wir wissen bereits, dass du und Cara kein Interesse daran hattet, über jenen Abend zu reden.«

»Das ist richtig. Ich fühlte mich überrumpelt. Du hättest Arndt mal sehen sollen. Der stand völlig neben sich. Ich hatte keine Lust, ihn in seiner Wahnvorstellung noch zu unterstützen.«

Katharina nickte und erläuterte dann, was sie bislang von Jule und Tobi erfahren hatte. »Im Gespräch mit Tobi ist auch Caras und dein Ausflug in die Soester Straße zur Sprache gekommen. Auch wenn das jetzt schon lange zurückliegt, was, glaubst du, hatte es mit Fred Neuhaus' Besuchen dort auf sich?«

Danilo nahm einen weiteren Schluck von seinem Cappuccino und zuckte mit den Schultern. »Für mich liegt das klar auf der Hand. Er war dort als Arzt. Was sollte er sonst dort gewollt haben?«

»Tobi hat einen Ex-Junkie namens Sascha erwähnt, den Fred Neuhaus besucht hat. Meinst du, er war ein Patient von Dr. Neuhaus?«

»Ja, bestimmt.«

»Er hat auch erwähnt, dass es zu einer Auseinandersetzung zwischen euch und diesem Sascha gekommen ist. Kannst du nochmal schildern, was da passiert ist?«

Danilo warf einen Blick auf seine Armbanduhr. »Da gibt es nicht viel zu erzählen. Cara und ich wollten herausfinden, was Arndts Vater mit dem Typen zu tun hatte. Wir haben ihn vor dem Haus angetroffen, aber er wollte nicht mit uns reden. Ich habe dann den Fehler gemacht, ihm bis zu seiner Wohnung in den ersten Stock zu folgen. Cara hat erst unten gewartet, ist dann aber auch nach oben gekommen. Der Ex-Junkie hat uns zwar in seine Wohnung gelassen, als ich dann aber die Sprache wieder auf Dr. Neuhaus gelenkt habe, ist er völlig ausgerastet. Dann stieß da noch ein anderer Kerl aus dem Haus dazu. Da haben Cara und ich dann mehr oder weniger die Wohnung fluchtartig verlassen.« Danilo hob die Schultern. »Das ist jetzt eine Kurzversion, aber ich muss jetzt wirklich weitermachen.«

Katharina nickte. »Wir sind gleich fertig. Tobi hat mir noch erzählt, dass ihr nach diesem Erlebnis euren Plan, Fred Neuhaus auf die Schliche zu kommen, aufgegeben habt.«

»Ja. Wir hatten alle keine Lust mehr. Außer Tobi vielleicht. Der hätte bestimmt noch weitergemacht. Aber dann kam ja sowieso alles ganz anders.«

Zum Abschluss wollte Katharina noch wissen, wen Danilo für den Tod von Fred Neuhaus verantwortlich hielt, und bekam die gleiche Antwort wie von Tobi und Jule. Auch Danilo ging weiterhin davon aus, dass Frau

Neuhaus ihren Mann getötet hatte. Er leerte seine Tasse und schob sie anschließend ein Stück von sich weg.

Katharina verstand die Geste. »Dann lassen wir dich jetzt mal deine Arbeit machen, aber wir kommen mit Sicherheit nochmal auf dich zurück. Kann ich noch kurz eure Toilette benutzen?«

Danilo erhob sich und deutete in den hinteren Bereich des Lokals. »Aber klar.«

Die Kommissarin ging an der Küche vorbei einen schmalen Gang entlang. Die Wand gegenüber den Toiletten war mit jeder Menge gerahmter Fotos bestückt. Erst bei genauem Hinsehen erkannte Katharina, dass es sich um Urlaubsfotos aus den vergangenen Jahrzehnten von Danilo und Enrico handelte. Auf den ersten Bildern schätzte Katharina die beiden Männer auf Mitte zwanzig. Das passte auch zeitlich zu Danilos Coming-out. Katharina konnte sich davon überzeugen, dass Danilo bereits in diesem Alter nicht mehr der Athlet gewesen war, den Cara beschrieben hatte. Sie musste lächeln, als sie das Pärchen in strahlender Umarmung an einem weißen Strand stehen sah. Den Hintergrund bildete ein dunkelblaues Meer. Auf einem anderen Foto saßen die Männer auf einer Vespa. Das Foto war auf einer Küstenstraße aufgenommen worden. Wieder bildete das azurblaue Meer den Hintergrund. Katharina vermutete, dass die Bilder alle in Italien aufgenommen worden waren. Man sah Danilo und seinen Mann beim Essen, in Cafés, beim Wandern, in kleinen, pittoresken Altstadtgässchen und immer wieder am Strand. Beim Entlanggehen an der Wand konnte man ihnen beim Älterwerden zusehen. Sie sahen glücklich aus. Direkt gegenüber der Damentoilette mussten Danilo und Enrico ungefähr in den Vierzigern sein. Bevor Katharina die Toilette betrat, warf sie noch einen Blick auf ein Bild, das die beiden vor einer Bar mit einem italienischen Schriftzug über dem Eingang zeigte. Sie trugen beide Sonnenhüte und dunkle Sonnenbrillen und machten Faxen für den Fotografen.

Als Katharina sich wenige Minuten später vor dem *Piccolo* von Eva verabschiedete und nach Hause radelte, huschte ein Gedanke durch ihren Kopf, aber sie konnte ihn nicht festhalten. Sie war sich sicher, dass er etwas mit den Fotos von Danilo und Enrico zu tun hatte. Irgendetwas war ihr beim Betrachten der Bilder aufgefallen, aber was es auch war, es blieb weiterhin so gerade eben außer Reichweite.

Beim Öffnen der Wohnungstür fiel Katharina dafür etwas anderes schlagartig wieder ein. Ein appetitlicher Duft stieg ihr in die Nase und erinnerte sie daran, dass sie für heute Abend ihre Mutter und Ben zum Essen eingeladen hatten. Daran hatte sie überhaupt nicht mehr gedacht. Gott sei Dank war Klaas, was das anging, zuverlässiger. Katharina betrat die Küche und gab ihrem Freund zur Begrüßung einen Kuss. Seine Lippen waren weich und schmeckten nach Rotwein.

Klaas behauptete immer, er könne nicht gut kochen, aber das war in Katharinas Augen absoluter Unsinn. Er wagte sich zwar selten an komplizierte Dinge heran, aber das, was er zubereitete, hatte stets einen besonderen Pfiff. Für Katharina, die viel seltener am Herd stand, war es oft ein Rätsel, wie Klaas aus einfachen Zutaten diese Geschmackserlebnisse zauberte.

Stöhnend ließ sie sich auf einen der Küchenstühle sinken. »Hast du auch ein Glas Wein für mich?«

»Selbstverständlich. Was macht dein Rücken?« Klaas schenkte seiner Freundin großzügig ein und prostete ihr dann mit seinem eigenen Glas zu.

Katharina trank einen Schluck, lehnte sich auf dem Stuhl zurück und beobachtete, wie Klaas die Lachsfilets wendete. »Mit der entsprechenden Dosis Ibu geht es ganz gut.«

Klaas runzelte die Stirn. »Du solltest keinen Alkohol trinken, wenn du Schmerzmittel einnimmst.«

»Ach, das ist Stunden her. Zu wann haben wir nochmal eingeladen?«

»Die kommen um acht. Hast du eigentlich an den Wein gedacht?«

»Ach, Mist! Nein, tut mir leid.«

Klaas wandte sich um. »Oh Mann, Katharina! Das war das Einzige, um das ich gebeten habe! Um alles andere habe ich mich gekümmert.«

»Ja, sorry, aber es ist gerade alles ein bisschen viel.«

Klaas ließ die Bandnudelnester ins sprudelnde Wasser plumpsen. »Gibt es denn etwas Neues von KD?«

Katharina schüttelte den Kopf und trank noch einen Schluck. »Wegen zu wenig Wein für heute Abend musst du dir übrigens keine Gedanken machen. Ich gehe davon aus, dass Edith und Ben ein Fläschchen mitbringen.«

Zwanzig Minuten später deckte Katharina den Tisch im Wohnzimmer. Ihre Haare waren noch feucht von der Dusche und kringelten sich wie Korkenzieher. Sie war in eine saubere Jeans geschlüpft und hatte den Hoodie gegen einen schwarzen Pulli mit V-Ausschnitt getauscht. Hinten in ihrem Hosenbund steckte wieder einmal eine Wärmflasche. An den Füßen trug sie dicke Skisocken. Der alte Dielenboden, den sie bei ihrem Einzug eigenhändig aufgearbeitet hatten, war ein Hingucker. Allerdings auch etwas fußkalt, wie Katharina fand. Bislang hatte sie sich bei Klaas mit ihrem Wunsch, auch unter den Esstisch einen flauschigen Teppich zu legen, noch nicht durchsetzen können.

»Ich quäle mich doch nicht wochenlang mit dem Abschleifen und Ölen des Fußbodens ab, um dann alles mit Teppich zuzupflastern«, hatte Klaas argumentiert. Katharina hatte das vorerst auf sich beruhen lassen. Was sie aber zunehmend nervte, war Klaas' Pingeligkeit, was den Parkettboden anging. Für Katharina war ein Fußboden ein Gebrauchsgegenstand, dem man nach einer gewissen Zeit auch ansehen durfte, dass er benutzt wurde. Für Klaas hingegen war er ein Heiligtum. Regelmäßig bearbeitete er ihn liebevoll mit einem weichen Lappen und einem nach Lavendel duftenden Pflegemittel. Als Katharina vor einiger Zeit den Boden wischen wollte, hatte Klaas Entsetzensschreie ausgestoßen. Der Aufnehmer sei nicht stark genug ausgewrungen, hatte er gezetert und ihr einen langen Vortrag gehalten, wie schädlich es für das Holz sei, wenn man es ständig unter Wasser setzte. Katharina hatte nur mit dem Kopf geschüttelt und gesagt, dass Klaas sich von nun an ganz alleine um die Sauberkeit des Fußbodens kümmern könne.

Als sie gerade das Besteck aufgelegt hatte, klingelte es an der Tür. Kurz darauf hörte sie die bittende Stimme ihrer Mutter. »Ach, Klaas. Ich habe extra Pumps mit flachem Absatz angezogen. Da kann überhaupt nichts passieren.«

Die angelehnte Tür zum Wohnzimmer wurde aufgestoßen, und Katharinas Mutter betrat den Raum. Edith und Katharina hatten eine ähnliche Statur. Beide waren mittelgroß, schlank und verfügten kaum über weibliche Rundungen. Edith hielt ihren Körper mit Pilates und Yoga in Form. Sie ging auf die fünfundsechzig zu, aber während alle um Katharina herum älter wurden, sie selbst eingeschlossen, schien Edith den Alterserscheinungen ständig ein Schnippchen zu schlagen. Sie sah immer noch so aus wie mit Mitte fünfzig. Das knielange Kleid in auffälligem Retromuster kombiniert mit einer schwarzen Feinstrumpfhose stand ihr ausgezeichnet. Mit gequältem Gesichtsausdruck schlurfte sie auf ihre Tochter zu. »Wann hört das denn endlich auf?«, fragte sie und deutete auf ihre Füße, die in dunkelgrauen Filzpantoffeln steckten. Klaas nötigte alle Besucher dazu, die Schuhe auszuziehen und stattdessen in ein Paar unförmige Schlappen zu schlüpfen. »Ich kann in diesen Latschen nicht mal vernünftig gehen.« Sie deutete auf die Wärmflasche. »Hast du immer noch Last mit dem Rücken?«

»Ein bisschen«, wiegelte Katharina ab. Sie ließ ihren Blick über den Esstisch schweifen und fügte hinzu: »Vielleicht sollte ich einfach hier und da ein paar Kerben in die Dielen hauen, dann würde sich das mit den Schlappen möglicherweise erledigen.«

»Sonst stellt Klaas sich doch auch nicht so an, aber mit eurem Parkett hat er es wirklich.«

»Das habe ich gehört, liebe Edith«, kam es von der Tür. »Also mit Anstellerei hat das ja wohl gar nichts zu tun.«

Edith warf ihrer Tochter einen Blick zu und rollte mit den Augen.

Hinter Klaas, der jetzt schwungvoll eine Schüssel mit dampfender Pasta auf den Tisch stellte, war Ben aufgetaucht. Vergnügt rieb er sich die Hände. »Ich habe mich schon den ganzen Tag aufs Essen gefreut«, verkündete er. »Ich war heute stundenlang im Garten. Jetzt dauert es nicht mehr lange, dann ist alles winterfest.«

Ben war zwanzig Jahre jünger als Edith und damit nur wenige Jahre älter als Katharina. Er war groß, blond, und seine Augen waren so blau wie die von Terence Hill. Zu Beginn hatte Katharina ihre Schwierigkeiten mit Ben gehabt. Sie fand ihn zu jung und zu naiv für ihre gestandene Mutter. Warum er als studierter Kulturwissenschaftler unbedingt in Münsters Gastronomie Fuß fassen wollte, war ihr bis heute verschlossen geblieben. Probiert hatte er es mit einem Café, einem indischen Restaurant, einem Frühstücksbringdienst und einem Laden mit japanischen Fruchtsandwiches. Einem Trend, auf den er während einer Asienreise gestoßen war. Aber dann hatte Katharina feststellen müssen, dass ihrer jugendlichen Mutter nichts Besseres hätte passieren können, als gerade diesen Mann kennenzulernen. Sympathisch und fast immer gut gelaunt.

»Was gibt es denn?«, wandte sich Ben jetzt an Klaas.

»Pasta mit Lachs, Babyspinat und geschmorten Tomaten. Setzt euch doch schon mal. Ich hole noch die Pfanne.«

Als Klaas ebenfalls Platz genommen hatte, stießen sie mit Ediths mitgebrachtem Rotwein an und ließen sich das Essen schmecken.

Katharina rieb etwas Parmesan auf ihre Nudeln und wandte sich dann an Ben. »Mit deinen Gemüsepasten läuft es nach wie vor gut, oder?«

Ben hatte sich gerade ein Stück Lachs in den Mund geschoben und reckte deshalb den Daumen nach oben. »Ja, super«, sagte er, als er gekaut und geschluckt hatte. »Wir wollen das Geschäft sogar noch ausweiten. Wir werden uns Hühner anschaffen.«

»Hühner?«, wiederholte Katharina.

»Ja, Hühner«, schaltete sich ihre Mutter ein. »Das sind diese braunen Vögel mit rotem Kamm, die Eier legen können.«

»Sehr lustig, Mama. Aber seid ihr sicher, dass ihr die im Schrebergarten halten dürft? Die brauchen doch Platz und immer jemanden, der sie füttert und sich um sie kümmert. Wie wollt ihr das machen, wenn ihr in den Urlaub fahrt?«

Edith stieß einen theatralischen Seufzer aus. »Das ist meine Tochter. Ihr springen bei etwas Neuem immer als Erstes die Haken ins Auge.«

Ben wickelte mit seiner Gabel die letzten Nudeln von seinem Teller auf. »Der Garten ist definitiv groß genug, um einen Hühnerstall dort unterzubringen. Wir haben uns für eine mobile Variante entschieden. Einen alten Anhänger, den ein Kumpel von mir bereits als Hühnerstall umgebaut hat. Was den Auslauf angeht, sollen die Hühner im ganzen Garten rumlaufen können, und wir werden bald schon Bioeier verkaufen.«

»Werden sie dann nicht abhauen?«, fragte Katharina zweifelnd.

Ben winkte ab. »Das ist ja das Gute bei Hühnern, sie können nicht fliegen.«

»Klingt doch gut«, meinte Klaas, legte sein Besteck zur Seite und wischte sich mit einer Papierserviette über den Mund.

»Wir haben uns eine ganz pflegeleichte Rasse ausgesucht«, erklärte Edith. »Barnevelder. Die sind ruhig und werden schnell zutraulich. Außerdem suchen sie sich ihr Futter selbst. Man muss gar nicht viel zufüttern. Und wenn wir mal nicht da sind, wird sich schon jemand finden, der ab und zu nach ihnen sieht.« Sie zwinkerte ihrer Tochter zu.

»Ja, dann habt ihr ja an alles gedacht.« Katharina begann damit, das Geschirr zusammenzustellen.

»Übrigens«, ergriff Edith wieder das Wort. »Ende Oktober findet das jährliche Herbstfest statt. Ihr seid herzlich eingeladen. Es gibt Kürbissuppe und Stockbrot, und bis dahin sind die Hühner auch da. Dann könnt ihr sie gleich anschauen.«

»Wenn nichts dazwischenkommt, sind wir dabei«, sagte ihre Tochter wenig enthusiastisch.

18. KAPITEL

Nachdem Katharina und Eva das *Piccolo* verlassen hatten, deckte Danilo die Tische zu Ende ein. Doch er war nicht richtig bei der Sache. Der Besuch der Kommissarinnen hatte ihn aufgewühlt, so wie ihm die ganze Sache mit Arndt ziemlich zusetzte. Aber das war wohl kein Wunder.

Das eindeutigste Anzeichen für seinen emotionalen Zustand war, dass er wieder damit begonnen hatte, alles wahllos in sich hineinzustopfen. Stressessen war die offizielle Bezeichnung dafür. Extreme psychische Belastung führte zu übermäßigem Appetit, der gestillt werden wollte. Dabei hatte er sein Essverhalten in den letzten Jahren so gut in den Griff bekommen. Drei Mahlzeiten am Tag, nichts zwischendurch. Er hatte dadurch zwar nicht nennenswert abgenommen, dafür fehlten die ausdauernde Bewegung und eine richtige Diät, aber immerhin hatte er sein Gewicht konstant halten können. Seit letztem Freitag aber konnte er sich nicht mehr zügeln. Vielleicht würde es ihm leichterfallen, wenn er Enrico an seiner Seite hätte, überlegte Danilo. Aber der war am Donnerstag zu seiner Schwester nach Berlin gefahren und wollte eine Woche bleiben. Als Danilo seinem Mann am Telefon von Arndts tragischem Tod erzählt hatte, hatte Enrico angeboten, nach Münster zurückzukommen. Doch Danilo hatte abgelehnt. »Bleib dort und genieß deine kleine Auszeit. Du brauchst sie und hast sie dir verdient«, hatte er zu ihm gesagt. Jetzt wünschte er, Enrico wäre hier.

Das Klingeln seines Handys holte ihn aus seinen Gedanken. Er erwartete den Namen seines Mannes auf dem Display. Doch es war Jule, die ihn anrief.

»Ciao Jule. Was gibt es?«

»Wir müssen uns treffen«, legte Jule ohne Begrüßung los. »Unbedingt! Ich bin mit den Nerven runter. Ich brauche euch jetzt.«

Danilo war irritiert. Der hysterische Unterton in Jules Stimme war ihm nicht entgangen. Das war untypisch für sie. Eigentlich konnten Ausnahmesituationen Jule nicht aus ihrer stoischen Ruhe bringen. »Was ist denn los?«

»Katharina verdächtigt meine Eltern, Fred Neuhaus umgebracht zu haben, und mich, Arndt am Hafen aufgelauert zu haben.« Jules Stimme überschlug sich fast.

»Ach was«, sagte Danilo. »Sie war gerade hier. Sie hat nichts davon gesagt.«

»Natürlich nicht!«, rief Jule ungehalten. »Glaubst du, sie spricht mit dir über ihre Ermittlungen?«

»Zu mir hat sie gesagt, sie würden in alle Richtungen recherchieren und Arndts Absicht, die Sache von damals aufklären zu wollen, wäre ein Ansatz von vielen.«

»Ja, das hat sie mir auch weismachen wollen. Aber das stimmt nicht. Ich schwöre es dir. Die hat mich auf dem Kieker. Ich habe schon mit den anderen gesprochen. Ich finde es wichtig, dass wir uns sehen und uns gegenseitig stützen.« Jetzt brach ihre Stimme, und sie fing an zu schluchzen. »Bitte, Danilo. Ich bin so fertig. Das ist alles so schrecklich. Wir müssen doch jetzt zusammenstehen.«

Danilo seufzte. Im Grunde hatte Jule recht. Sie hatten sich bislang nur in ihrer WhatsApp-Gruppe »Fünf Freunde« über Arndts Tod ausgetauscht und sich gegenseitig versichert, wie fassungslos und schockiert sie waren. »Ich kann aber erst später. Ich habe zwar zwei Aushilfen, aber es ist Freitag. Da wird es voll werden. Ich komme aber auf jeden Fall.«

»Okay.« Jule schniefte. »Wir treffen uns sowieso erst um halb neun. Bei Tobi übrigens. Er hat eine heftige Magen-Darm-Geschichte gehabt und ist noch etwas zittrig auf den Beinen.«

Danilo schaffte es tatsächlich, sich rechtzeitig vom *Piccolo* loszueisen, nachdem der erste Schwung Gäste aufgebrochen war. Als er Tobis Wohnzimmer betrat, hatten Cara und Jule noch nicht Platz genommen. Mit ernsten Gesichtern blickten sie ihrem Freund entgegen. Danilo nahm die beiden Frauen fest in den Arm.

»Danke, dass du gekommen bist«, sagte Jule. »Es tut so gut, euch zu sehen.«

»Was möchtest du trinken?«, fragte Tobi. Er war mit einer geöffneten Flasche Rotwein aus der Küche zurückgekommen.

Danilo deutete auf einen Porzellanbecher, über dessen Rand das Bändchen eines Teebeutels hing. »Auf keinen Fall Tee.«

»Keine Sorge. Der ist nicht für euch«, erklärte Tobi. Er sah immer noch ziemlich käsig im Gesicht aus und berichtete seinem Freund nun in aller Kürze von seiner Lebensmittelvergiftung.

»Auch das noch«, sagte Danilo, während er sich neben Cara auf dem Sofa niederließ. »Ich nehme auch ein Glas Rotwein. Hat eigentlich nochmal jemand was von Laurence gehört?«

Cara verzog den Mund und griff nach ihrem Handy. »Ja. Ich habe sie gestern Abend nochmal angeschrieben. Das war ihre Antwort. Cara las laut vor. *Hi! Sicher meinst du es nur gut, aber ich brauche jetzt erst mal Zeit, um mich zu sortieren. Ich weiß nicht, was ich von alldem halten soll. Arndt mit seinem Verdacht gegen euch – und nun ist er tot. Ich brauche etwas Abstand. Bitte sag das auch den anderen. Ich melde mich. L.*«

Danilo runzelte die Stirn. »Verstehe ich das jetzt richtig? Glaubt sie ernsthaft, einer von uns hat Arndt umgebracht?«

»Das hört sich ganz so an«, sagte Jule. »Viel schlimmer finde ich aber, was Katharina denkt.« Sie wiederholte nochmal, was Katharina ihr gegenüber angedeutet hatte. Während sie sprach, kroch eine fleckige Röte ihren Hals hinauf. Cara versuchte, ihre Freundin zu beruhigen. »Sie hat doch gar keine konkrete Anschuldigung ausgesprochen. Das ist doch nur eine Hypothese. Damit hat es nichts auf den Hacken.«

»Du hast gut reden!«, explodierte Jule daraufhin. »Du stehst ja nicht unter Verdacht.« Sie lehnte sich zurück und verschränkte die Arme vor der Brust. Nun machte sie nicht mehr den Eindruck, als benötigte sie den tröstenden Zuspruch ihrer Freunde. Ein Schweigen machte sich breit, während sie an ihren Getränken nippten und ihren Gedanken nachhingen. Plötzlich platzte es aus Jule heraus: »Ich kann mir nicht helfen, aber Katharinas Auftritt heute Morgen hat bei mir etwas ins Rollen gebracht. Seitdem kreisen meine Gedanken vor allem um eins. Was, wenn es doch stimmt, was Frau Neuhaus zu Arndt gesagt hat?«

Danilo schnalzte mit der Zunge. »Mensch, Jule. Jetzt lass dich doch nicht so verunsichern. Frau Neuhaus war alt und dement. Da gibt es gar nichts dran zu rütteln.«

Tobi schaltete sich ein. »Ich muss sagen, mir geht es genau wie Jule. Ich habe mich das auch schon gefragt. Vielleicht machen wir es uns auch zu einfach, wenn wir gar keine andere Möglichkeit zulassen.«

Jule sah Cara und Danilo an. »Ich habe mich übrigens auch gefragt, warum ihr beide euch so gegen Arndts Bitte gesträubt habt, irgendetwas zu diesem Scheißabend zu sagen?«

»Bitte ist gut. Es war wohl eher ein Befehl«, erwiderte Cara trocken. »Aber davon abgesehen: Merkt ihr was? Katharina hat nun genau das erreicht, was sie wahrscheinlich mit ihrer Fragerei erreichen wollte. Danilo hat es gerade schon gesagt. Wir sind verunsichert und fangen an, uns zu misstrauen.«

Sie wandte sich an Jule. »Du wolltest wissen, warum ich nicht bereit war, Arndt Rede und Antwort zu stehen? Nun gut. Hier ist die Erklärung.« Die Ärztin berichtete ihren Freunden von ihren jahrelangen Schlafproblemen und ihrer Sorge, wieder in diesen

Zustand zurückzufallen, unter dem sie so lange gelitten hatte.

»Warum hast du denn nie etwas davon erzählt?«, fragte Jule und klang ein wenig beleidigt.

»Es ist nicht meine Art, rumzujammern und alles breitzureden. Ihr hättet mir doch sowieso nicht beim Einschlafen helfen können. Aber mir geht es jetzt um etwas anderes, denn wisst ihr was? Vor lauter Vergangenheitsgedusel verlieren wir die Gegenwart aus den Augen. Es geht doch jetzt um den Tod unseres Freundes Arndt und nicht um den seines Vaters.« Sie blickte wieder Jule an. »Bei mir ist es auch nicht anders als bei dir. Auch ich grüble fast den ganzen Tag. Und auf dem Weg hierher ist mir was eingefallen, was nochmal ein ganz anderes Licht auf Arndts Tod wirft.«

Tobi, Danilo und Jule schauten Cara aufmerksam an.

»Erinnert ihr euch an Arndts Autounfall vor circa zwei Monaten?«

»Natürlich«, sagte Tobi, während die anderen beiden nickten. »Soweit ich weiß, war er auf dem Rückweg von der Sauna.«

»Das war auf der B 54 auf der Höhe des Kappenberger Damm«, ergänzte Danilo. »Er hat wahnsinniges Glück gehabt. Von der Straße abzukommen und seitlich gegen einen Baum zu prallen, kann auch ganz anders ausgehen.«

»Allerdings«, stimmte Cara zu. »Habt ihr denn auch noch auf dem Schirm, was Arndt anschließend steif und fest behauptet hat?«

»Klar. So lange ist es ja noch nicht her.« Jule stellte ihr Rotweinglas ab. »Er meinte, jemand habe ihn von der

Straße abgedrängt. Absichtlich. Wir haben doch noch alle auf ihn eingeredet, er solle unbedingt Strafanzeige stellen, unter anderem wegen Fahrerflucht. Vor allem, weil er sich die Automarke und Farbe des Wagens gemerkt hatte. Aber er wollte nicht. Er hat die Sache einfach auf sich beruhen lassen.«

»Was ich bis heute nicht richtig finde«, befand Tobi. »Aber er hatte irgendwie keine Energie dafür. Er war zu dem Zeitpunkt ja schon ziemlich antriebslos, und Laurence hat ihn auch nicht gerade darin bestärkt.«

»Im Gegenteil«, kam es von Jule. »Uns gegenüber hat sie mal verlauten lassen, dass sie gar nicht sicher ist, ob an dem Unfall tatsächlich ein weiteres Auto beteiligt war. Sie hat sogar etwas von Verfolgungswahn gesagt. Ich fand das damals unmöglich von ihr.«

Cara beugte sich vor. »Ich glaube auch nicht, dass Arndt unter Verfolgungswahn litt. Und jetzt zu dem pikanten Detail, das mir wieder eingefallen ist. Nur wenige Tage zuvor wurde Arndts Expartner aus dem Gefängnis entlassen.« Triumphierend blickte die Ärztin von einem zum anderen.

Danilo bewegte langsam den Kopf auf und ab. »Da könnte tatsächlich ein Zusammenhang bestehen. So wie der drauf war, traue ich dem so einen Anschlag durchaus zu.«

»Genau! Nur, dass es nicht geklappt hat.« Cara war bis zur Sofakante vorgerutscht. »Aber das heißt ja nicht, dass er es nicht nochmal versucht hat. Dann allerdings mit Erfolg.«

Die hektischen Flecken, die von Jules Hals aus nach oben gewandert waren, hatten ihre Wangen erreicht. »Cara«, sagte sie beschwörend. »Das musst du unbedingt Katharina sagen. Vielleicht kommt sie dann wieder zu Verstand!«

Cara nickte. »Das mache ich auf jeden Fall. Wichtig ist, dass wir uns vertrauen und uns nicht gegenseitig in die Pfanne hauen.«

19. KAPITEL

1986

Als seine Frau das Haus verlassen hatte, stellte Wolfgang den Ton des Fernsehers ab, obwohl ihn das ZDF-Hearing zur Außen- und Sicherheitspolitik mit Wörner, Brandt, Genscher und Beckmann brennend interessierte. Er wunderte sich über sich selbst. Normalerweise ordnete er alles andere seinem Faible für Politik unter, aber im Moment kreisten seine Gedanken ausschließlich um seine Frau. Wolfgang starrte abwesend auf den Bildschirm, wo Willy Brandt gerade stumm gestikulierte und einer der beiden Journalisten, die die Diskussionsrunde leiteten, zustimmend nickte.

Plötzlich musste Wolfgang an die Demo vor drei Jahren denken. Eine der wenigen, zu der Monika ihn begleitet hatte. Das war 1983 gewesen. Mehrere Tausend Menschen hatten eine Menschenkette um Münsters Innenstadt gebildet, um gegen den Nato-Doppelbeschluss zu demonstrieren. Er und Monika skandierten im Gleichklang Anti-Kriegs-Parolen. Toll hatte sich das angefühlt, mit der Ehefrau an der Seite gegen so einen

Wahnsinn auf die Straße zu gehen. Aber Monikas Interesse an politischer Partizipation hatte bald darauf wieder nachgelassen. »Geh du auf die Straße, ich halte zu Hause die Stellung«, hatte sie gesagt.

Wolfgang seufzte. Er wusste, dass er es manchmal übertrieb mit seinen Ansichten über verkrustete, kapitalistische Strukturen, fehlende Solidarität und dringend benötigte soziale Gerechtigkeit in diesem Land. Aber Monika hatte gewusst, auf was sie sich einließ. Schließlich war er schon vor der Hochzeit so gewesen. Es war Monika, die dabei war, sich zu verändern.

Vielleicht war er nicht immer so aufmerksam, wie sie das gerne hätte. Trotzdem bekam er mit, was um ihn herum geschah. Blöd war er schließlich nicht. Der Name Fred Neuhaus war wirklich häufig gefallen in letzter Zeit. Dazu kam Monikas mädchenhaftes Getue, wenn es um diesen Pomadenhengst ging. Die Krönung von allem war nicht mal gewesen, dass sie mit dem Herrn Doktor essen gegangen war. Obwohl Wolfgang das als völlig überflüssig erachtet hatte. Was bis zum Himmel schrie, waren Monikas Heimlichtuerei und ihre Verlegenheit deswegen.

Wolfgang langte nach seiner Bierflasche und nahm einen tiefen Schluck. Im Fernsehstudio bekamen sich gerade Manfred Wörner und der sechzehn Jahre jüngere Lukas Beckmann von den Grünen in die Haare. Wolfgang hegte große Sympathie für den langhaarigen Politiker mit dem dichten Vollbart, der wie er selbst aus kleinen Verhältnissen stammte und erst über den zweiten Bildungsweg zu seinem Universitätsabschluss gekommen war.

Wolfgang dachte weiter über Monika nach. Sie hatte sich also mit ihrer Freundin Karin verabredet. Irgendwie hatte er das Gefühl, dass das nicht stimmte.

Warum duschte Monika, bevor sie zu ihrer besten Freundin ging? Wenn die beiden Frauen nicht gerade ins Kino oder Theater gingen, zog sie sich nicht mal um, wenn sie mit Karin verabredet war. Wolfgang war vorhin oben im Bad gewesen, um nach einer Nagelschere zu suchen, und da hatte er die nasse Dusche und das feuchte Handtuch seiner Frau bemerkt. Und nicht nur das. Monika hatte auch Parfum benutzt. Der Duft nach Maiglöckchen, der ihm nur allzu vertraut war, hatte noch in der Luft gehangen.

Wolfgang war schon drauf und dran gewesen, Karin anzurufen und zu fragen, ob Monika bei ihr war. Zweimal war er schon im Flur am Telefon gewesen und hatte den Hörer abgenommen. Doch jedes Mal hatte ihn etwas zurückgehalten. War er wirklich der Ehemann, der seiner Frau nachspionierte?

Wolfgangs Blick glitt wieder weg von der Mattscheibe hin zum Sideboard, das noch von seiner Oma mütterlicherseits stammte und von dem er sich einfach nicht trennen konnte. Immerhin hatte er sich auf Monikas Wunsch einlassen können, es weiß anzustreichen. Auf dem alten Möbelstück hatte seine Frau einige gerahmte Fotografien arrangiert. Das größte Bild zeigte ihn und Monika am Tag ihrer standesamtlichen Trauung. Sie hatten nicht kirchlich geheiratet, da er mit dreiundzwanzig Jahren aus der Kirche ausgetreten war. Wie glücklich sie da aussahen, dachte Wolfgang schwermütig. Die Eheleute posierten untergehakt vor dem Stadthaus 1. Das nüchterne Verwaltungsgebäude bildete einen nicht zu übersehenden Gegensatz zum strahlenden Lächeln der frisch Vermählten. Monika hatte sich eine weiße Rose in ihr rotes Haar gesteckt. Die anderen Fotos zeigten die junge Familie Flechtkamp, und dann gab es noch ein Portrait von Jule, das an ihrer Konfirmation aufgenommen worden war.

Mit einem Mal fiel ihm etwas ein. Seine Gedanken wanderten zurück zu dem Abend, an dem Jule sich bei ihrer Mutter nach den Eltern ihres Freundes Arndt erkundigt hatte. Es war ihm schon da merkwürdig vorgekommen, aber er hatte nicht weiter darüber nachgedacht. Jetzt fragte er sich, was Jule zu der Fragerei veranlasst hatte. Sie hatte eine fadenscheinige Erklärung gemurmelt von wegen, sie hätten sich über die Berufe ihrer Eltern unterhalten. Nein, da steckte etwas anderes hinter. Nur was?

Wolfgang verließ das Wohnzimmer und marschierte die Treppe in den ersten Stock hoch. Vor Jules Zimmertür blieb er zögernd stehen. Ging das vielleicht doch zu weit? Ach was, beruhigte er sich. Er würde nicht so tief fallen und hinter seiner Ehefrau herschnüffeln. Aber es sprach wohl nichts dagegen, sich mal im Zimmer der sechzehnjährigen Tochter umzusehen. Wolfgang trat ein und stellte fest, dass es eine ganze Weile her sein musste, seitdem er hier drin gewesen war. Es gab gar kein Spielzeug mehr. In dem Regal, in dem immer Jules Monchichis nebeneinandergesessen hatten, befanden sich jetzt Kassetten mit selbst gestalteten Hüllen. Auf dem kleinen Tisch, an dem Jule früher ihre Puppen gefüttert hatte, stand ein rotes Teeservice, das Wolfgang noch nie gesehen hatte. Selbst das Bett kam ihm nicht vertraut vor. War es wirklich schon so lange her, dass sich Jule zum Spaß unter ihrer Decke mit der Biene-Maja-Bettwäsche versteckt hatte? Jetzt lag da jedenfalls eine schwarze Bettdecke mit neongelbem Graffiti. Das einzige Relikt aus Jules Kindheit war Charly Brown, ein kleiner, brauner Plüschhund, der auf ihrem Kopfkissen thronte und Wolfgang aus seinen treuherzigen Knopfaugen anblickte. Unschlüssig drehte er sich in der Mitte des Zimmers um die eigene Achse. Dann trat er zum Schreibtisch. Jule war als Kind schon immer ordentlich gewesen, und so war ihr Schreibtisch auch heute noch übersichtlich und aufgeräumt. Die Stifte in einem Köcher, Schulbücher und Hefte ordentlich gestapelt, und das Schmierpapier befand sich in einem Ablagekorb. Gedankenverloren rückte Wolfgang den Bücherstapel gerade und nahm eins der Schulhefte in die Hand. *Julia Flechtkamp. UII. Erdkunde. Frau Bachmann.* Er legte das Heft wieder zurück. Erdkunde hatte ihn zu Schulzeiten nie interessiert. Plötzlich entdeckte Wolfgang unter den Schulheften einen Collegeblock. Er zog ihn hervor und schlug ihn auf. Seine Augen wanderten über das, was Jule darin notiert hatte. Das war ja höchst interessant! Seine geliebte Tochter und ihre Freunde hatten offenbar Dr. Neuhaus auf dem Kieker. Warum und weshalb, wurde Jules Vater nicht klar, aber sie schienen ihn überwachen zu wollen. Jules Aufzeichnungen zufolge hatte Tobias sich am Mittwoch letzter Woche nach der Schule an Fred Neuhaus' Fersen geheftet. Mit wachsendem Erstaunen las Wolfgang, wo sich der gute Herr Doktor herumgetrieben hatte.

* * *

Während Wolfgang sich über Fred Neuhaus' Ausflug in Münsters Bahnhofsviertel wunderte, radelte Monika mit brennenden Wangen die Mondstraße entlang. Sie wünschte, vor ihr würde sich die Erde auftun. Sie würde hineinspringen und nie wieder zum Vorschein kommen. Was für eine Blamage. Wie hatte sie sich so täuschen können! Hatte sie denn die Zeichen wirklich so missverstanden? Offensichtlich, denn deutlicher als Fred Neuhaus es geworden war, nachdem er sie sanft, aber bestimmt von sich weggeschoben hatte, konnte ein Mann nicht werden. »Scheiße, Scheiße, Scheiße«, fluchte Monika laut vor sich hin. Immerhin musste sie wohl nicht befürchten, dass Fred mit dem Vorfall hausieren ging. Daran, das hatte er ganz deutlich gemacht, hatte er kein Interesse.

Bei aller Scham darüber, sich so in diese Geschichte verrannt zu haben, spürte Monika aber noch etwas anderes. Eine kleine Flamme des Zorns war in ihr entfacht worden. Natürlich ärgerte sie sich auch über sich selbst. Sie war eine dumme Pute gewesen. Aber der stechende Zorn richtete sich gegen Fred. Sie konnte gar nichts dagegen tun. Auch wenn Monika tief in ihrem Inneren wusste, dass sie ihm Unrecht tat, fühlte sie sich von ihm betrogen. Niemals hätte sie sich ihm an den Hals geworfen, wenn sie nicht der Überzeugung gewesen wäre, dass er Ähnliches für sie empfand wie sie für ihn. Aber das war wohl nur alles gespielt gewesen. Seine Freundlichkeit in der Praxis, seine Zuvorkommenheit im Restaurant und seine Zärtlichkeit beim Verbinden ihres Handgelenks.

Monika lehnte ihr Fahrrad an die Hauswand und ärgerte sich, dass sie schon vor Jahren mit dem Rauchen aufgehört hatte. Sie verspürte ein unfassbares Verlangen danach, sich das Nikotin so tief wie möglich in die Lunge zu saugen. Als sie die Tür aufsperrte und an der Garderobe ihre Jeansjacke auszog, konnte sie durch die offene Tür ins Wohnzimmer sehen. Wolfgangs Fernsehsessel war leer, der Fernseher leise gestellt. Mist, dachte Monika. Sie hatte gehofft, sich erst etwas sammeln zu können, bevor sie Wolfgang unter die Augen trat. In diesem Augenblick hörte sie Schritte auf der Treppe. Die Lehrerin wandte sich um und sah ihren Mann die Treppe herunterkommen. Ihre Blicke trafen sich, und wie das häufig vorkam bei Menschen, die sich mehr als die Hälfte ihres Lebens kannten, lasen sie in den Augen des jeweils anderen wie in einem offenen Buch.

20. KAPITEL

Gegenwart

Obwohl Katharinas Gedanken immer mal wieder zu ihrem aktuellen Fall wanderten, konnte sie den arbeitsfreien Sonntag genießen. Morgens schliefen Klaas und sie aus, frühstückten ausgiebig und machten anschließend einen langen Spaziergang durch den Boniburger Wald. Als sie am frühen Nachmittag wieder ins Erphoviertel zurückkehrten und gerade aus dem Auto gestiegen waren, trafen sie ihren Nachbarn Luc mit seinen drei Pitbull-Terriern Amboss, Erich und Else. Luc fiel nicht nur wegen seiner Hunde auf, sondern auch wegen seiner Haare, die wie kleine Stacheln zu allen Seiten vom Kopf abstanden. Nachdem die Hunde Katharina und Klaas erkannt hatten, begannen sie vor Freude an ihren Leinen zu zerren. Amboss, der Größte und Kräftigste von ihnen, hatte vor allem Klaas in sein Hundeherz geschlossen. Seine Zuneigung brachte er damit zum Ausdruck, dass er seinen massigen Körper gegen Klaas' Beine drückte und seinen Schwanz im Sekundentakt durch die Luft hin und her sausen ließ. Dazu stieß er grunzende Laute aus, die dann in aufgeregtes Hecheln übergingen. Klaas war als Kind von einem Schäferhund gebissen worden und hatte panische Angst vor großen Hunden. So hatte es auch seine Zeit gedauert, bis er die Freundschaftsbekundungen von Amboss über sich ergehen lassen konnte, ohne dass sein Puls dabei auf hundertachtzig anstieg. Katharina tätschelte Else hinter den Ohren, die ausgiebig die Spitzen ihrer Trekkingschuhe beschnüffelte.

Luc war neunundzwanzig Jahre alt, besaß einen Szeneclub namens *Abseits* am Hawerkamp und seit Kurzem einen zweiten in der Altstadt. Er sah fragend von einem zum anderen. »Wo wart ihr denn?«

»Wir haben einen Spaziergang im Boni gemacht.« Katharina zog ihren Fuß weg, damit Else nicht noch mehr Speichel darauf hinterlassen konnte.

»Ist da nicht sonntags immer die Hölle los?«

»Es ging. Wir sind ein wenig abseits der Allee gelaufen. Sehen wir uns am Donnerstag zum Doppelkopf spielen?«

»Auf jeden Fall. Bis dann.« Luc nickte den beiden zu und zerrte die drei Hunde weiter.

Zu Hause angekommen, nötigte Klaas seine Freundin dazu, ein paar Rückenübungen zu absolvieren. »Nur wenn du mich im Anschluss massierst«, machte Katharina daraufhin zur Bedingung.

Den Abend beschlossen sie dann mit einem Besuch in einem neuen Restaurant am Hansaring, in dem man den beiden immer lächelnden Köchen durch eine gläserne Wand beim Zubereiten von authentisch vietnamesischen Speisen zuschauen konnte.

Nach dem Wochenende fühlte Katharina sich ausgeruht und voller nervöser Energie. Als sie Montagmorgen wieder mal als Erste den Besprechungsraum betrat, nahm sie sich vor, das gute Klima innerhalb des Teams wiederherzustellen. Allerdings wusste sie nicht recht, wie sie dabei vorgehen sollte. Viel Zeit, darüber nachzudenken, blieb ihr nicht. Jörn, Tim und Birgit kamen bereits plaudernd zur Tür herein und wünschten ihr einen guten Morgen. Erleichtert stellte Katharina fest, dass die angespannte Stimmung offenbar verflogen war. Eva schlüpfte hinter den drei Kollegen in den Raum und lächelte Katharina zu. Die Kommissarin registrierte, dass alle pünktlich gekommen waren, Jörn wieder kerngesund aussah und Tim sein Töchterchen diesmal nicht mitgebracht hatte.

Bevor er sich setzte, kam er auf Katharina zu und streckte ihr ein zusammengerolltes Blatt Papier entgegen. »Das hat Emmi gestern für dich gemalt.« Er zwinkerte ihr zu. »Du musst sie irgendwie beeindruckt haben. Nur ausgewählte Personen werden mit einem selbst gemalten Bild bedacht.« Sein Lächeln zog Fältchen um seine Augenwinkel.

»Das ist ja nett«, sagte Katharina und meinte es auch so. Sie rollte das Bild auseinander.

»Ich finde, sie macht das schon richtig gut.« Der Stolz in Tims Stimme war nicht zu überhören.

Katharina betrachtete das undefinierbare Gekritzel. »Auf jeden Fall hat sie die richtige Farbe für die Haare gewählt«, sagte sie lobend. »Gute Beobachtungsgabe.«

Die Besprechung verlief in ruhiger und konzentrierter Atmosphäre. Da ihre Kollegen noch nichts von ihrem unfreiwilligen Bad im Ententeich an der Dechaneischanze wussten, setzte Katharina sie zunächst darüber in Kenntnis. Dann fasste sie die Gespräche mit Jule, Tobi und Danilo zusammen. Nachdem sie geendet hatte, fiel ihr unvermittelt ein, was an den Urlaubsbildern von Danilo und Enrico ihre Aufmerksamkeit auf sich gezogen hatte. Es war der Schriftzug über der Bar gewesen, vor der Danilo und Enrico auf dem letzten Foto gestanden hatten. *Perché no?* hatte da in pinken Buchstaben auffällig geblinkt.

Eva, die Katharinas Gesichtsausdruck bemerkt hatte, musterte sie neugierig. »Was überlegst du?«, fragte sie ihre Freundin.

»Mir ist gerade etwas in den Kopf gekommen, und nun frage ich mich, ob das von Bedeutung ist.«

Katharinas Kollegen sahen sie abwartend an, aber die Kommissarin winkte ab. »Ist noch zu vage.« Dann teilte sie ihren Kollegen mit, dass Arndts Einschätzung, was den Geisteszustand seiner Mutter anging, korrekt gewesen war. »Ich habe mit zwei Pflegerinnen und einer Palliativkrankenschwester sprechen können. Alle drei haben bestätigt, dass bei Frau Neuhaus zwar eine Altersdemenz vorgelegen habe, sie aber auch immer wieder bei klarem Verstand gewesen sei.«

Nach Katharina ergriff Jörn das Wort. »Tim und ich haben uns am Samstag ein bisschen in Laurences Nachbarschaft umgehört. Bislang ist aber noch nichts Relevantes herausgekommen. Die beiden galten als ein freundliches Ehepaar, das man selten zu Gesicht bekam. Wir haben aber noch nicht alle angetroffen. Ein paar Gespräche stehen noch aus.«

Tim ergänzte: »Wir haben uns dann auch noch die beiden Aushilfen von Laurence vorgenommen. Die Mädels haben in den höchsten Tönen von ihrer Chefin gesprochen und bestätigt, dass ihr der Stress mit der Vermieterin sehr zu schaffen gemacht habe. Von möglichen Eheproblemen zwischen Laurence und ihrem Mann wussten sie nichts.«

»Eine Sache gibt es aber doch noch«, übernahm nun Jörn wieder, und das Blitzen in seinen Augen ließ Katharina aufmerksam werden. »Und ich halte die Information für sehr interessant. Im Gespräch mit ihrem Nachbarn Rainer Bomholt ist nochmal deutlich geworden, wie sehr es Laurence zu schaffen gemacht hat, dass ihr die Aufgabe ihres Ladenlokals drohte. Laurence hat mehrfach mit Rainer Bomholt darüber gesprochen. Der Nachbar wusste zu berichten, dass unsere Witwe ihren Mann um finanzielle Hilfe gebeten hatte. Obwohl Neuhaus ein beträchtliches Vermögen besaß, hat er sich nicht darauf eingelassen. Laut Herrn Bomholt fand Laurence das richtig scheiße.« Jörn beugte sich vor. »Wisst ihr, was das bedeutet? Wir haben hier ein weiteres meiner Meinung nach sehr einschlägiges Motiv. Follow the money, sage ich nur. Laurence benötigte Geld. Nun hat sie mehr als genug davon.«

»Weißt du, warum Arndt Neuhaus seiner Frau nicht aushelfen wollte?«, fragte Eva.

»Herr Bomholt meinte, sein Nachbar sei ein vorsichtiger Mensch gewesen, was finanzielle Anlagen anging. Arndt Neuhaus hat ihm gegenüber mal durchblicken lassen, dass er Zweifel hatte, was den langfristigen wirtschaftlichen Erfolg des Geschäfts seiner Frau betraf. Er hat verlauten lassen, dass er den Ehrgeiz und Geschäftssinn seiner Frau zwar bewundert, aber wenn sich die allgemeine wirtschaftliche Lage weiterhin so entwickelt wie zurzeit, könnte sich bald keiner mehr solche Luxusklamotten leisten.«

Während sich alle Jörns Worte durch den Kopf gehen ließen, notierte Katharina den neuen Sachverhalt auf dem Whiteboard.

Zum Schluss legte Birgit dar, was sie inzwischen an Informationen über Alexander Hardt besaß. Sie hatte mit seinem Anwalt gesprochen, der ihn in dem Betrugsverfahren vertreten hatte, und mit zwei ehemaligen Kollegen, mit denen er befreundet gewesen war. Seine Frau hatte sie am Samstag nicht erreichen können. Das Bild, das sich von Arndts einstigem Partner ergab, war widersprüchlich. Hardts ehemaliger Rechtsbeistand bescheinigte ihm, im Kern ein guter Kerl zu sein. Die beiden Anwälte dagegen, die sich inzwischen nicht mehr zu seinen Freunden zählten, ließen sich lang und breit darüber aus, wie viel Schaden ihr früherer Freund mit seiner kriminellen Energie über ihren Berufsstand gebracht hatte. Außerdem versicherten sie Birgit, dass der Hardt immer schon etwas Verschlagenes an sich gehabt habe. Und etwas Gieriges. »Der konnte den Hals nicht vollkriegen«, hatte einer der Anwälte behauptet. »Glauben Sie mir, der hätte seine Mutter verkauft, wenn sich das finanziell für ihn gelohnt hätte.«

»Ich fand die beiden ziemlich unsympathisch«, sagte Birgit abschließend. »Aber gut. Ein Engel war Alexander Hardt ja nun mal nicht.«

In diesem Augenblick klingelte Katharinas Handy. Die Kommissarin machte den anderen ein Zeichen und nahm das Gespräch entgegen. »Cara? Was kann ich für dich tun?« Katharina hörte kurz zu, dann unterbrach sie die Ärztin. »Moment, ich sitze hier gerade mit meinen Kollegen zusammen. Ich mache mal den Lautsprecher an.«

Gemeinsam hörten sie zu, wie Cara von Arndts Autounfall berichtete und von seinem Partner, der erst kurz vorher aus der Haft entlassen worden war. Nachdem Katharina sich notiert hatte, um was für einen Wagen es sich Arndt zufolge gehandelt hatte, dankte sie Cara für den Hinweis und wimmelte sie dann ziemlich schnell ab.

»Na, das ist ja ein Zufall«, bemerkte Tim. »Wir reden über Alexander Hardt, und da wird uns ein weiteres Indiz frei Haus geliefert.«

»Kläre du doch im nächsten Schritt mal ab, was er für ein Auto fährt«, bat Katharina ihre ältere Kollegin.

»Und ihr macht mit Laurences und Arndts Nachbarschaft weiter«, wandte sie sich anschließend an Tim und Jörn. Zu Eva sagte sie: »Ich würde mir gerne auch aus Caras Sicht diesen Besuch von ihr und Danilo bei dem Ex-Junkie Sascha schildern lassen. Aber in Ruhe und nicht zwischen Brackets einsetzen und Routinekontrollen. Lass uns während Caras Mittagspause nochmal zum Campus fahren.«

»Alles klar. Und was machen wir bis dahin?«

»Schnöde Schreibtischarbeit. Allerdings gibt es da eine Sache, der ich gerne zuerst noch nachgehen würde. Ich bin in einer Stunde wieder hier, dann kann ich vielleicht mehr dazu sagen.«

21. KAPITEL

1986

Zwei Tage nach ihrem Besuch bei Fred Neuhaus war Monika drauf und dran, ihrem Mann alles zu erzählen. Sie saßen sich schweigend beim Mittagessen gegenüber. Die Belegschaft von *Menke & Söhne* arbeitete am Freitag immer nur bis mittags. Das war selbstverständlich ein Verdienst von Wolfgang und seinen Mitstreitern.

Monika hatte eins von Wolfgangs Lieblingsgerichten gekocht. Möhrengemüse mit Würstchen. Doch er schien keinen Appetit zu haben. Monika ging es genauso. Die angespannte Stimmung war fast unerträglich. Wolfgang wusste Bescheid, da war sich Monika ganz sicher. Aber er sagte nichts. Fragte nicht. Bohrte nicht nach. Bombardierte sie nicht mit Unterstellungen. Bis auf das Nötigste sprach er überhaupt nicht mehr mit ihr. Monika fand das viel schlimmer, als wenn er ihr eine deftige Szene gemacht hätte.

Als sie Wolfgang zwei Tage zuvor im Flur angetroffen hatte, hatte sie den Impuls gehabt, ihm alles zu beichten, was nach dem Kuss passiert war. Aber dann hatte sie sich daran erinnert, was Fred und sie vereinbart hatten. Nein, sie hatte an dem Abend die Abmachung nicht brechen können. Sie wäre sich vorgekommen wie eine Verräterin. Aber inzwischen wurde die Stimme in ihrem Kopf immer lauter, die behauptete, dass sie doch genau das war. Eine Ehefrau, die ihre Ehe verriet. Hatte Wolfgang, der doch sowieso schon Bescheid wusste, nicht ein Recht auf die Wahrheit? Eigentlich hatte Monika sich längst entschieden. Ja, hatte er. Sie wollte gerade zum Sprechen ansetzen, da kam Wolfgang ihr zuvor. Er stand abrupt auf und erklärte, dass er in fünf Minuten losfahren werde, um Jule vom Busbahnhof abzuholen. Dabei sah er sie aus seinen Dackelaugen so traurig an, dass es Monika fast das Herz zerriss. Bevor sie auch nur eine Silbe sagen konnte, hatte Wolfgang seinen Teller in die Spüle gestellt und die Küche verlassen. Kurz darauf hörte sie, wie die Haustür ins Schloss fiel.

»Verdammt!«, fluchte Monika.

Als ihr Mann und ihre Tochter eine Dreiviertelstunde später gemeinsam zurückkehrten, sah Monika auf den ersten Blick, dass etwas passiert sein musste. Sie war in den Flur gekommen, um ihre Tochter zu begrüßen. Jule hatte rote Flecken im Gesicht, wie immer, wenn sie aufgewühlt war. Das Mädchen begrüßte ihre Mutter nicht, sondern streifte ihre Stiefeletten ab und kickte sie achtlos unter das Schuhregal.

»Jule, was ist los? Habt ihr keine gute Zeit gehabt?«

Jule funkelte ihre Mutter an. »Doch. Bis vorhin war alles in Ordnung. Aber dann hat Papa Arndts Vater eine gescheuert.«

»Was?« Monika sah erschrocken von einem zum anderen.

Ihr Mann würdigte sie keines Blickes. Er zog seine Schuhe aus und ging wortlos an ihr vorbei ins Wohnzimmer. »Jule«, wandte sich die Lehrerin hilflos an ihre Tochter. »Was ist passiert?«

»Vielleicht kannst *du* mir das ja sagen, was passiert ist?«, zischte Jule ihrer Mutter ins Gesicht. »Bist du die heimliche Geliebte von Arndts Vater?«

Monika starrte ihre Tochter an. »Nein! Wie kommst du denn darauf?«

»Die Frage ist, wie kommt Papa darauf? Weißt du, wie peinlich das war? Ich steige aus dem Bus und sehe, wie mein Vater dem Vater von einem meiner besten Freunde eine runterhaut.« Jule lachte bitter auf. »Aber nicht nur ich sehe das, Mama. Alle! Und wenn ich sage alle, dann meine ich alle. Meine Freunde, meine Mitschüler, meine Lehrer und die anderen Eltern.«

Monika schloss kurz die Augen. Das durfte einfach nicht wahr sein. War Wolfgang denn komplett verrückt geworden? Er war ein Mann von zweiundvierzig Jahren. Da hatte man sich doch im Griff. Wieder meldete sich diese leise, unangenehme Stimme in ihrem Kopf. Hattest du dich denn in den letzten Wochen und Monaten im Griff?

Plötzlich straffte Monika die Schultern. »Jule«, sagte sie mit fester Stimme. »Mach dir keine Sorgen. Ich bringe das wieder in Ordnung. Das ist alles ein großes Missverständnis zwischen Papa und mir. Ich kläre das, und dann wird alles wieder gut.«

Jule sah ihre Mutter zweifelnd an. Kaum hörbar fragte sie: »Mama, hast du was mit Herrn Neuhaus?«

Monika trat einen Schritt auf ihre Tochter zu und legte die Hände auf die Schultern des Mädchens. »Nein, habe ich nicht. Ehrlich. Das musst du mir glauben.«

Ohne ein weiteres Wort wandte Jule sich ab und lief die Treppe nach oben. So leicht wollte sie es ihrer Mutter nicht machen, aber sie war sich sicher, dass sie die Wahrheit gesagt hatte.

Monika sah Jule nach, bis sie in ihrem Zimmer verschwunden war. Dann gab sie sich einen Ruck und ging ins Wohnzimmer.

Wolfgang stand mit dem Rücken zu ihr vor der Terrassentür. Monika stellte sich neben ihn. Schweigend blickten sie zusammen in ihren kleinen Garten. In den Rabatten leuchteten die Astern, Chrysanthemen und Anemonen um die Wette. Der Feuerahorn hatte schon einige seiner Blätter verloren. Wie knallrote Tupfen verzierten sie den Rasen, der längst mal wieder hätte gemäht werden müssen. Dann begann Monika zu erzählen, wie ihre Schwärmerei für den gut aussehenden und zuvorkommenden Dr. Neuhaus begonnen hatte, wie das Gefühlschaos in ihr immer größer geworden war und wie sie dem Arzt vor der Praxis aufgelauert hatte. Sie beschrieb ihren Plan, die Abwesenheit von Fred Neuhaus' Familie auszunutzen. Führte aus, wie sie unsicher geworden war und schon gehen wollte, als der Arzt plötzlich im Bademantel in der Tür gestanden hatte. Monika berichtete alles haarklein. Ließ nichts aus. Nicht ihre Fantasien, mit Fred Neuhaus nackt in der Sauna zu sitzen oder mit ihm im Schwimmbad zu planschen, und auch nicht, wie sie ihm um den Hals gefallen war.

Bevor sie zum Schluss der Geschichte kam, ließ sie sich von ihrem Mann das Ehrenwort geben, mit niemandem darüber zu sprechen. »Aber Monika«, sagte er daraufhin müde. »Glaubst du wirklich, ich lege es darauf an, mit irgendjemandem über den Seitensprung meiner Frau zu plaudern?«

Monika schüttelte den Kopf. »Es gab keinen Seitensprung. Aber schwöre, dass du das, was ich dir jetzt erzähle, für immer für dich behältst. Sonst bekommst du den Rest der Geschichte nicht zu hören.«

Wolfgang seufzte. »Ich schwöre beim Leben unserer Tochter.«

Also erzählte Monika auch das Ende der Geschichte. Danach schwiegen sie wieder eine Weile, bis Monika sich zu ihrem Mann drehte und zu ihm aufsah. »Es tut mir leid, Wolfgang. Ich war eine Idiotin.«

Wolfgang sah mit ernstem Blick auf seine Frau hinab. »Mir tut es leid, Moni. Ich bin ein nerviger Stinkstiefel und habe außerdem heute nicht nur mich, sondern auch unsere Tochter bis auf die Knochen blamiert. Ich weiß nicht, was in mich gefahren ist. Aber als ich den Neuhaus da so stehen sah, mit seinem Colgatelächeln und dieser affigen Frisur … Ich konnte einfach nicht anders … Und das, obwohl in mir schon so ein ganz leiser Verdacht aufgekeimt ist, was mit ihm los sein könnte.« Nun war es Wolfgang, der eine Beichte ablegte. Er erzählte seiner Frau, wie er es nicht mehr in seinem Fernsehsessel ausgehalten habe, er sich aber noch gerade hatte zurückhalten können, bei Karin anzurufen. »Stattdessen war ich seit Ewigkeiten mal wieder im Zimmer unserer Tochter.« Wolfgang beschrieb, wie er sich in diesem für ihn fremden Teenagerzimmer umgesehen habe und dann auf Jules Aufzeichnungen gestoßen war. »Ich weiß zufällig, was die Soester Straße für eine Ecke ist. In der Kantine sind da schon mal ab und zu Bemerkungen gefallen. Aber andererseits konnte ich es mir auch nicht vorstellen, und, na ja, den Rest kennst du ja.« Nach diesen Worten zog Jules Vater seine Frau an sich und umarmte sie so fest, dass ihr fast die Luft wegblieb. Wolfgang vergrub sein Gesicht in ihrem dichten, roten Haarschopf und flüsterte: »Danke, dass du es schon so lange mit mir ausgehalten hast.«

Monika spürte, wie sich ihre Kehle zuzog. »Ich halte es auch noch weitere zwanzig oder auch vierzig Jahre mit dir aus«, sagte sie mit rauer Stimme. »Ich liebe dich, Wolfgang.« Daraufhin küssten sie sich so leidenschaftlich, dass sie beinahe ins Straucheln geraten wären. Sie kicherten wie Teenager und klammerten sich aneinander fest.

Monika hätte noch ewig so verharren können. Sie fühlte sich sicher und geborgen in Wolfgangs Armen. Auf einmal legte sie ihren Kopf in den Nacken und lächelte verschmitzt zu ihrem Mann hoch. »Wenn ich mir das vorstelle, wie du dem armen Dr. Neuhaus vor versammelter Mannschaft eine Ohrfeige verpasst … Irgendwie hat das schon auch etwas … Also, ich meine, das ist schon …« Und dann brachen sie beide in lautes Gelächter aus.

22. KAPITEL

Gegenwart

Im Anschluss an die Besprechung fuhr Katharina mit dem Rad zum Bremer Platz. Es war der Geistesblitz, der ihr während des Updates gekommen war, der sie dorthin zog und der mit dem Namen der Bar auf dem Urlaubsfoto zu tun hatte. Katharina hatte bei den vielen Italienurlauben in ihrer Kindheit einige Brocken Italienisch aufgeschnappt und wusste, was *Perché no?* bedeutete. *Warum nicht?* Auf Englisch *Why not?* Beim *Perché no?*, da war Katharina sich absolut sicher, hatte es sich um einen Treffpunkt für Schwule gehandelt. Nun rumorten zwei Fragen in ihrem Kopf herum. Traf das auch auf das gleichnamige Etablissement zu, das sich im Jahre 1986 diskret im Erdgeschoss eines Wohnhauses am Bremer Platz befunden hatte? Und wenn ja, inwieweit war dieser Aspekt für die damaligen Ereignisse von Bedeutung? Das ließ sich nicht ohne Weiteres beantworten. Aber da es nie schadete, sich ein persönliches Bild von den Orten zu machen, die mit einem

Fall zusammenhingen, hatte Katharina sich auf den Weg gemacht.

Die Kommissarin erreichte die Ostseite des Bahnhofs. Hier hatte sich in den vergangenen Jahren viel getan. Der einst schmuddelige Ostausgang war einem neuen Gebäudekomplex mit Hotel, Appartements, Gastronomie und einem Supermarkt gewichen. Außerdem war eine funkelnagelneue Radstation eröffnet worden. Auch der Bremer Platz hatte nichts mehr mit der verwahrlosten und vernachlässigten Grünanlage zu tun, die er einst gewesen war. Er war für mehrere Millionen Euro neu gestaltet worden und war nun in drei Bereiche unterteilt, die ein friedliches Nebeneinander des sogenannten bahnhofsnahen Milieus, der Anwohner und Besucher des Parks ermöglichen sollten. Im Vorbeifahren blieb Katharinas Blick am neuen Aufenthaltsbereich für die Szene hängen. Stabile Sonnensegel dienten dem Wetterschutz, und fest montierte Stahllamellen sowie Holzzäune sorgten dafür, dass es zwar ein Mindestmaß an Intimsphäre gab, sich aber niemand komplett den kontrollierenden Blicken der Streetworker und der Polizei entziehen konnte. Die Kommissarin stellte sich Cara, Danilo und Tobi vor, wie sie sich hier 1986 auf geheimer Mission herumgetrieben hatten. Drei Jugendliche aus gutbürgerlichen Verhältnissen, konfrontiert mit Münsters Drogen- und Obdachlosenszene. Das Haus in der Soester Straße, in dem die drei vor fast vierzig Jahren ihre abenteuerlichen Zusammenstöße mit einem jungen Mann namens Sascha und einem Kerl namens Günni gehabt hatten, sah noch genauso aus, wie Tobi es beschrieben hatte. Sogar die einsame Tanne gab es noch. Sie war inzwischen über den dritten Stock hinausgewachsen. Katharina konnte sich sogar vorstellen, dass auch die schwere dunkelbraune Haustür noch dieselbe war wie damals.

Sie inspizierte die mehrheitlich selbst bekritzelten Klingelschilder. Eine Bar oder ein Etablissement mit dem Namen *Why not?* oder einer anderen Bezeichnung existierte nicht mehr. Etwas unschlüssig ließ die Kommissarin ihren Blick die Straße auf und ab wandern. Wie es aussah, hatte sie der Abstecher zu dem alten Haus nicht weitergebracht.

Nach ein paar Minuten trat Katharina den Rückzug an. Diesmal radelte sie nicht außen herum, sondern wählte den neu gepflasterten Weg quer über den Bremer Platz, der am Treffpunkt für die Obdachlosen vorbeiführte. Die Befürchtungen einiger Verantwortlicher der Stadt, die Szene würde das für sie vorgesehene Areal nicht annehmen, fand Katharina nicht bestätigt. Hier und da verstreut standen oder hockten Menschen in kleinen Gruppen zusammen, denen man ihre prekären Verhältnisse schon von Weitem ansah. Sie tranken oder aßen, unterhielten sich lautstark oder schwiegen, gestikulierten oder starrten nur stumpf vor sich hin.

Während Katharina ihr Rad neben sich her schob, glitt ihr Blick immer wieder zwischen den Sichtschutzzäunen hindurch. Fast am Ende des Parks angelangt, passierte Katharina eine Gruppe von ungefähr sechs oder sieben Männern. Einer von ihnen, die Kommissarin schätzte ihn auf mindestens siebzig, redete laut auf einen Jüngeren ein. Dabei fuchtelte der Alte mit seiner Hand, in der er eine Bierdose hielt, in der Luft herum.

Das Bier schwappte heraus und spritzte dem jüngeren Mann ins Gesicht.

»Ey, Manne, sag mal, hackt's bei dir? Wat schütteste mir denn die Plörre mitten in die Fresse?«

Der Angesprochene namens Manne grinste und entblößte eine unvollständige Reihe gelbbrauner Zähne. »Mann, stell dich doch nicht so an. Dat ist gutes Bier. Aber ich sag es dir nochmal, Kevin. Geh zu Sascha, wenn du mit dem Scheiß nicht klarkommst.«

»Sascha. Sascha. Der geht mir auf die Eier.« Der jüngere Mann spuckte auf den Boden und zog sich die Kapuze seiner Jacke über den Kopf.

Katharina blieb wie angewurzelt stehen. Aufmerksam spähte sie zu der kleinen Truppe hinüber. Im Gegensatz zu dem Alten namens Manne, mit seinem stattlichen Bierbauch, war der Kapuzenträger klapperdünn. Ihm schien auch die kühle Herbstluft mehr zuzusetzen. Er stand da mit hochgezogenen Schultern und hatte die Arme um seinen mageren Oberkörper geschlungen.

»Du hast doch gar keine Eier«, mischte sich nun ein dritter Mann ein und lachte heiser. Er hatte feuerrote Haare und trug über seinem Pullover ein mit Flecken übersätes BVB-Trikot.

Katharina hatte sich wieder in Bewegung gesetzt, umrundete die Abgrenzung, die den Weg und den Szenetreffpunkt voneinander trennte, und ging auf die Männergruppe zu. Manne, der mit seinem weißgrauen Rauschebart und seiner schulterlangen Haarmähne an einen verwahrlosten Weihnachtsmann erinnerte, bemerkte ihr Auftauchen.

»Kann man helfen?«, fragte er freundlich.

Katharina kam noch näher. »Guten Morgen zusammen. Ja, vielleicht. Sie haben gerade den Namen Sascha fallen lassen. Ich frage mich, ob es sich um einen alten Bekannten von mir handelt.«

Manne zeigte wieder sein fast zahnloses Lächeln. »Also, so wie du aussiehst, glaube ich das nicht. Oder haste auch mal Platte gemacht?«

»Nein. Gehört er denn auch hier zur Szene?«

Auch die anderen Männer waren nun auf die Unterhaltung mit der Unbekannten aufmerksam geworden. Auf Katharinas Frage hin brachen sie in lautes Gejohle aus. Als sie sich wieder beruhigt hatten, sagte der Rothaarige: »Na ja, irgendwie gehört er schon zu uns.« Neugierig musterte er Katharina. »Was willste denn von ihm?«

»Wie gesagt, ich frage mich, ob es der Sascha ist, den ich meine«, antwortete Katharina ausweichend.

»Der ist aber viel älter als du«, erklärte Manne. »Du bist doch noch ein junger Hüpfer.« Er zwinkerte Katharina zu. »Der Sascha ist eher mein Baujahr.«

Katharina spürte, wie die Aufregung ihren Nacken hinaufkroch. Konnte es wirklich so einen Zufall geben? »Dann könnte er es tatsächlich sein«, sagte sie und versuchte, ihre Stimme möglichst gelassen klingen zu lassen. »Wo finde ich ihn denn?«

»Der kommt erst immer gegen Mittag«, erklärte Manne. »Aber du kannst es ja mal in der Hamburger Straße versuchen.« Der alte Berber deutete mit dem Daumen hinter sich.

»In der Hamburger Straße? Und wo da genau?«

Der jüngere Typ namens Kevin schob seine Kapuze jetzt ein Stück nach hinten, und Katharina erkannte, dass er höchstens zwanzig war. Im Gegensatz zu Manne und den anderen Männern, die Katharina zur klassischen Klientel der alkoholabhängigen Wohnungslosen zählte, konsumierte der Jüngste unter ihnen mit Sicherheit auch härtere Drogen. Nicht nur sein eingefallenes Gesicht und seine körperliche Verfassung, auch seine weit geöffneten Pupillen waren Anzeichen dafür. »Der hat da doch sein Büro. Direkt am Anfang der Straße auf der rechten Seite.«

»Sein Büro?«, hakte Katharina erstaunt nach.

Manne verdrehte die Augen. »Mensch, Mädchen. Der Sascha ist der Gründer der *Straßenfeger*. Dat ist so'n Hilfeverein.«

Nun schaltete Katharina. »Er ist ein Streetworker.«

Kevin nickte. »Wenn du ihn siehst, sag ihm, ich muss ihn sprechen. Ich bin gestern aus der Unterkunft geflogen. Die meinten, ich hätte da Pillen vertickt. Stimmt aber nicht. Das war mein Kumpel.«

Nachdem Katharina sich für die Info bedankt hatte, schwang sie sich auf ihr Rad und stand ein paar Minuten später vor dem Haus, in dem der Verein *Straßenfeger e. V.* im Erdgeschoss seine Räumlichkeiten hatte. Bevor sie auf die Klingel drückte, atmete sie zwei-, dreimal tief durch und versuchte, ihre Aufregung zurückzudrängen. Sollte es sich bei dem Streetworker Sascha tatsächlich um denselben Sascha von damals handeln, konnte sie nur noch hoffen, dass er sich gesprächsbereit zeigen würde und über ein gutes Gedächtnis verfügte.

23. KAPITEL

1986

Einige Tage nach der Klassenfahrt standen Danilo und Cara vor dem heruntergekommenen Haus hinter dem Bremer Platz. Tobi konnte sich an die Hausnummer nicht erinnern, hatte es ihnen aber genau beschrieben. »Das erkennt ihr sofort«, sagte er. »Es ist das einzige Haus, vor dem ein Baum steht.«

Cara ließ ihren Blick die dunkle Fassade entlanggleiten. Ein leichter Wind bewegte sanft die Zweige der einsamen Tanne, die direkt an der Hauswand in die Höhe gewachsen war. »Und nun?«, fragte sie schlecht gelaunt. Auf dem Weg zum Bahnhof hatte sie vergeblich versucht, Danilo aus seiner unterkühlten Reserve zu locken, in der er sich immer noch befand. Während der ganzen Klassenfahrt war er zwar bei allem Blödsinn dabei gewesen, aber immer nur halbherzig und mit einem müden Lächeln. Als sie zuvor auf ihren Rädern die Mondstraße Richtung Wolbecker Straße entlanggeradelt waren, hatte Cara ihn genervt angeherrscht, was denn eigentlich mit ihm los sei. Danilo hatte eine Entschuldigung und etwas von Stress zu Hause gemurmelt. Cara glaubte ihm kein Wort. Danilo war immer gut mit seinen Eltern ausgekommen. Sie arbeiteten viel und hatten kaum Zeit, ihrem Sohn auf die Nerven zu gehen. Cara konnte sich nicht erklären, warum Danilo seit einiger Zeit so komisch war, aber eins hatte sie inzwischen kapiert. Sie würde in absehbarer Zeit nicht Danilos feste Freundin werden, und das hatte nichts mit Schüchternheit zu tun. Er hatte einfach keinen Bock auf sie, und das machte Cara wütend.

Danilo zuckte als Antwort auf Caras Frage, wie sie es nun angehen sollten, unschlüssig mit den Schultern. Bei ihren Überlegungen im Bus auf dem Weg ins Landschulheim war ihnen keine brauchbare Idee gekommen, unter welchem Vorwand sie diesen Sascha aufsuchen könnten. Schließlich hatte Jule gesagt: »Ach, egal. Ihr müsst einfach improvisieren. Es wird sich schon was ergeben, wenn ihr dort seid.«

Danilo hatte aber keinen blassen Schimmer, was sich ergeben sollte. Einfach zu klingeln, erschien ihm nicht der richtige Weg.

Plötzlich ertönte aus dem kleinen Park hinter ihnen lautes Geschrei. Die Penner kriegten sich schon wieder in die Haare, dachte Danilo.

Cara warf einen Blick über die Schulter. »Hauptsache, die bleiben, wo sie sind«, sagte sie besorgt. »Ich habe echt keinen Bock auf die. Wenn die besoffen sind, können solche Typen echt aggressiv werden.«

»Eigentlich sind sie harmlos. Meistens haben sie genug mit sich selbst zu tun.«

»Na ja«, erwiderte Cara zweifelnd. »Du hast ja gehört, was Tobi erzählt hat.« Sie beobachtete das Trüppchen, das aus fünf, sechs Männern bestand. Sie ließen eine Schnapsflasche kreisen und beschimpften sich lautstark gegenseitig. Eine weitere Gestalt näherte sich der Gruppe. Ein ausgemergelter Typ, der aber nicht so verwahrlost wirkte wie die anderen Männer. Er wechselte ein paar Worte mit den Trinkern und ging dann weiter. Einer der Männer schrie ihm etwas nach, was nicht zu verstehen war. Aber es klang nicht sehr freundlich. Cara ließ den Mann nicht aus den Augen. »Scheiße, der kommt hierher«, flüsterte sie.

Cara hatte recht. Der Typ war aus der Grünanlage herausgetreten und überquerte die Soester Straße. In jeder Hand hielt er eine prall gefüllte Plastiktüte. Stumm schauten Danilo und Cara ihm entgegen. Als der Mann sie erreicht hatte, blaffte er sie ungehalten an: »Was ist? Was glotzt ihr so?«

Cara starrte ihn mit einer Mischung aus Faszination und Unbehagen an. Der Typ sah aus wie ein Junkie. Nicht dass Cara schon jemals mit einem in Kontakt gekommen wäre, aber sie hatten erst vor Kurzem in Religion das Thema Drogen behandelt. Herr Wemhoff hatte ihnen zum Einstieg einen kleinen Unterrichtsfilm gezeigt, in dem es um Junkies und Alkoholiker ging. Cara bemerkte, dass der Mann vor ihnen gar nicht viel älter sein konnte als sie und Danilo. Vier, fünf Jahre vielleicht. Es handelte sich also eher um einen Jungen als um einen Mann. Seine Augen lagen tief in den Höhlen. Die Wangen waren eingefallen, und die fleckige Haut spannte sich über den Wangenknochen. Sein Haar war, bis auf wenige Millimeter, abrasiert. Seitlich am Kopf hatte er eine Art Ekzem, doppelt so groß wie ein Fünfmarkstück. Cara wollte es gar nicht näher betrachten, aber es war wie bei einem Verkehrsunfall. Man will nicht hinsehen, tut es aber doch.

»Was ist? Könnt ihr nicht reden? Was steht ihr hier so blöd herum?« Während er das sagte, ging der Typ zur Haustür und schob sie mit der Schulter auf. Trotz der Spuren, die die Drogen bei ihm hinterlassen hatten, erkannte Cara, dass er mal richtig hübsch gewesen sein musste. Seine Wangenknochen waren ähnlich hoch wie die von Danilo, und seine Augen erinnerten Cara an das türkisblaue Wasser vom Playa Bávaro in der Dominikanischen Republik. In den Sommerferien war sie dort mit ihren Eltern hingeflogen. Ohne weiter darüber nachzudenken, platzte sie heraus: »Bist du Sascha?«

Der Angesprochene hielt inne und stellte eine der Tüten ab. Sie kippte zur Seite. Ein paar Konservendosen kullerten heraus und rollten über den Bürgersteig.

»Was willst du, Mädchen?« Er stellte auch die andere Tüte ab und kam auf Cara zu.

Obwohl der Junge aufgrund seiner schmächtigen Statur nicht allzu bedrohlich wirkte, machte Cara einen Schritt zurück und hob beide Hände. »Nichts, gar nichts. Es war nur eine Frage.«

»Scheißfrage. Nächste Frage.«

Danilo hatte die Raviolidosen aufgesammelt und hielt sie dem Jungen entgegen. Er hatte das Gefühl, dass es keinen Sinn machte, lange um den heißen Brei zu labern. Entweder war der Kerl bereit, mit ihnen zu reden, oder er war es nicht. Irgendwelche dummen Vorwände brauchten sie sich gar nicht erst einfallen lassen. »Okay, die nächste Frage ist, kennst du einen Dr. Neuhaus, und wenn ja, was hast du mit ihm zu tun?«

»Das wird ja immer besser. Was seid ihr denn für Vögel? Klar kenne ich den Doktor.«

»Also, bist du Sascha?«, hakte Danilo nach.

»Ja, verdammt! Aber ihr könnt mich mal mit eurer Fragerei am Arsch lecken. Verpisst euch jetzt, aber dalli!« Der Typ namens Sascha riss Danilo die Konserven aus der Hand, stopfte sie zurück in die Tüte und verschwand mitsamt seinen Einkäufen im Haus.

»Na, das hat ja richtig gut geklappt«, ließ Cara trocken verlauten.

Danilo schenkte ihr keine Beachtung. Mit zwei Sätzen war er an der Tür. Sie war nicht richtig ins Schloss gefallen. Offenbar war der Schließmechanismus kaputt. Triumphierend sah Danilo sich nach Cara um. »Wenn wir herausfinden wollen, was Herr Neuhaus mit ihm zu schaffen hat, dann ist jetzt die Gelegenheit dazu. Lass mich mal alleine mit ihm reden. Ich krieg schon noch was aus ihm raus.«

»Und was soll ich machen? Hier blöd herumstehen?«

»Ja, du wartest hier. Kann ja sein, dass es irgendwelche Probleme gibt. Mit dem Hänfling würde ich fertigwerden, aber vielleicht taucht ja noch mal dieser Günni auf. Der scheint ja eine andere Nummer zu sein. Dann kannst du losrennen und Hilfe holen.«

»Schönen Dank auch.« Cara sah wenig begeistert aus. Sie machte sich keine Sorgen um Danilo. Er war groß für sein Alter, durchtrainiert und konnte diesen Sascha wahrscheinlich mit einem halbherzigen Knuff außer

Gefecht setzen, aber es gefiel ihr nicht, dass sie einfach nur warten sollte. Trotzdem stimmte sie zu.

»Wenn ich in einer Viertelstunde nicht wieder hier auf der Straße stehe, holst du Hilfe.« Ohne Caras Antwort abzuwarten, betrat er das Haus.

Cara fragte sich, wen sie im Falle eines Falles überhaupt ansprechen sollte. Vielleicht einen der Penner aus dem Park? Eine Weile schlenderte sie vor dem Haus auf und ab. Als sie zum ersten Mal auf die Uhr schaute, waren erst fünf Minuten verstrichen. Sie stieß einen langen Seufzer aus. Das war doch wirklich Mist, hier rumzuhängen. Cara schaute zur Haustür, die einen Spaltbreit aufstand. Warum nicht mal einen Blick ins Innere riskieren? Sie öffnete die Tür. In diesem Augenblick hörte sie einen durchdringenden Schrei. Angst sickerte in Caras Beine. Sie konnte sich nicht mehr rühren. Ihre Gedanken allerdings überschlugen sich. Wer hatte da geschrien? War es Danilo gewesen? Brauchte er Hilfe? Was sollte sie jetzt tun? Mit einem Mal wich ihre Angst dem Impuls, ihrem Freund helfen zu wollen. Kurz entschlossen lief Cara in langen Sätzen durch den Flur bis zur Treppe. Sie betätigte den altmodischen Lichtschalter, und fahles Licht erhellte das Treppenhaus. Cara hastete mehrere Stufen auf einmal nehmend nach oben. Sie hatte noch nicht ganz das Ende der Treppe erreicht, da setzte lautes Gezeter ein. Aber es war nicht Danilo, das erkannte Cara jetzt. Es musste Sascha sein, der so brüllte. »Du Schwein! Bist du bekloppt? Warte, bis ich dich …«

Cara hatte die Wohnungstür jetzt erreicht und hämmerte mit beiden Fäusten dagegen. »Danilo? Ich bin es! Cara! Mach auf! Danilo, mach die Tür auf!«

Die Tür wurde von innen aufgerissen, und Cara blickte in Danilos weißes, wutverzerrtes Gesicht. »Spinnst du komplett?«, fuhr er sie an. »Brüll doch nicht das ganze Haus zusammen. Du solltest doch unten warten!«

Sprachlos starrte Cara ihren Freund an. »Ich habe Schreie gehört. Ich wollte dir helfen. Ich dachte, hier passiert sonst was!«

Danilo packte ihren Arm und zog sie in die Wohnung.

Cara wusste nicht, was sie erwartet hatte. Aber auf keinen Fall einen Flur mit frisch gesaugtem Teppichboden und eine Garderobe, an der die Jacken auf Bügeln in Reih und Glied hingen und die Schuhe Spalier standen. Es blieb ihr allerdings keine Zeit, sich darüber zu wundern, denn hinter Danilos Rücken tauchte Sascha auf. Er drückte sich ein blutbeflecktes Geschirrhandtuch unter die Nase. Seine Augen waren weit aufgerissen.

»Dein Freund ist ja total irre!«, kreischte er los, als er Cara erblickte. »Was stimmt mit dem nicht? Er hat mich geschlagen. Einfach so. Das ist hier wie ein schlechter Trip, dabei drücke ich seit sechs Monaten nicht mehr.«

Caras Blick pendelte erschrocken zwischen den beiden Jungen hin und her. »Danilo, was ist denn passiert?«

»Gar nichts«, zischte Danilo zwischen zusammengebissenen Zähnen hindurch. »Der Typ ist total durchgeknallt. Verrückt. Ich habe ihn nicht angerührt.«

»Aber seine Nase«, wandte Cara ein.

Sascha hatte das Geschirrhandtuch sinken lassen. Es lief immer noch Blut aus beiden Nasenlöchern.

»Keine Ahnung. Auf einmal lief das Blut wie ein Wasserfall. Wahrscheinlich kokst er.«

»Der lügt!«, protestierte Sascha mit schriller Stimme. »Er hat mir mit der Hand direkt eins auf die Nase gegeben. So wie mein Alter früher, wenn er blau war.« Er wandte sich an Danilo. »Aber das lasse ich mir nicht mehr gefallen. Du kommst hier rein und quetscht mich nach Fred aus. Und rastest dann völlig aus. Du bist der Verrückte. Aber ich bin weder der kleine Junge noch der kaputte Junkie, mit dem man machen kann, was man will. Das ist vorbei.« Sascha, der seine linke Hand bis gerade hinterm Rücken gehalten hatte, zog sie nun hervor. Die Klinge eines großen Küchenmessers blitzte auf.

Cara entfuhr ein kleiner Schreckenslaut.

»Du kleiner Scheißer.« Sascha sprach nun mit gedämpfter Stimme. Während er langsam auf Danilo und Cara zukam, hielt er das Messer mit ausgestrecktem Arm vor sich. Die Spitze deutete genau auf Danilos Bauch. »Glaubst wohl, du kannst hier in meine Wohnung reinschneien und mir eine reinhauen. Einfach so? Nee, nee, Freundchen. Nicht mit mir.«

»Danilo«, flüsterte Cara mit angsterfüllter Stimme. Sie hatte hinter ihm Schutz gesucht. »Der ist nicht ganz dicht. Lass uns abhauen.« Aber Danilo rührte sich nicht. Cara zog verzweifelt an seinem Ärmel. »Bitte. Ich will hier weg.«

Sascha war jetzt nur noch ein paar Schritte von ihnen entfernt. Er kicherte heiser, und Cara bekam eine Gänsehaut. »Ich habe gehört, was du gesagt hast, Mädchen. Ich bin also nicht ganz dicht? Nimm dich mal lieber vor deinem Lover in Acht. Der ist nicht ganz dicht.«

Cara lugte an Danilos Schulter vorbei. Mit dem eingefallenen Gesicht, der blutverschmierten Nase und dem

Messer in der Hand, mit dem er immer wieder grinsend in die Luft stieß, erinnerte der Ex-Junkie an einen der Untoten aus dem letzten Horrorfilm, den sie mit Jule gesehen hatte. Wieder zog sie Danilo am Arm. »Das läuft völlig aus dem Ruder«, wisperte sie. »Lass uns endlich verschwinden.«

In diesem Augenblick geschahen mehrere Dinge gleichzeitig. Mit einem Schrei stürzte Sascha sich nach vorne und holte mit dem Messer aus. Ebenfalls mit einem Schrei, aber gellender als der von Sascha, riss Cara ihren Freund zur Seite. Gleichzeitig flog die Wohnungstür auf, und eine donnernde Stimme rief: »Was geht hier ab?«

»Hilfe«, wimmerte Cara lautlos.

Durch den Schwung, der ins Leere gelaufen war, hatte Sascha das Gleichgewicht verloren. Er hatte sich an der Wand abstützen müssen, und dabei war ihm das Messer aus der Hand geglitten. Die Gefahr durch den Ex-Junkie war gebannt.

Dafür versperrte ihnen nun ein riesiger Kerl den Weg aus der Wohnung. Eine Kante, wie Caras Vater sagen würde. Das musste Günni sein, schoss es Cara durch den Kopf. Tobi hatte recht. Der Typ sah aus wie ein Boxer mit seinem Stiernacken, dem kahl geschorenen Schädel und der breiten Nase. Ein Gutes hatte das Auftauchen von Günni. Danilo war endlich aus seiner Starre erwacht. Er hatte nach Caras Hand gegriffen und drückte sie zweimal fest. Und Cara verstand, denn es war noch nicht lange her. Sportunterricht bei Herrn Schulte Lohkamp. Paarfangen. Jeweils ein Junge und ein Mädchen bildeten ein Paar. Sie mussten sich an den Händen halten und zusammen versuchen, ein anderes Pärchen zu fangen. Zweimal drücken hieß rechts antäuschen und links vorbei. Und genau das taten sie jetzt. Ohne den wütenden Günni aus den Augen zu lassen, bewegten sie sich nach rechts. Sofort machte er einen Ausfallschritt in die gleiche Richtung.

»Stop«, sagte er und hob drohend eine Hand.

»Jetzt!«, schrie Danilo.

Geschmeidig und flink wie zwei Wiesel wandten sich die beiden Jugendlichen nach links und schossen seitlich an Günni vorbei. Sie flogen die Treppe hinunter. Danilo warf sich gegen die Tür. Sie sprangen auf die Straße, rannten los und kamen erst wieder zum Stehen, als Cara sich zurückfallen ließ und japsend rief: »Unsere Räder! Wir müssen noch unsere Räder holen.«

24. KAPITEL

Gegenwart

Auch nachdem Katharina im Büro von Alexander Meintrup, genannt Sascha, auf einem wackeligen Besucherstuhl Platz genommen hatte, konnte sie diesen unglaublichen Zufall immer noch kaum fassen. Noch vor der Tür hatte sie den Grund ihres Besuchs dargelegt, und es hatte sich herausgestellt, dass es sich bei dem Streetworker tatsächlich um jenen Sascha handelte, den Cara und Danilo vor vierzig Jahren vor dem Haus in der Soester Straße angetroffen hatten.

Der Gründer der *Straßenfeger* hatte sich beeilt, die Kommissarin hereinzubitten. Er war ihr in ein kleines Büro vorausgegangen, das mit einem klobigen Schreibtisch, zwei Besucherstühlen und einem Rollschrank komplett ausgefüllt war.

Während Katharina sich setzte, schüttelte Sascha Meintrup immer wieder ungläubig den Kopf. »Das ist ja eine krasse Geschichte. Du gehst wirklich davon aus, dass es nicht die Ehefrau von Fred war, die ihm das angetan hat? Na, das muss ich erst mal verdauen.«

»Verständlich«, sagte Katharina und brachte dann zur Sprache, welcher Zufall sie hergeführt hatte.

Daraufhin lächelte Sascha Meintrup nachsichtig. »Ja, den Manne betreue ich schon viele Jahre. Der hält sich wirklich wacker für das harte Leben, das er führt. Aber er will nicht weg von der Straße. Er hat sich damit arrangiert. Übrigens, lass mal die Förmlichkeiten beiseite. Ich bin nicht der Herr Meintrup. Ich bin Sascha.«

»Gut. Ich bin Katharina.« Die Kommissarin betrachtete ihren Gesprächspartner und dachte, dass Sascha um einiges jünger wirkte, als er tatsächlich sein musste. Sie schrieb das seiner kumpelhaften Art und der jugendlichen Aufmachung zu. Saschas Haare waren blondiert und lässig verstrubbelt, und sein Klamottenstil unterschied sich nicht großartig von dem jüngerer Männer. Er war durchschnittlich groß, wirkte sportlich, und sein Kinn zierte ein Dreitagebart. Er sah auf eine verwegene Art gut aus.

»Ich würde mir zunächst gerne über eine Sache Gewissheit verschaffen«, begann Katharina nun die Befragung. »Kann es sein, dass es sich beim *Why not?* um eine Schwulenbar handelte?«

»Allerdings«, bestätigte Sascha. »So viele gab es davon nicht im stockkatholischen Münster der 80er-Jahre. Das *Why not?* war ein richtiger Geheimtipp. Diskretion wurde da ganz großgeschrieben. Für die Mehrzahl der Gäste spielte das eine entscheidende Rolle. Schwul zu sein war damals in vielen gesellschaftlichen Bereichen und Berufsgruppen regelrecht verpönt. Zum Teil ist das ja sogar heute noch so.«

Katharina nickte und stellte ihre nächste Frage. »Dann liege ich auch damit richtig, dass Fred Neuhaus schwul gewesen ist und zu den Gästen des *Why not?* gehörte?«

»Ja. Fred kam regelmäßig. Auch wenn man das dem *Why not?* von außen nicht ansah, war das eine der angesagtesten Bars in Münsters Schwulenszene. Da kam man aber nur auf Empfehlung rein. Es gab einen Türsteher, der genau darauf geachtet hat, wer reindurfte und wer nicht.«

»Gehörte Fred Neuhaus auch zu den Besuchern, die die Diskretion der Bar schätzten?«

»Auf jeden Fall. Seine Sorge, dass sein Ruf als untadeliger Arzt Schaden nehmen könnte, war riesig. Deshalb hat er sich auch immer sehr bedeckt gehalten. Wie gesagt, damals war das nochmal anders als heute. Selbst ich wusste kaum etwas über ihn. Nur, dass er Arzt war, verheiratet und dass er einen Sohn hatte. Auch sein Nachname war uns nicht bekannt. Den haben wir erst aus der Zeitung erfahren.«

»In welchem Verhältnis standest du denn zu Fred Neuhaus?«

Sascha grinste, und in seinen Augenwinkeln entstand ein strahlenförmiger Kranz tiefer Lachfältchen. Mit Daumen und Zeigefinger fasste er sich an die kleine, silberne Creole in seinem rechten Ohrläppchen. »Du hast bereits gecheckt, dass ich auch auf Männer stehe, stimmt's?«

Katharina zuckte mit den Schultern. »Na ja …«

»Wir hatten eine Weile was miteinander«, bekannte Sascha.

»Habt ihr euch im *Why not?* kennengelernt?«

»Ja. Meine Tante Rosi hat dort hinter der Theke gearbeitet. Als ich achtzehn wurde, hat sie ihren Chef dazu überredet, mich auch dort arbeiten zu lassen. Zu dem Zeitpunkt war ich schon seit zwei Jahren zu Hause raus, weil das mit meinem Alten überhaupt nicht mehr ging. Rosi hat mich aufgenommen. Sie wohnte in einer kleinen Wohnung zwei Stockwerke über der Bar. Aber sie hatte es nicht leicht mit mir. Die Schule hatte ich schon längst geschmissen, und ich hing mehr auf der Straße ab, als dass ich bei ihr gewohnt hätte. Nur wenn es beim Platteschieben ganz schlimm wurde, bin ich bei ihr aufgekreuzt. Sie hat nie etwas gesagt, sondern mich immer mit offenen Armen empfangen.«

Sascha drückte seine Zigarette in dem übervollen Aschenbecher aus, erhob sich von seinem Drehstuhl und schloss das Fenster wieder, das er zuvor auf Kipp gestellt hatte. »Als ich volljährig wurde, hat sie mir aber die Leviten gelesen. Sie meinte, jetzt sei Schluss mit dem Lotterleben, und hat mich vor die Wahl gestellt: Entweder du suchst dir jetzt einen Job oder ich setze dich an die Luft. Ich habe dann versucht, irgendetwas zu finden, wo ich arbeiten kann. Aber das war gar nicht so easy. Da kam Rosi auf die Idee, ihren Chef zu fragen.« Sascha spielte mit der Zigarettenpackung herum, die vor ihm auf dem Tisch lag. »Der hübsche Bengel kann auf jeden Fall hier anfangen, war Olafs Antwort gewesen, und kurz darauf habe ich mit Rosi zusammen den Laden geschmissen. Fred kam ungefähr einmal in der Woche, und mir wurde ziemlich schnell klar, dass er ein Auge auf mich geworfen hatte. Mir hat das sehr geschmeichelt. So ein schöner Mann! Aber nicht nur das. Charmant und witzig war er auch. Außerdem aus Münsters besseren Kreisen und doppelt so alt wie ich. Im *Why not?* waren eigentlich alle hinter dem Doktor her. So haben wir Fred immer genannt. Doch er hatte nur Augen für mich. Er mochte gerne jüngere Männer. Was mich anging, so wusste ich schon mit zwölf Jahren, dass ich mit Mädels nichts anfangen kann. Aber Erfahrungen mit Männern hatte ich bis dahin auch noch nicht gemacht. Fred hat viel für mich getan und sogar dafür gesorgt, dass ich in eine der Wohnungen im ersten Stock ziehen konnte. Obwohl das nicht ganz uneigennützig war, denn Rosis Bude war total winzig. Da gab es kaum Privatsphäre. Mir ging es richtig gut zu der Zeit, aber leider währte diese Phase nicht sehr lange.«

»Warum nicht?«

»Auslöser war der Tod meines Alten. Der ist ganz plötzlich gestorben. Ein Aneurysma im Gehirn. Zack. Bumm. Tot. Ich war mit Rosi auf seiner Beerdigung, und da ist alles wieder in mir hochgekommen. Die ganze Scheiße aus meiner Kindheit. Sie hat mich komplett überschwemmt.« Sascha machte eine Pause. Sein Blick blieb an dem Chaos auf seinem Schreibtisch hängen, wo Ringordner, Hefter, Sammelmappen und Broschüren anderer Hilfseinrichtungen kreuz und quer übereinanderlagen. Katharina wartete ab. Der Sozialarbeiter fummelte eine neue Zigarette aus der Packung und zündete sie an.

»Tja, um es kurz zu machen«, setzte Sascha wieder an, »ich habe irgendwie einen Koller gekriegt. Weil ich all die Jahre nichts verarbeitet hatte, sondern nur verdrängt. Diese Nähe zu Fred hat mich irgendwie überfordert. Das war jedenfalls die Erklärung meiner Therapeutin, die mir Jahre später sehr geholfen hat. Ich bin jedenfalls zurück zu den alten Leuten, die immer noch fast alle regelmäßig hinterm Bahnhof abhingen. Aber diesmal ist es nicht bei Alkohol und Kiffen geblieben.

Du wirst das nicht verstehen können, aber ich musste irgendwie das schwarze Loch in meinem Inneren füllen. Ich habe dann angefangen zu drücken und ab da ging es erst mal richtig bergab. Olaf hat mich aus dem *Why not* geschmissen, und ich habe wieder Platte gemacht. Mit allem Drum und Dran, um an meine Kohle für den nächsten Schuss zu kommen.«

»Okay.« Katharina deutete zum Fenster. »Kannst du das nochmal öffnen?«

Während Sascha sich erhob, sagte er: »Ich habe es einzig und allein Fred zu verdanken, dass ich aus der Hölle wieder rausgekommen bin. Monatelang hat er keine Ruhe gegeben, bis ich einem kalten Entzug zugestimmt habe. Ich wurde clean, und Olaf hat mich wieder in die Wohnung ziehen lassen. Ab da habe ich mich zusammengerissen. Keine Drogen mehr, kein Kontakt zur alten Gang, regelmäßige Besuche bei der Selbsthilfegruppe. Ein halbes Jahr nach Freds Tod bin ich in eine Wohngruppe nach Hiltrup gezogen, habe mein Abitur nachgemacht und dann Sozialarbeit studiert. Nach dem Studium habe ich als Streetworker bei der Stadt Münster angefangen und vor zwölf Jahren diesen Verein gegründet.« Katharina konnte Sascha ansehen, dass ihn sein Werdegang immer noch stolz machte. Zu Recht, dachte sie.

»Ich bin jetzt zweiundsechzig Jahre«, verriet der Sozialarbeiter, »aber ich werde mit dieser Arbeit erst aufhören, wenn ich irgendwann mal in der Kiste liege. Meine eigenen Erfahrungen mit der Szene machen mir den Zugang zu den Leuten leicht. Die sind wie eine Familie für mich.«

»Zu welchem Zeitpunkt bist du clean geworden und zurück in die Wohnung gegangen?«

»Kurz bevor Fred auf so schreckliche Weise gestorben ist. Also im Herbst 1986.«

Obwohl Katharina das Gespräch aufzeichnete, hielt sie die Zeitangabe in ihrem Notizbuch fest. Sie passte genau zu dem Aufeinandertreffen mit Danilo und Cara, auf das die Kommissarin nun zu sprechen kam. Es stellte sich heraus, dass Sascha sich trotz der Jahrzehnte, die vergangen waren, noch gut an die Begegnung erinnern konnte. Vor allem an Danilos Besuch in seiner Wohnung. Während Katharina nun Saschas Version von diesem Zusammentreffen lauschte, setzten sich die Informationen, die sie bislang von dem Streetworker bekommen hatte, Stück für Stück zu einem Gesamtbild zusammen. Immer deutlicher sah sie vor sich, wie es zum Tod von Fred Neuhaus gekommen war. Nur wie sollten sie diese Theorie überprüfen?

Nachdem Sascha geendet hatte, erkundigte sich Katharina, ob er sich auch noch an den Streit erinnerte, den der damals sechzehnjährige Tobi mitbekommen hatte, und, wenn ja, um was es da gegangen war.

Sascha blickte Katharina offenherzig an. »Ich weiß jetzt nicht genau, welchen Streit du meinst. Es gab nach meinem Entzug viel Stress zwischen Fred und mir, was mir bis heute ein schlechtes Gewissen macht. Es ging eigentlich immer um dasselbe. Ich hatte Fred viel zu verdanken, und ich wusste, dass er es nur gut meinte. Aber er ging mir mit seiner Fürsorglichkeit auch gehörig auf den Sack. Er tauchte regelmäßig bei mir auf, und ich fühlte mich dadurch kontrolliert. Ich hatte genug mit mir selbst zu tun und weder das Interesse noch die Energie, mich darüber hinaus mit etwas anderem auseinanderzusetzen. Das hat er auch akzeptiert, aber irgendwie konnte er nicht loslassen. Im Rückblick würde ich sagen, er fühlte sich für mich verantwortlich. Vielleicht lag es am Altersunterschied, vielleicht an seinem Helfersyndrom. Aber mich hat das einfach nur genervt. Ich brauchte Zeit für mich, um wieder auf die Beine zu kommen. Na ja, ich hatte wohl nicht so eine nette Art, ihm das klarzumachen.« Sascha seufzte. »Und dann kam die Nachricht, dass seine Frau ihn erschlagen hat. Schrecklich! Wir waren alle geschockt.«

Katharina erwog kurz den Gedanken, ob Saschas Genervtheit auch ein Mordmotiv darstellen könnte. Sie dachte an die offene Kellertür und die Theorie, dass jemand von außen das Haus betreten und Fred Neuhaus erschlagen haben könnte. Aber sie verwarf den Gedanken wieder. Sascha hatte zu dem Zeitpunkt gerade erst einen Entzug hinter sich gebracht. Schwer vorstellbar, dass er die Energie gehabt hatte herauszufinden, wo Fred Neuhaus wohnte, um ihm dann eine Vase gegen den Kopf zu donnern. Nein, dafür gab es keinen Anhaltspunkt.

Als Katharina sich zehn Minuten später verabschiedete, sagte Sascha: »Ich möchte nochmal wiederholen, was ich vorhin schon gesagt habe. Ohne Fred wäre ich im Drogensumpf versackt. Alles, was ich bin, habe ich ihm zu verdanken. Deshalb wüsste ich wirklich gerne die Wahrheit über sein Schicksal. Falls du sie herausfindest, wäre ich froh, wenn du mich darüber informierst.«

»Das mache ich.«

Als Katharina wieder auf der Straße stand, verspürte sie einen unangenehmen Druck hinter ihren Schläfen. Das war zum einen der Qualmerei des Sozialarbeiters geschuldet, aber auch ihren Gedanken, die wie die leeren Schaukeln eines Kettenkarussells in ihrem Kopf herumflogen.

Die Kommissarin verspürte das starke Bedürfnis nach einem Kaffee und der Möglichkeit, das Gehörte nochmal in Ruhe zu überdenken.

Von der Hamburger Straße war es nur ein Katzensprung zur Wolbecker Straße, einer der ältesten Ausfallstraßen Münsters. Sie galt als cool, und auch wenn Katharina sich nicht oft hier aufhielt, mochte sie die Mischung aus belebter Verkehrsstraße und Ausgehort. Sie radelte an alternativen Läden, hippen Restaurants und kleinen Cafés vorbei, bis sie weiter hinten eines fand, in dem nicht allzu viel los war. Bei einer freundlich lächelnden Bedienung bestellte sie einen Flat White und einen Bagel mit Pesto, Tomaten und Rucola. Am Nebentisch ließen sich drei ältere Schüler nieder und begannen darüber zu spekulieren, ob eine gewisse Luna sich die Lippen aufgespritzt hatte oder nicht. Katharina zwang sich, nicht weiter dem Gespräch der Jungs zu lauschen, und benachrichtigte Eva per WhatsApp, dass sie bald kommen werde.

Der Flat White wurde in einem hohen Glas serviert, und kaum hatte die Bedienung den Kaffee vor Katharina abgestellt, griff die Kommissarin danach und trank einen Schluck. Seufzend lehnte sie sich mit dem Glas in der Hand in dem durchgesessenen Ledersessel zurück. Durch ihr Gespräch mit Sascha hatte sich ein neuer Zusammenhang ergeben, und Katharina war davon überzeugt, dass es sich lohnen würde, diesen zu überprüfen. Es war also an der Zeit, sich das weitere Vorgehen zu überlegen.

Als sie zwanzig Minuten später das Café verließ, hatte sie eine konkrete Vorstellung davon entwickelt, was sie als Nächstes tun würde.

25. KAPITEL

Gegenwart

Zurück im Präsidium, berichtete Katharina ihren Kollegen von ihrem Gespräch mit Sascha Meintrup und erläuterte die Schlüsse, die sie daraus gezogen hatte. Eva und die anderen fanden die Überlegungen nachvollziehbar und stimmten dem Vorgehen zu, das Katharina sich überlegt hatte. »Das bedarf einer gewissenhaften Vorbereitung«, sagte Katharina abschließend, »aber ich denke, wir sollten uns die Zeit nehmen.«

»Übrigens«, ergriff Birgit das Wort. »Nur zur Info. Alexander Hardt besitzt und besaß nie einen dunklen Sportwagen. Ich habe heute Vormittag eine sehr interessante Unterhaltung mit seiner Frau geführt, die ich zufällig vor Hardts Haus getroffen habe. Das Ehepaar hat sich nämlich wieder angenähert. Ich habe Frau Hardt dazu überreden können, sich mit mir in eine Bäckerei um die Ecke zu setzen, und habe dort in Ruhe mit ihr sprechen können. Sie wusste bereits von Neuhaus' Tod. Ihr Mann hatte sie darüber informiert und auch darüber, dass wir ihn in unsere Ermittlungen miteinbeziehen. Es war ihr ein großes Bedürfnis, mich davon zu überzeugen, dass ihr Mann ganz sicher nichts mit dem Tod von Arndt Neuhaus zu tun hat. Sie meinte, er habe zwar in der Kanzlei einen riesigen Mist gebaut, aber das sei ja was völlig anderes, als jemanden zu ermorden.«

»Das ist nicht von der Hand zu weisen«, bemerkte Jörn.

Birgit nickte. »Frau Hardt hat eingeräumt, dass ihr Mann aufbrausend sei und schnell in die Luft gehe, was ich bestätigen kann, aber er wäre keinesfalls gewalttätig. Dafür würde sie ihre Hand ins Feuer legen. Nicht umsonst war sie dazu bereit, ihm zu verzeihen und der Beziehung nochmal eine Chance zu geben. Schließlich habe er das ja alles nur für die Familie gemacht. Außerdem«, Birgit blickte ihre Kollegen über den Rand ihrer Lesebrille an, »Hardt war zu dem Zeitpunkt, als Arndt Neuhaus von der Straße abgedrängt wurde, überhaupt nicht in Münster. Laut Frau Hardt hat ihr Mann nach seiner Entlassung aus dem Gefängnis erst mal für einige Wochen bei seiner Schwester in einem Kaff im Bayerischen Wald gewohnt. Ich habe mir die Nummer von der Frau geben lassen. Sie hat bestätigt, dass ihr Bruder zu der Zeit bei ihr gewesen ist.« Birgit schloss ihr Notizbuch. »Damit ist die Annahme hinfällig, dass Alexander Hardt bereits für eine missglückte Attacke auf das Leben von Arndt Neuhaus verantwortlich sein könnte.« Birgit hatte den Satz noch nicht ganz zu Ende gesprochen, da begann ihr Handy vor ihr auf dem Tisch zu brummen.

»Oh, das ist Helene«, sagte sie und nahm das Gespräch entgegen. Konzentriert und mit ernster Miene hörte sie zu, was Helene Reinbeck ihr mitteilte. Anschließend bedankte sie sich bei der Staatsanwältin und beendete das Telefonat mit dem Satz: »Wir denken ganz fest an euch und drücken die Daumen.«

Vier Augenpaare waren auf die dienstälteste Kommissarin im Team gerichtet, als diese den Blick hob und tonlos sagte: »Es ist ein Gehirntumor. Ob bösartig oder nicht, muss noch geklärt werden.«

Katharina spürte fast körperlich, wie Birgits Worte im Raum landeten.

»Scheiße!« Jörn fuhr sich durch sein Haar, womit er seine perfekt gestylte Frisur zerstörte. Tim und Eva starrten ihre Kollegin erschrocken an.

Auch Katharina war schockiert. Ein Gehirntumor! Sollte er bösartig sein, dann war KDs Schicksal so gut wie besiegelt. Eine Freundin ihrer Mutter war vor einem Dreivierteljahr an einem Glioblastom gestorben. Katharina wusste, dass nur zehn Prozent der Betroffenen die ersten zwölf Monate nach der Diagnose überlebten. Angst und ein Gefühl der Hilflosigkeit fluteten Katharinas Körper. Sie schaute in die betroffenen Gesichter ihrer Kollegen und registrierte die Tränen in Birgits Augen. Spontan schlug sie vor: »Leute, was haltet ihr davon, wenn wir nach Feierabend noch zusammen zu Aldo gehen?«

Birgit warf Katharina einen dankbaren Blick zu. »Das ist eine sehr gute Idee.«

So versammelte sich KDs Team am frühen Abend in der kleinen Pizzeria *Italia da Aldo* um einen der schlichten dunklen Tische herum. Als Katharina vor einem Teller mit hausgemachter Pasta und einem Glas Rotwein saß, spürte sie, wie tröstlich die Gesellschaft ihrer Kollegen war. Ihr Blick glitt an der Wand entlang, wo mehrere Bilder mit abstrakter Kunst hingen.

Früher waren sie hier häufiger gewesen. Es hatte sich immer ein Anlass gefunden. KDs Geburtstag, eine erfolgreich abgeschlossene Ermittlung oder auch einfach nur das Ende der Urlaubszeit, wenn das Team wieder vollständig war. Aber das war lange her. Inzwischen zog es alle nach getaner Arbeit nach Hause, denn die unregelmäßigen Arbeitszeiten sorgten bei den Partnern sowieso oft genug für Unmut. Wenn KD wieder gesund war, würde sie dafür sorgen, dass diese Tradition wieder aufgenommen wurde, dachte Katharina und trank einen großen Schluck Wein. Außerdem gab sie sich noch ein weiteres Versprechen. Sie würde diesen vertrackten Fall in den kommenden drei Tagen zum Abschluss bringen! Bei diesem Gedanken leerte sie ihr Glas komplett.

26. KAPITEL

Am nächsten Tag begannen Katharina und Eva damit, Katharinas Plan, der die Lösung des Falles bringen sollte, umzusetzen. Dazu trafen sich die Kommissarinnen mit Cara und führten ein langes Gespräch mit ihr. Abends suchte Katharina Cara nochmals auf, um letzte Details zu klären. Nachdem Katharina gegangen war, kippte Cara einen Schnaps und mehrere Gläser Wein in sich hinein. Als Jule sich später per Handy meldete, um ein bisschen zu reden, kostete es die Ärztin viel Überwindung, der Freundin nicht alles zu erzählen. Aber sie hatte Katharina und Eva versprechen müssen dichtzuhalten.

In der folgenden Nacht schlief Cara unruhig, und morgens fühlte sie sich alles andere als ausgeruht. Den ganzen Tag schwebte ein drückender Schmerz über ihrem Kopf, der sich auch mit einer Aspirin nicht vertreiben ließ. In der Praxis war sie unkonzentriert und fahrig, sodass sich die Arzthelferinnen mehrfach erstaunte Blicke zuwarfen. So kannte man die aufgeräumte und besonnene Frau Doktor gar nicht. Nachmittags telefonierte Cara nochmal mit Katharina, aber besser ging es ihr danach auch nicht. Als ihr langer Arbeitstag endlich vorbei war, machte Cara drei Kreuzzeichen. Zu Hause angekommen, duschte sie, aß eine Kleinigkeit zum Abendbrot – und dann hieß es nur noch abwarten.

Ab halb acht hielt Cara es kaum noch aus. Die Altbaudielen knarrten empört, während sie im Wohnzimmer hin und her lief. Ab und zu schob sie einen der schweren Stoffvorhänge zur Seite und spähte nach draußen. Doch die von Laternen beschienene, regennasse Straße lag verlassen da. Cara warf einen Blick auf die antike Standuhr, ein Erbstück ihrer Großmutter. Der große Zeiger schien sich nur in Zeitlupe vorwärtszubewegen, aber immerhin hatte er es nun endlich kurz vor die Acht geschafft. Es müsste also jeden Augenblick an der Tür klingeln.

Als es fünf Minuten nach acht an der Tür läutete, zuckte Cara zusammen. Jetzt reiß dich zusammen, ermahnte sie sich. Anschließend nestelte sie kurz am Handy herum, das auf dem Wohnzimmertisch lag, und ging dann zur Tür.

Danilo begrüßte sie wie gewohnt mit Küsschen und folgte ihr ins Wohnzimmer. »Sind wir nur zu zweit?«, fragte er erstaunt und ließ seinen Blick über die leere Sitzecke gleiten.

»Ja. Ich wollte etwas mit dir alleine besprechen. Was möchtest du trinken?«

»Wasser bitte.«

Cara kehrte mit zwei Gläsern und einer Flasche Wasser aus der Küche zurück und ließ sich gegenüber von Danilo auf einem Sessel nieder.

»Nun bin ich aber gespannt«, sagte Danilo lächelnd. Seine Finger spielten mit den Fransen von Caras Lieblingswolldecke, die ordentlich zusammengefaltet über der Sofalehne lag.

»Tja, es ist so.« Cara hatte sich ihre Worte im Vorfeld genau zurechtgelegt, und dennoch lagen sie jetzt so sperrig wie Nägel in ihrem Mund. Doch dann merkte sie, wie die Nervosität langsam von ihr abfiel, und mit ruhiger Stimme sagte sie: »Ich habe viel über Arndts furchtbaren Tod nachgedacht und darüber, wie es dazu gekommen sein könnte.«

Danilo ließ sein Lächeln fallen. Er nickte ernst. »Wie wir alle, denke ich. Vielleicht ist Katharina ja schon mit dem Expartner weitergekommen. Du hast ihr doch von dem Unfall erzählt, oder?«

»Ja, sicher. Es hat auch schon eine Überprüfung stattgefunden. Er fährt keinen dunklen Porsche. Außerdem war Hardt nicht mal in Münster zu dem Zeitpunkt, als Arndt von der Straße abgedrängt wurde.«

»Nicht?« Danilo zog erstaunt die Augenbrauen hoch.

Cara schüttelte den Kopf. »Sowieso verfolgen Katharina und ihre Kollegen schwerpunktmäßig einen anderen Ansatz. Katharina ist davon überzeugt, dass Arndts Tod etwas mit damals zu tun hat. Also, mit dem Tod seines Vaters.«

Danilo stöhnte auf. »Das ist Bullshit. Da waren wir uns ja alle einig.«

»Ehrlich gesagt, bin ich davon nicht mehr so überzeugt.«

»Aha, und warum nicht?«

»Wahrscheinlich aus dem gleichen Grund wie Katharina. Es ist schon sehr auffällig, dass Arndt die Wahrheit über den Tod seines Vaters herausfinden wollte und kurz darauf erschlagen am Hafen liegt.«

Das darauffolgende Schulterzucken des Italieners war irgendetwas zwischen »wenn du meinst« und »wer's glaubt, wird selig«.

»Lass uns doch mal ein Gedankenspiel machen«, fuhr Cara fort.

Danilo zögerte ungefähr so lange, wie man braucht, um gegen einen Ball zu treten. Dann stimmte er zu.

»Okay«, sagte Cara und setzte sich aufrechter hin. »Wir setzen jetzt voraus, dass Frau Neuhaus Arndt gegenüber die Wahrheit gesagt hat. Sie hat ihn im Saufkoma neben ihrem Mann aufgefunden. Für sie konnte das nur eins bedeuten. Vater und Sohn sind in Streit geraten, und der Vater hat dabei den Kürzeren gezogen. Weiter nehmen wir an, dass Arndt es aber nicht gewesen sein *kann*, da er stockbesoffen war. Die Schlussfolgerung daraus ist, einer von uns anderen hat Herrn Neuhaus erschlagen.«

Danilo machte Anstalten, etwas zu sagen, aber Cara hielt ihn mit einer entsprechenden Handbewegung davon ab. »Wie gesagt, ein Gedankenspiel. Wer könnte das gewesen sein? Tobi? Jule? Du? Oder ich?«

Danilo starrte Cara unverwandt an. Auf seiner Stirn glitzerten winzige Schweißperlen. »Was weiß ich. Jule? Wegen dem ganzen Heckmeck mit ihrer Mutter und Arndts Vater?« Er schwieg kurz. »Oder ihr Vater! Denk an die offene Kellertür und die Ohrfeige. Er war doch so wahnsinnig eifersüchtig.«

Cara nickte nachdrücklich mit dem Kopf. »Eifersucht. Das passt auf jeden Fall zu der Tat. Nur glaube ich nicht, dass es die Eifersucht von Jules Vater war. Es erscheint mir unwahrscheinlich, dass ein erwachsener Mann sich dazu hinreißen lässt, nachts um das Haus seines vermeintlichen Kontrahenten zu schleichen.«

Cara ließ ihr Gegenüber nicht aus den Augen. »Danilo, erinnerst du dich, dass wir, kurz bevor der ganze Scheiß passiert ist, dieses Geheimnisspiel gespielt haben?«

Der Italiener blinzelte. »Jaa«, sagte er zögernd.

Cara beugte sich vor. »Du hast diese Geschichte mit der Katze deiner Großmutter zum Besten gegeben. Aber eigentlich wolltest du etwas ganz anderes erzählen, stimmt's?«

Danilo antwortete nicht, und so fuhr Cara fort: »Du hättest uns gerne dein größtes Geheimnis anvertraut, nämlich dass du schwul bist und dich in Arndts Vater verliebt hattest. Doch du hast dich nicht getraut, wofür du mein vollstes Verständnis hast.«

Danilo sagte immer noch nichts. Mit hängenden Schultern saß er Cara gegenüber und vermied jeglichen Blickkontakt.

Cara spürte Mitleid für diesen Mann in sich aufsteigen, in den sie als Mädchen so glühend verknallt gewesen war. Der schöne, unerreichbare Danilo. Nun erinnerte er Cara an einen traurigen Teddybären. Einen großen, dicken Teddybären in einem bunten Hawaiihemd, den man eigentlich nur in die Arme schließen und knuddeln will. Aber nun musste sie es zu Ende bringen. Es gab jetzt kein Zurück mehr. »Du warst mit deinem Knie bei Dr. Neuhaus in Behandlung. Ist es dort passiert? Bist du ihm dort nähergekommen?«

Danilos Miene verrutschte. Ein gequälter Ausdruck lag nun auf seinem Gesicht. »Ich glaube nicht, dass du überhaupt irgendetwas davon auch nur ansatzweise verstehen kannst, Cara.«

»Dann erkläre es mir«, bat Cara eindringlich. »Ich möchte begreifen, was dich damals bewegt hat.«

Für einen Moment dachte Cara, ihr Ziel schon erreicht zu haben. Danilo machte Anstalten, etwas zu sagen, aber dann schloss er seinen Mund wieder. Als Cara begriff, dass Danilo nicht bereit war zu reden, sagte sie: »Ich habe für mich die Ereignisse rekonstruiert.« Das stimmte nicht ganz. Die Schlussfolgerungen waren nicht auf ihrem Mist gewachsen, sie war lediglich eine Spielfigur in dieser Inszenierung. Aber das war jetzt nicht von Bedeutung. »Unser Ausflug in die Soester Straße und das Zusammentreffen mit diesem Sascha stellen das Schlüsselereignis in der ganzen tragischen Geschichte dar«, konstatierte Cara. »Du hattest deine ganz persönlichen Gründe, warum du mehr über das Verhältnis zwischen diesem Typen und Arndts Vater herausfinden wolltest. Deshalb war es auch so wichtig für dich, dass ich nicht dabei war. Dieser Sascha war völlig überrumpelt und hat zunächst überhaupt nicht verstanden, was los ist. Weil er dich mit seiner Arglosigkeit so wütend gemacht hat und du ihn zum Reden bringen wolltest, hast du ihm eins auf die Nase gegeben. Ich war Ohrenzeugin, denn da stand ich bereits im Hausflur. Sein Nasenbluten kam nicht einfach so, wie du behauptet hattest. Danach war Sascha redseliger. Er hat bereitwillig Auskunft über seine Beziehung zu Fred Neuhaus gegeben. Als du das gehört hast, ist für dich eine Welt zusammengebrochen. Dr. Neuhaus, für den du so starke Gefühle hattest, rannte hinter einem Ex-Junkie her, der das nicht mal zu schätzen wusste. Mit dir aber …«

»Mit mir wollte er nichts zu tun haben«, fiel Danilo Cara unvermittelt ins Wort. Mit weit geöffneten Augen schaute er Cara nun an. Sein linker Augenmuskel zuckte unablässig. »Aber es war nicht nur das«, fügte er leise hinzu.

Cara hielt Danilos Blick fest. »Was war es noch? Was hat dich so gegen ihn aufgebracht?«

Mit einem Mal fiel eine dumpfe Müdigkeit auf Danilo herab wie eine nasse, schwere Decke. Er hatte immer befürchtet, dass dieser Moment mal kommen würde, und versucht, Vorsorge dagegen zu treffen. Gegen den Moment, an dem er nicht mehr gegen den Drang, endlich die Wahrheit sagen zu wollen, ankämpfen konnte. Er hatte sich dafür einen Panzer angelegt. Einen inneren und einen äußeren, aber der hatte nun Risse bekommen.

»Ich fand dich immer sehr attraktiv, Cara«, begann er. »Du warst das hübscheste Mädchen der Schule, und ich fühlte mich sehr geschmeichelt, dass du dich so um mich bemüht hast. Gleichzeitig habe ich aber festgestellt, dass ich mir überhaupt nicht vorstellen konnte, mit dir zu gehen, wie wir es damals so schön genannt haben. Deine Nähe, der Duft deiner Haare und deine blitzenden blauen Augen. Ich mochte das alles sehr. Aber vor allem deshalb, weil es so vertraut und angenehm war. Genauso gerne mochte ich Jules Art, alles in die Hand zu nehmen, und Tobis Spinnereien. Aber bei Dr. Neuhaus habe ich etwas anderes empfunden. Du hast recht. Das Ganze ist in Gang gekommen, weil ich so oft mit meinem Knie zu ihm musste. Von Anfang an fand ich ihn wahnsinnig nett, und ja, ich habe mich mit meinen süßen sechzehn Jahren in diesen Mann verliebt, der mein Vater hätte sein können. Ich habe gespürt, dass er mich auch mochte. Und zwar nicht nur, wie man einen guten Freund des eigenen Sohnes mag. Da war eindeutig mehr. Mal ein kleines Lächeln hier. Ein längerer Blick dort. Eine etwas zu lange Berührung meines Knies. Das hat mich dazu ermuntert, mich ihm zu öffnen. Ich gestand ihm meine Gefühle und gab ihm zu verstehen, dass ich seine Signale auch wahrgenommen habe. Was dann passierte, war wie ein Albtraum. Fred Neuhaus hat mich so entsetzt angestarrt, als wäre ich ein Zombie. Er behauptete, ich hätte mir das alles nur eingebildet und er sei auf gar keinen Fall vom anderen Ufer. Das sei eine infame Unterstellung. Er hat mir geraten, mir eine nette Freundin zu suchen, und hat mich dann aus dem Sprechzimmer geworfen.« Jetzt war es Danilo, der Cara fixierte. »Du musst dir das vorstellen, Cara. Ich war sechzehn Jahre alt und hatte mich getraut, mich einem erwachsenen Mann gegenüber zu outen … und dann so eine Reaktion.«

Cara nickte verständnisvoll. »Das war wirklich unsensibel von ihm.«

»Unsensibel?« Danilo lachte freudlos auf. »Er hat mich schlichtweg angelogen! Er war zu feige, zu seinem Schwulsein zu stehen. Er hat es einfach geleugnet! Als ich dann die Wahrheit herausgefunden habe, da ist etwas in mir aufgerissen, das sich nicht mehr schließen ließ.«

»Was ist an dem Abend im Schwimmbad passiert?«, fragte Cara behutsam. Sie hoffte, dass ihr Freund nun bereit war, auch den Rest zu erzählen.

»Nachdem wir Arndt auf das Sofa verfrachtet und uns nach oben verzogen haben, bin ich nochmal aufgestanden. Tobi war schon längst eingeschlafen, und auch von euch Mädels habe ich keinen Ton mehr aus dem Arbeitszimmer gehört. Ich bin runter in den Keller gegangen, weil ich wusste, dass da irgendwo noch eine Flasche Cola herumstand. Herr Neuhaus muss mich bei seiner Rückkehr da unten gehört haben. Er kam die Treppe hinunter, und dann standen wir uns plötzlich gegenüber. Das erste Mal, nachdem er mich mit einer dreisten Lüge einfach abgekanzelt hatte. Es war ihm unangenehm, mich zu sehen. Das konnte er kaum verbergen. Ich habe angefangen, ihn zu provozieren. Habe ihm gesagt, dass ich über alles Bescheid weiß. Über seine regelmäßigen Besuche im *Why not?* und über den Ex-Junkie Sascha. Kurzum über sein Doppelleben. Ich habe mich immer weiter in meine Wut und Verzweiflung hineingesteigert. Fred Neuhaus wurde immer blasser und ich immer wütender. Der Alkohol spielte da sicher auch eine Rolle. Er hat mich bekniet, nicht so laut herumzuschreien, ich würde noch alle aufwecken. Das hat mich noch rasender gemacht. Ich habe ihn als feige Sau beschimpft. Als feige, schwule Sau.« Bei der Erinnerung daran verhakte sich Danilos Stimme in seiner Kehle. Er musste sich räuspern, um weitersprechen zu können. »Dr. Neuhaus ist dann auf mich zugekommen. Er wollte mich in den Arm nehmen und beruhigen. Aber ich war außer mir. Plötzlich hielt ich diese Tonvase in den Händen. Ich schwöre dir, Cara, ich weiß nicht, wie sie dahin geraten ist.«

Danilo hatte jetzt so einen schmerzvollen Ausdruck in den Augen, dass Caras Herz ganz schwer wurde.

»Das Nächste, an das ich mich erinnere, ist dieses Bild von Arndts Vater, wie er im Pool treibt und sich das Wasser langsam rot färbt.« Danilo hatte seine Stimme zu einem Flüstern gesenkt. »Ich kann mich nicht daran erinnern, ihm die Vase gegen den Kopf geschmettert zu haben, und doch muss genau das passiert sein. Erst konnte ich mich nicht rühren. Ich stand da, wie festgeklebt. Erst langsam realisierte ich, was passiert war. Ich hatte den Vater meines Freundes getötet. Ich wusste nicht, was ich tun sollte. Euch wecken? Die Polizei rufen? Wie in Trance bin ich nach oben getorkelt, und dort sah ich Arndt auf dem Sofa liegen. Immer noch komplett im Koma. Da wusste ich dann auf einmal, was zu tun ist. Es war ganz einfach. Alles, was ich machen musste, war Arndt in den Keller schleppen und am Beckenrand ablegen. Das habe ich gemacht. Dann habe ich mich neben Tobi ins Bett gelegt und den Lauf der Dinge abgewartet.«

Als Danilo geendet hatte, sagte eine Weile keiner etwas. Cara musste das Gehörte erst sacken lassen. Dann war es tatsächlich Danilo gewesen. Einer von ihnen. Sie schluckte. »Du hast Arndt das alles anhängen wollen?«, fragte sie mit belegter Stimme. »Er sollte für deine Tat verantwortlich gemacht werden?« Das Mitgefühl für Danilo verkroch sich wie ein scheues Tier in seiner Höhle.

Danilo machte eine resignierte Geste. »Ja«, sagte er schlicht. Wieder machte sich Stille zwischen ihnen breit, bis Cara endlich auch noch den Rest der Wahrheit laut aussprach: »Und dann hast du auch noch Arndt umgebracht, weil er unbedingt in dieser alten Geschichte herumstochern wollte.«

»Nein!« Danilo starrte Cara an. »Nein!«, wiederholte er. »Das war ich nicht! Das musst du mir glauben, Cara.«

Unsicher, was sie jetzt sagen sollte, musterte Cara ihren Freund aufmerksam. »Aber du hast ein schwerwiegendes Motiv – und du hast kein Alibi.«

Beschwörend antwortete Danilo: »Jemand anderes hat Arndt das angetan. Das ist alles, was ich dazu sagen kann.«

Cara startete noch einen letzten Versuch. »Das glaube ich dir nicht. Du hast Arndts Vater erschlagen und vierzig Jahre später das Gleiche mit Arndt gemacht.«

Danilo schoss nach vorne und umklammerte Caras Handgelenke so fest, dass sie vor Schmerz aufschrie. »Ich war das nicht«, zischte Danilo.

Unvermittelt kam es von der Wohnzimmertür: »Es ist gut, Cara. Mehr können wir nicht erwarten.«

Danilos Blick weitete sich, als er Katharina und Eva im Türrahmen erblickte. Er ließ von Cara ab, die sich mit schmerzverzerrtem Griff ihre Handgelenke massierte. Dann griff sie nach Katharinas Handy, das vor ihr auf dem Tisch lag, und stellte den Voice-Recorder aus.

Als Danilo mit Katharina und Eva zusammen Caras Wohnung verließ, blickte er sich noch einmal um. »Es tut mir leid«, sagte er.

Cara antwortete nicht darauf.

27. KAPITEL

Am Morgen nach Danilos Verhaftung rief Katharina von ihrem Büro aus als Erstes bei Helene Reinbeck an. Das Vorgehen und das Einbeziehen von Cara hatten Eva und sie im Vorfeld mit der Staatsanwältin abgesprochen. Helene Reinbeck hatte ihr Einverständnis gegeben und darum gebeten, sie auf dem Laufenden zu halten. Frau Reinbeck nahm bereits nach dem zweiten Klingeln ab, doch bevor Katharina außer ihrem Namen noch mehr sagen konnte, sprudelte es aus der ansonsten eher abgeklärten Staatsanwältin nur so heraus. »Katharina! Wie schön, dass Sie sich melden. Es gibt gute Neuigkeiten!«

»Ja? Also …«

»Gerade eben habe ich den verantwortlichen Oberarzt ans Telefon kriegen können. Den ersten Untersuchungsergebnissen zufolge handelt es sich bei dem Tumor nicht um ein Glioblastom!«

Katharina bekam vor Erleichterung weiche Knie und ließ sich auf ihren Bürostuhl sinken. »Das ist ja wirklich …«

»KD muss sich voraussichtlich keiner Operation unterziehen, sondern dem Tumor soll zunächst mit einer moderaten Strahlentherapie und Medikamenten zu Leibe gerückt werden«, fuhr Helene Reinbeck fort.

»Ich kann Ihnen gar nicht sagen, wie mich das freut, Frau Reinbeck. Wirklich. Das ist ganz wunderbar. Ich werde es gleich den Kollegen erzählen.«

»Tun Sie das! Aber sagen Sie mir noch vorher, wie es gestern gelaufen ist.«

Katharina musste lächeln. Nun war die Reinbeck wieder ganz im Staatsanwältinnenmodus. Sie hörte Katharina konzentriert zu, und als die Kommissarin zum Schluss gekommen war, sagte sie: »Sehr gute Arbeit, Katharina. Die Lösung eines Verbrechens liegt eben oft im Detail.«

Katharina stimmte zu. »In diesem Fall war es der Name einer Bar. Als ich dann Gewissheit darüber hatte, dass Fred Neuhaus schwul war, hat ihn das für mich ganz automatisch in die Nähe des jungen Danilo gerückt. Ein gut aussehender Jugendlicher, der, wie ich ja von Cara wusste, schon damals von hübschen Mädchen nichts wissen wollte. Als Sascha Meintrup dann noch berichtet hat, wie Danilo auf die Verbindung zwischen ihm und Fred Neuhaus reagiert hat, schoben sich die Puzzlestücke wie von selbst zusammen.«

»Wirklich ein schöner Erfolg«, lobte Helene Reinbeck ein weiteres Mal.

»Eigentlich nur ein Teilerfolg«, stellte Katharina richtig. »Danilo Zanetti hat zwar die tödliche Attacke auf Fred Neuhaus gestanden, behauptet aber, nichts mit mit dem Tod seines Sohnes Arndt zu tun zu haben.«

»Ach«, sagte die Staatsanwältin in zuversichtlichem Ton, »den kriegen Sie schon noch weichgekocht.«

Als Katharina eine halbe Stunde später im Besprechungsraum die gute Nachricht in Bezug auf KD weitergab, traten Birgit Tränen in die Augen. »Gott sei Dank«, murmelte sie und zog ein Taschentuch aus ihrer Hosentasche.

Katharina dachte, dass KDs Untersuchungsergebnis mehr wog als jeder Ermittlungserfolg, und schlug vor: »Wie wäre es mit einem großen Blumenstrauß vom gesamten KK11 und einer Karte für den Chef?«

Birgit schnäuzte sich geräuschvoll und nickte nachdrücklich mit dem Kopf. »Ich kümmere mich darum und sammle später von allen Geld ein.«

»Super. Dann kommen wir jetzt zu gestern Abend.« Katharina erläuterte ein weiteres Mal, was sich in Caras Wohnung abgespielt hatte.

Am Ende sagte Tim anerkennend: »Dein Plan ist auf jeden Fall hundertprozentig aufgegangen.«

»Das ist noch offen«, erwiderte Katharina. »Wir werden uns Danilo aber gleich nochmal vornehmen.« Aus taktischen Gründen hatten die Kommissarinnen den Italiener nicht mehr am gestrigen Abend vernommen. Dieses Vorgehen hatte zwar den Nachteil, dass er mehr Zeit zur Verfügung hatte, um sich etwas zurechtzulegen. Andererseits aber hatte die Praxis gezeigt, dass schon eine Nacht in der Untersuchungshaftabteilung der JVA erheblich zur Gesprächigkeit beitragen konnte.

Katharina warf einen Blick auf ihre Uhr. »Dann lass uns jetzt starten, Eva. Ich will die Vernehmung nicht noch länger hinauszögern. Und wir«, Katharina warf einen Blick in die Runde, »treffen uns für ein letztes Update des Tages um achtzehn Uhr wieder.«

Bis in den Nachmittag inklusive mehrerer längerer Pausen wurde der Italiener von den Kommissarinnen befragt. Heraus kam dabei allerdings nichts Neues. Danilo blieb bei seinem Geständnis, was den Tod von Fred Neuhaus anging, insistierte aber weiterhin darauf, seinem Freund Arndt kein Haar gekrümmt zu haben. Am Ende der Vernehmung konnten Katharina und Eva Danilo zwar nicht als möglichen Täter ausschließen, aber konkrete Anhaltspunkte, dass er für den Tod seines Freundes verantwortlich war, hatten sich auch nicht aufgetan.

Diesen Umstand teilten die Kommissarinnen am frühen Abend ihren Kollegen im Besprechungsraum mit.

»Wie geht es dann jetzt mit Danilo weiter?«, erkundigte sich Birgit.

»Da er ein umfassendes Geständnis in Bezug auf Fred Neuhaus abgelegt hat und er zum Zeitpunkt der Tat strafmündig war, wird auf jeden Fall ein Strafverfahren gegen ihn eröffnet werden. Morgen wird er dem Untersuchungsrichter vorgeführt. Dann wird sich entscheiden, wie lange er in U-Haft bleiben muss. Und uns bleibt nichts anderes übrig, als im Fall Arndt Neuhaus nochmal eine neue Gleichung aufzumachen.« Während sie sprach, rückte Katharina ein wenig auf ihrem Stuhl nach vorne und massierte ihre Lendenwirbel. Dann erhob sie sich und trat auf die Whiteboards zu. »Fokussieren wir uns also ein weiteres Mal auf unser Ermittlungsmaterial.«

Jörn räusperte sich. Er war schon die ganze Zeit unruhig auf seinem Stuhl herumgerutscht. Jetzt platzte es aus ihm heraus. »Endlich kommt mein Stichwort«, sagte er. »Ich war nämlich auch nicht untätig heute und habe Neuigkeiten, was unsere Witwe angeht. Glaubt mir, Leute, sie ist nicht so unschuldig, wie sie tut.«

»Inwiefern?«, wollte Katharina wissen.

Eva wickelte ein Karamellbonbon mit Schokoladenüberzug aus, ohne Jörn aus den Augen zu lassen. Auch Birgit und Tim waren wieder ganz bei der Sache.

»Ich bin mir sicher, dass sie ein Verhältnis hat«, antwortete Jörn triumphierend.

»Ach? Wie kommst du darauf?« Katharina hatte sich wieder gesetzt.

»Ganz zufällig. Ich habe mich heute in der Mittagspause kurz mit Paula getroffen. Sie wollte mir unbedingt ein Kleid zeigen, das sie in ihrem Lieblingsgeschäft in der Altstadt gesehen hat. Wir sind in zwei Wochen bei ihrer Schwester zur Hochzeit eingeladen, und selbstverständlich kann man da nicht eins von den dreißig anziehen, die schon im Schrank hängen. Auf jeden Fall stellte sich dann heraus, dass es sich bei Paulas Lieblingsladen um das *Tu es belle* handelt. Und da habe ich es gesehen.«

»Was hast du gesehen?«, hakte Tim ungeduldig nach.

»Die blau verfärbten Male! An beiden Handgelenken. Ich bin drauf aufmerksam geworden, als Laurence direkt vor meiner Nase etwas aus einem Regal in Kopfhöhe geholt hat. Dabei sind die Ärmel ihrer Strickjacke ein Stück runtergerutscht.«

Jörn hatte mit seinem breiten Grinsen die anderen angesteckt.

Nur Katharina kapierte nichts. »Male? Was für Male?«

»Kreisrunde Hämatome. Noch nicht sehr alt.«

»Aber was haben Hämatome am Handgelenk mit …«

Jörn stöhnte verzweifelt auf. »Mein Gott. F-e-s-s-e-l-s-p-u-r-e-n.« Der Kommissar sprach das Wort übertrieben langsam und überdeutlich aus. »Wie sie beim Umlegen von Metallhandschellen entstehen können. Es gibt Menschen, die stehen beim Sex darauf. Fesselspielchen halt.«

»Ach so.« Katharina warf einen Blick in die Runde und kam sich ziemlich bescheuert vor. Ihre Kollegen konnten sich ein Lachen nicht verkneifen.

Eva sagte: »Meisterin im Kombinieren, aber da steht sie auf dem Schlauch.«

»Ja, meine Güte. Ich habe nicht geschaltet«, brummte Katharina. In diesem Augenblick huschte ein verschwommenes Bild über ihre Netzhaut, verschwand jedoch wieder, bevor sie es klar erkennen konnte.

»Ja, das haben wir gemerkt.« Eva lächelte nachsichtig.

»Jetzt lasst doch mal das dämliche Gegrinse!«, blaffte Katharina ihre Freundin an. »Also, Fesselspuren am Handgelenk von Laurence.« Sie sah zu Jörn. »Da bist du ganz sicher?«

»Jaa.« Der Angesprochene verdrehte die Augen. »Ich bin schließlich Polizist und verstehe was von Handschellen.« Jörn lächelte zweideutig. »Aber lassen wir das.«

Katharina ignorierte sowohl die Anspielung als auch Tims wissendes »Jaja« und fragte: »Hast du sie auf deine Beobachtung angesprochen?«

»Yep. Ich habe zugesehen, dass Paula samt Kleid schnellstmöglich verschwindet, und da habe ich ihr auf den Kopf zugesagt, dass sie ein Verhältnis hat und dass ich überzeugt bin, dass es sich bei ihrem Lover um den Unbekannten handelt, mit dem du beim Ententeich das Vergnügen hattest.«

»Ja und?«, fragte Katharina.

Jörn zuckte mit den Schultern. »Für einen Moment dachte ich, sie knickt ein. Aber nichts da. Sie hat sich schnell wieder gefangen und behauptet, dass Arndt und sie auf Fesselspiele standen und dass die Spuren an ihren Handgelenken von der Nacht vor seinem Tod stammten.«

Katharina stieß einen ungehaltenen Laut aus. »Na, die hat echt Nerven. Sie hat doch gar kein Geheimnis daraus gemacht, dass mit Arndt in den letzten Monaten überhaupt nichts mehr lief.«

»Meiner Meinung nach sind die Hämatome auch noch zu frisch, als dass diese Behauptung stimmen könnte«, erklärte Jörn.

»Sie lügt«, sagte Eva. »Die Frage ist nur, warum?«

Katharina hatte sich wieder erhoben und notierte die neueste Information bezüglich Laurence. Noch während sie schrieb, erhielt Birgit einen Anruf. Nach einem Blick auf das Display erklärte sie erstaunt: »Das ist die Schwester von Alexander Hardt.« Sie stand von ihrem Stuhl auf. »Macht ihr weiter. Ich höre mal, was sie will.«

Nach nur wenigen Minuten kam Birgit mit einem schwer zu deutenden Lächeln im Gesicht zurück. »Was soll ich sagen?«, begann sie. »Frau Kluge hat unser Gespräch keine Ruhe gelassen. Sie sagte, sie liebe ihren Bruder, aber sie wolle sich nicht wegen ihm in Schwierigkeiten bringen. Von Hardts Frau wusste sie, dass wir uns für einen dunklen Sportwagen interessieren. Nun ja, ihr Mann besitzt einen Zweitwagen. Einen schwarzen Porsche. Und mit dem hat ihr Bruder immer wieder Spritztouren unternommen. Er ist auch hin und wieder mal über Nacht weggeblieben.«

Eva stieß einen Pfiff aus. »Dann könnte er es doch gewesen sein, der Arndt von der Straße gedrängt hat.«

Katharina drehte sich zum Whiteboard und notierte auch diese Information.

Jörn stöhnte unterdessen laut auf und machte eine ungeduldige Geste in Richtung der Tafeln. »Schaut euch das an. So viele Spuren, aber keine bringt den entscheidenden Durchbruch. Im Gegenteil. Es wird immer unübersichtlicher. Der ganze Freundeskreis und der ehemalige Partner bleiben weiterhin verdächtig, und dann kommt noch ein heimlicher Liebhaber dazu, der damit auch die Ehefrau in einem anderen Licht dastehen lässt.«

Er hatte recht, dachte Katharina, aber gleichzeitig stand noch etwas anderes für sie fest. Sie war überzeugt davon, dass sich die Lösung des Falls bereits vor ihren Augen befand. Die Herausforderung bestand nun darin, sich nicht zu verzetteln, Wichtiges von Unwichtigem zu trennen und die eine zentrale Spur freizulegen, die sie zum Täter oder zur Täterin führen würde.

Birgit stimmte ihrem Kollegen zu und schlug vor, sich auf morgen zu vertagen. »Lasst uns Feierabend machen. Heute Abend klären wir den Fall sowieso nicht mehr auf. Dafür braucht es ausgeruhte Köpfe und einen frischen Blick.«

Birgits Vorschlag fand allgemeine Zustimmung. Auch Katharina ließ sich von der Aufbruchstimmung anstecken. Der Tag war lang genug gewesen, und ihre Rückenschmerzen waren inzwischen bis zu ihrem Nacken hochgezogen. Dennoch trödelte die Kommissarin, und schließlich waren die Kollegen einschließlich Eva, die am Abend noch mit Jesse zum Kino verabredet war, verschwunden.

Als Katharinas Hand schon auf der Türklinke lag, verharrte sie einen Moment. Natürlich wäre es jetzt das Vernünftigste gewesen, eine Weile Abstand zu nehmen. Aber Tatsache war auch, dass sie so dem Ermittlungsdurchbruch auch nicht näherkamen – und das erzeugte bei Katharina ein dumpfes Gefühl des Missmuts. Sie fasste deshalb einen Entschluss. Sie rief Klaas an, erklärte ihm die Lage und bat ihn, sie bei der Doppelkopfrunde heute Abend zu entschuldigen. »Ihr könnt ja trotzdem spielen. Ihr seid ja zu viert.« Klaas, der wusste, dass Katharina das Kartenspielen nicht sausen lassen würde, wenn es keinen triftigen Grund dafür gab, erklärte sich einverstanden. Katharina legte das Handy aus der Hand und fummelte aus dem kleinen Fach an der Innenseite ihrer Umhängetasche einen angebrochenen Blister Ibuprofen. Sie nahm eine Tablette, spülte sie mit Wasser hinunter und zog dann einen Stuhl zu sich heran. Sie platzierte ihn so, dass sie mit einigem Abstand zu den beiden Whiteboards saß.

Ihre Augen blieben als Erstes bei Laurence hängen. Die Französin hatte also eine Affäre. Warum machte Laurence so ein Geheimnis daraus? War es lediglich aus Scham, oder steckte etwas anderes dahinter? Genau wie Jörn war Katharina der Überzeugung, dass der Unbekannte vor Laurences Haus dieser heimliche Liebhaber war. Damit machte auch das völlig überzogene Verhalten dieses Kerls einen Sinn. Was war das nur für ein Typ? Auf jeden Fall einer, der kein Problem damit hatte, wehrlose Frauen von hinten zu attackieren. Und jemand, der auf Sex mit Handschellen stand. Auf einmal bewegte Katharina sich auf mehreren Gedankenschienen gleichzeitig. Sie dachte an Laurence und ihren unbekannten Liebhaber. Gleichzeitig kam das Bild zurück, das sie vorhin bei der Besprechung nur flüchtig wahrgenommen hatte. Es zeigte Cara, die ihr angetrunken auf Laurences Party gegenüberstand und an deren Handgelenken sich verblassende, aber eindeutige Hämatome befanden. Kreisrunde, wie sie beim Anlegen von Handschellen entstehen konnten. Cara, die sich lang und breit über ihren Ex-Freund ausließ. Über den *beschissenen Markus*, der ein hervorragender Liebhaber gewesen war, eine niedrige Frustrationsschwelle und einen Boxclub besaß und etwas mit einer anderen Frau angefangen hatte. Einer kleinen Studentin, wie Cara angenommen hatte. Aber vielleicht hatte sie mit dieser Vermutung völlig falschgelegen.

Und dann passierte es! In Katharinas Innerem zündete ein Funken. War sie endlich auf diese eine Spur gestoßen, die statt immer mehr Verwirrung endlich Klarheit schaffen würde? Sie griff nach ihrem Handy, öffnete ihre Anrufliste und tippte auf Caras Nummer. Nach dem Gespräch tätigte sie noch einen weiteren Anruf. Dann machte sie sich auf den Weg.

28. KAPITEL

Das Gewerbe- und Industriegebiet Loddenheide lag im Südosten von Münster. Katharina hatte sich mithilfe von Google Maps den kürzesten Weg dorthin herausgesucht. Nun radelte sie den Willy-Brandt-Weg entlang, passierte die Friedenskapelle und bog in den Gustav-Stresemann-Weg ein. Ihr Ziel lag in unmittelbarer Nachbarschaft einer Logistikhalle der Firma AGRAVIS. Der Boxclub *Ring frei* war in einem lang gestreckten, marode wirkenden Gebäude mit Flachdach untergebracht. Wahrscheinlich eine ehemalige Industriehalle, überlegte Katharina und fand, dass das gut zu einem Boxclub passte. Sie stellte ihr Rad ab und ließ den Blick über den Parkplatz schweifen. Nur ein einziges Auto war zu sehen. Auch der Fahrradständer war bis auf Katharinas Rad verwaist. Der Eingang wurde von einer über der Tür angebrachten Außenlampe erhellt. Katharina wollte gerade am Türgriff ziehen, da hörte sie ein lautes Krachen. Vor Schreck fuhr sie zusammen. Das Geräusch war von irgendwo hinter dem Gebäude gekommen. Die Kommissarin wandte sich von der Tür ab und ging bis zur Ecke der Halle. Der Boxclub lag etwas zurück vom Gustav-Stresemann-Weg, sodass das Licht der Straßenlaternen nicht ganz bis zum Haus reichte.

Katharina spähte in die Dunkelheit. Nachdem sich ihre Augen daran gewöhnt hatten, erkannte sie am anderen Ende der Halle die Umrisse von drei großen Mülltonnen. Aber die waren es nicht, die sie für einen Moment die Luft anhalten ließen. Davor hockte eine plumpe, gedrungene Gestalt, deren Kopf sich auf merkwürdige Art und Weise im Zeitlupentempo bewegte. Sie war zu weit weg, um in der Dunkelheit ausmachen zu können, wer oder was sich da vor den Mülltonnen herumdrückte.

Vorsichtig näherte sie sich dem Wesen. Es besaß einen unförmigen, massigen Körper, und obendrauf thronte ein viel zu großer Kopf. Was war das nur? Katharina spürte ein Kribbeln in der Magengegend, zu dem sich noch ein Knoten in der Brust gesellte. Sie war jetzt nah genug, um sich mithilfe der Taschenlampe ihres Handys Gewissheit verschaffen zu können. Aber dazu kam es nicht mehr. Sie hörte die Schritte erst, als es zu spät war. Dann katapultierte sie ein Schlag gegen die Schläfe in schwarze Schwerelosigkeit.

Als die Kommissarin wieder zu sich kam, flammte ein heller Blitz hinter ihrer Stirn auf. Stöhnend schloss sie wieder die Augen.

»Katharina! Gott sei Dank!« Katharina erkannte Evas erleichterte Stimme. Sie hatte vom Präsidium aus mit Eva telefoniert und der Freundin ihre Vermutung bezüglich Caras Ex-Freund dargelegt. Außerdem hatte Katharina Eva gebeten, ebenfalls zur Loddenheide zu kommen. Katharina konnte sich allerdings nicht erklären, warum sie jetzt auf diesem muffig riechenden Sofa lag. Verwirrt blinzelte sie gegen das Licht einer Stehlampe. »Was ist passiert? Ich war doch eben noch …«

»Setz dich erst mal auf«, unterbrach Eva ihre Freundin. »Und? Wie ist es? Wird dir übel?«

Katharina bewegte ihren Kopf von links nach rechts und ließ ihn dann vorsichtig kreisen. »Schlecht ist mir nicht, aber ich habe wahnsinnige Kopfschmerzen.«

Eva hielt ihr ein Glas Wasser hin. Anschließend wandte sie sich an einen Mann, der einen Hoodie und eine schwarze Jogginghose trug und sich bislang im Hintergrund herumgedrückt hatte. »Da haben Sie aber nochmal Glück gehabt. Sie hat Ihren K.-o.-Schlag anscheinend ohne größeren Schaden überstanden.«

Der Mann hob beide Hände und ließ sie wieder fallen. »Ich habe es ja jetzt schon dreimal gesagt. Hätte ich gewusst, dass sie ein Bulle ist, hätte ich sie niemals angerührt.«

Katharina leerte das Wasserglas. Danach schwang sie die Beine über die Sofakante und lehnte sich aufrecht gegen die Lehne. Sie spürte immer noch keine Übelkeit und keinen Schwindel. Sie war tatsächlich glimpflich davongekommen.

»Katharina«, ergriff Eva wieder das Wort und sah sie vielsagend an, »das ist Markus Kleinschmidt.

Caras Ex-Freund sah genauso aus, wie Katharina ihn sich vorgestellt hatte. Er hatte kein grobschlächtiges Boxerface, sondern ein hübsches, schmal geschnittenes Gesicht. Die dunklen Augenbrauen waren fein geschwungen, und seine Nase sah nicht so aus, als wäre sie schon öfter mal gebrochen gewesen. Unter seinem Hoody zeichneten sich ein gerader, enorm breiter Schultergürtel und muskelbepackte Oberarme ab. Obwohl er eine nach hinten gedrehte Baseballcap auf dem Kopf trug, konnte man erkennen, dass seine Haare im Nacken und über den Ohren ausrasiert waren. Cara hatte von »Sahneschnitte« gesprochen, und das konnte man stehen lassen, wenn man auf so einen Typ Mann stand. Aber hinter der Attraktivität verbarg sich noch etwas anderes. Eine brodelnde Unruhe, die den Besitzer des Boxclubs nervös auf seinen Fußspitzen auf und ab wippen ließ.

Eva wandte sich ihm zu. »Klären Sie doch bitte auch nochmal meine Kollegin darüber auf, warum Sie sie niedergeschlagen haben.«

Der Angesprochene verdrehte die Augen und seufzte. »Okay, dann jetzt zum vierten Mal. Ich habe ein lautes Geräusch gehört, und da in letzter Zeit häufiger mal eingebrochen wurde, wollte ich nachsehen, was los ist. Und dann habe ich Sie bei den Mülltonnen stehen sehen. Genau darüber befindet sich das Fenster, durch das die Assis schon zweimal eingestiegen sind.«

»Und da schlagen Sie einfach mal eben einen potenziellen Einbrecher k. o.?«, fragte Katharina.

Kleinschmidt zuckte mit den Schultern. »Ich war halt echt sauer. Was meinen Sie, wie das nervt. Neue Scheibe einsetzen lassen und dann der ganze Stress mit der Versicherung. Aber es ging nur um einen kleinen Denkzettel. Ich wollte niemanden schwer verletzen. Sonst wären Sie gar nicht wieder aufgestanden.« Während Kleinschmidt sprach, hatte er seine Baseballcap abgenommen und drehte sie in seinen Händen hin und her.

»Wir haben heute geschlossen, und ich habe ein bisschen am Boxsack trainiert«, fuhr Caras Ex-Freund fort, »deshalb hatte ich meine Handschuhe an. Ich habe meinen Schlag extra seitlich am Kopf angesetzt, und Sie waren ja nicht mal eine Minute weg.«

»Ach so. Ja, dann Dankeschön«, sagte Katharina und massierte sich die Stirn.

»Du warst tatsächlich nicht lange bewusstlos«, gab Eva zur Auskunft. »Als ich kam, hat dich Herr Kleinschmidt gerade ins Haus geschleppt. Kurz darauf warst du schon wieder ansprechbar.«

»Ich habe das Geräusch auch gehört«, erklärte Katharina. »Deshalb bin ich um das Haus herumgegangen. Da habe ich etwas auf dem Boden vor den Mülltonnen hocken sehen. Ein breites Wesen mit einem riesigen Kopf.«

Markus Kleinschmidt stieß ein kleines Lachen aus. »Nein, da war niemand.«

»Doch«, beharrte Katharina.

Kleinschmidt schüttelte den Kopf. »Das laute Geräusch kam von einem Müllsack. Ich hatte ihn in eine der Tonnen gestopft. Der Deckel ging daraufhin nicht mehr zu. Ein Waschbär, der hier irgendwo in der Nähe wohnt und ab und zu vorbeikommt, hat es geschafft, das riesige Ding auf den Boden zu befördern. Ich habe ihn auch noch gesehen, wie er auf dem Sack gehockt und darin herumgesucht hat.« Er grinste schief und wiederholte: »Ein breites Wesen mit einem Riesenkopf …«

Katharina konnte nicht mitlachen. Die Erklärung leuchtete ihr aber ein. »Wer kommt auf die Idee, in eine alte Lagerhalle einzubrechen, in der geboxt wird? Was gibt es hier zu holen? Bargeld doch wohl kaum.«

Das Grinsen erlosch auf Kleinschmidts Gesicht. »Nein, das nehme ich abends immer mit nach Hause.«

»Was ist es dann?«, bohrte Katharina weiter.

Inzwischen hatte sie mit geübtem Blick den Raum gescannt. Außer dem schäbigen Sofa und dem Schreibtisch, auf dem ein aufgeklappter Laptop stand, gab es nur noch einen verschlossenen, doppeltürigen Metallschrank. Die fleckigen Wände waren kahl, bis auf ein schwarz-weißes Poster, das die Boxlegende Max Schmeling zu seinen Glanzzeiten zeigte. Auffällig waren die vielen Kartons, die sich unter dem Schreibtisch und vor dem Schrank stapelten.

Sie deutete auf die mit Klebeband verschlossenen Pakete und fragte: »Wenn wir von der Drogenfahndung wären und Sie bitten würden, einen der Kartons zu öffnen, was würden wir wohl finden? Kommen die ungebetenen Gäste vielleicht, weil Sie hier mit Anabolika oder Ähnlichem dealen?«

Augenblicklich war es um die Selbstbeherrschung von Markus Kleinschmidt geschehen. »Sagen Sie mal, geht's noch?«, explodierte er. »Was wollen Sie von mir? Da sind einfach nur Proteinpräparate und noch ein paar andere Mittel zum Muskelaufbau drin.«

Katharina warf Eva einen Blick zu, die sogleich reagierte. Vielleicht hatten sie den Clubbesitzer bereits da, wo sie ihn haben wollten. Einen Versuch war es wert. »Wir sind nicht wegen des Inhalts der Kartons hier, sondern wegen Ihrer Affäre mit Laurence Neuhaus.«

»Was?« Kleinschmidt war von der Wendung des Gesprächs sichtlich überrumpelt.

»Sie kennen also Laurence Neuhaus?«, hakte Eva sofort nach.

»Ja. Also, nein. Doch ...« Der Clubbesitzer kam ins Schlingern. »Flüchtig, ich kenne Sie flüchtig.«

»Haben Sie ein Verhältnis mit ihr?« Katharina fixierte den Mann.

»Nein! Haben Sie nicht zugehört? Ich kenne sie nicht näher!« Markus Kleinschmidt hatte die Stimme erhoben. Sein Oberkörper bog sich leicht nach hinten. Der Blick des Mannes wich dem der Kommissarin immer wieder aus. Seine gesamte Körpersprache signalisierte vor allem eins: Er log.

Eva sagte in ihrer ruhigen Art: »Fangen wir doch von vorne an. Sie waren eine Zeit lang mit Cara Lemke zusammen. Das stimmt doch, oder?«

Kleinschmidt schien abzuwägen. Man konnte ihm genau ansehen, was er dachte: Gebe ich das zu oder soll ich es leugnen? Aber warum abstreiten? Sie waren ganz offiziell zusammen gewesen. Er hatte ihre Clique kennengelernt. Sie wussten von ihm. »Ja, ich war mit ihr eine Weile zusammen.«

»So lange bis Cara vor einigen Wochen mit Ihnen Schluss gemacht und Ihre Klamotten aus dem Fenster geworfen hat«, stellte Katharina nüchtern fest.

Kleinschmidt schüttelte verständnislos den Kopf. »Die ist völlig durchgedreht.«

»Weil sie dahintergekommen ist, dass Sie schon eine ganze Zeit lang ein Verhältnis mit einer anderen Frau hatten.«

»Pfff. Sie hat sich da was eingebildet.«

»Reden Sie von den Kratzspuren auf Ihrem Rücken?«

Hinter Kleinschmidts linker Schläfe trat eine Ader hervor. Kurze Zündschnur. Waren das nicht Caras Worte gewesen? Katharina wandte ihren Blick nicht von dem Mann ab, der sich alle Mühe gab, ruhig zu bleiben. »Cara hat sich da in was hineingesteigert. Die ist völlig ausgerastet. Ich mag ja temperamentvolle Frauen«, jetzt versuchte er sich in einem entwaffnenden Lächeln, »aber das war dann doch etwas drüber.«

»Wenn Sie ein Dreivierteljahr mit Cara zusammen waren«, sagte Eva, »dann haben Sie doch sicher auch ihre Freunde kennengelernt.«

»Na ja, kennengelernt kann man eigentlich nicht sagen. Ich habe sie zwei- oder dreimal in der Zeit gesehen. Meistens haben Cara und ich uns alleine getroffen.« Er zwinkerte Eva zu, die das geflissentlich ignorierte. Daraufhin ergänzte Kleinschmidt: »Ich konnte mit denen nichts anfangen. Das waren total abgehobene Leute. Die haben immer so getan, als wären sie sonst wer.«

»Ich glaube, dass es da eine Person gab, mit der sie sich ganz gut verstanden haben«, insistierte Eva. »Ich frage Sie jetzt nochmal, und überlegen Sie sich gut, was Sie antworten. Haben Sie eine Affäre mit Laurence?«

Markus Kleinschmidt schüttelte trotzig den Kopf.

Katharina verdrehte die Augen. »Herr Kleinschmidt, das ist doch jetzt wirklich kindisch. Natürlich haben Sie das. Ich habe Sie doch vor Laurences Haus gesehen! Das waren Sie! Da gibt es überhaupt keinen Zweifel für mich. Sie sind vor mir abgehauen und haben mich dann ins Wasser geschubst!«

»Nein!« Kleinschmidt umklammerte seine Baseballcap, als wollte er sie erwürgen.

»Herr Kleinschmidt«, versuchte es nun Eva wieder. »Sie haben sicher mitbekommen, dass der Ehemann Ihrer Geliebten Opfer eines Gewaltverbrechens geworden ist. Frau Klein und ich ermitteln in diesem Fall, und das ist auch der eigentliche Grund, warum wir hier sind. Bei einem Tötungsdelikt wird das persönliche Umfeld des Opfers immer ganz besonders gründlich unter die Lupe genommen. Aus diesem Grund müssen wir Ihnen ein paar Fragen stellen, die Sie in Ihrem eigenen Interesse wahrheitsgemäß beantworten sollten.«

»Wieso gehöre ich zum persönlichen Umfeld dieses Anwaltheinis?«

»Weil Sie seine Frau vögeln, Herrgott nochmal!« Katharina verlor die Geduld.

»Das tue ich nicht!«

Katharina versuchte, sich zusammenzureißen. Das fiel ihr nicht leicht, denn sie hatte immer noch einen dumpfen Kopfschmerz. Bemüht ruhig sagte sie: »Es ist nicht klug, uns anzulügen. Wir werden Ihnen Ihr Verhältnis in null Komma nichts nachweisen. Wie viel von Ihrer DNA werden wir wohl in Laurences Wohnung finden?«

Endlich knickte der Besitzer des Boxclubs ein. Er schleuderte seine Baseballcap auf den Schreibtisch. »Scheiße, ja. Es stimmt«, räumte er ein.

Katharina schüttelte verständnislos den Kopf. »Was soll denn diese Heimlichtuerei? Und warum sind Sie vor mir weggelaufen?«

»Wegen Laurence. Ich bin an dem Abend ganz spontan bei ihr aufgekreuzt. Ich wollte sie einfach nur kurz sehen, nach diesem … äh …« Hier zögerte Kleinschmidt kurz. »… diesem Vorfall mit ihrem Mann. Sie war nicht gerade begeistert über meinen Besuch und wollte mich erst gar nicht reinlassen. Dreimal hat sie gefragt, ob mich jemand gesehen hätte. Ich habe erst gar nicht verstanden, warum sie so ein Drama macht. An ihrem Mann konnte es ja nicht liegen, der war ja tot.« Markus Kleinschmidt warf den Kommissarinnen einen schnellen Blick zu. »Was natürlich schlimm ist. So ein Ende wünscht man ja keinem. Aber es war gar nicht wegen Arndt. Laurence meinte, es dürfe auf keinen Fall herauskommen, dass sie etwas mit einem anderen Mann hat. Das würde nur unnötige Fragen aufwerfen. Deshalb habe ich zugesehen, dass ich schnell wegkomme, als Sie mich angesprochen haben. Ich bin zu meinem Auto gelaufen. Das stand an der Dechaneischanze. Na ja, und dann sind Sie mir ja hinterhergerannt. Ich hatte nicht genug Zeit, ins Auto zu springen. Da habe ich mich am Ententeich versteckt. Ich bin davon ausgegangen, dass Sie wieder umkehren. Stattdessen sind Sie genau auf mich zugekommen. Also, auf das Gestrüpp, hinter dem ich stand. Ich war mir sicher, dass Sie mich gesehen haben. Doch dann sind Sie vorbeimarschiert und haben sich direkt an die Wasserkante gestellt.« Laurences Liebhaber grinste schief. »Sorry. Aber da konnte ich nicht anders. Ich musste sie ja irgendwie loswerden.«

»Sie fackeln nicht lange, wenn es um unbequeme Personen geht, kann das sein?« Katharina ließ den Mann, der sich ihr gegenüber gegen den Schreibtisch gelehnt hatte, nicht aus den Augen. »Eventuelle Einbrecher werden mal eben k. o. geschlagen. Lästigen Verfolgerinnen entledigen Sie sich durch einen kräftigen Stoß. Ich frage mich gerade, ob Ihnen Arndt Neuhaus auch ganz dumm in die Quere gekommen ist.«

»Hä? Nein!«

»Wo waren Sie am Dienstagabend letzter Woche?«

»Das muss ich Ihnen nicht sagen.«

Eva schaltete sich wieder in das Gespräch ein. »Ich glaube, Sie verkennen die Situation, Herr Kleinschmidt. Wenn Sie sich so schwertun, ganz einfache Fragen zu beantworten, dann müssen wir Sie bitten, mit uns aufs Präsidium zu kommen.«

Kleinschmidts hübsches Gesicht war jetzt gar nicht mehr so nett anzusehen. Jäh aufflammende Wut verzerrte seine Gesichtszüge. »Das dürfen Sie gar nicht! Sie können mich nicht einfach verhaften!«

»Sie sind nicht verhaftet und auch nicht gezwungen mitzukommen«, erläuterte Eva. »Sie können auch die schriftliche Vorladung abwarten. Ich kann Ihnen aber nur raten zu kooperieren. Vor allem, wenn Sie nichts zu verbergen haben. Denn wenn Sie jetzt nicht freiwillig mitkommen, um eine Aussage zu machen, macht Sie das nur verdächtiger.«

Der Besitzer des Boxclubs schien abzuwägen, was zu tun war. Schließlich sagte er widerstrebend. »Okay, ich komme mit. Aber vorher rufe ich noch meinen Anwalt an.«

Als Katharina und Eva eine halbe Stunde später mit Markus Kleinschmidt im Vernehmungsraum saßen, dauerte es noch fast fünfzig Minuten, bis sein Anwalt angehetzt kam. Die beiden Männer schienen sich gut zu kennen, und Katharina fiel die mehrfache Körperverletzung ein, die Cara auf Laurences Party erwähnt hatte.

Von der Statur her konnte man meinen, Andrej Kotecki trainiere auch regelmäßig in einem Boxclub. Er trug sein schwarzes Haar zurückgegelt, am Handgelenk eine klobige Uhr und ein Parfüm, von dem sich Katharinas Kopfschmerzen augenblicklich wieder verstärkten. Der Anwalt wollte wissen, was seinem Mandanten vorgeworfen wurde.

»Im Moment noch gar nichts«, gab Katharina zur Auskunft. »Es geht nur um das Beantworten einiger Fragen im Zusammenhang mit dem gewaltsamen Tod am Ehemann seiner Geliebten.«

Eva übernahm es, Kotecki über den Fall Arndt Neuhaus ins Bild zu setzen. Daraufhin verlangte der Anwalt, fünf Minuten mit seinem Mandanten alleine sprechen zu dürfen. Die Kommissarinnen nutzten die Zeit für einen Gang zur Toilette.

Zurück im Vernehmungsraum, räusperte sich Kotecki. »Mein Mandant möchte eine Aussage machen.«

»Wie schön«, sagte Katharina und schaltete den Voice-Recorder ein.

»Es ist so«, begann Markus Kleinschmidt. »Was den Dienstagabend angeht …« Er brach ab und warf seinem Anwalt einen Blick zu.

Der nickte ihm auffordernd zu. »Also, ich war auch in der *Hafenschänke*.«

Na also, dachte Katharina, aber sie sagte nichts.

»Ich habe mich dort mit ein paar Kumpels getroffen. Wir waren oben in der ersten Etage. Ich habe Arndt und die anderen sogar gesehen. Die saßen an einem Tisch am Fenster. Die Dicke, Julia heißt die, die hat mich auch gesehen, als wir zum Rauchen rausgegangen sind. Aber sie hat mich nicht erkannt. Ich weiß, das sieht jetzt komisch aus, aber das war reiner Zufall, dass ich auch da war.«

Katharina beugte sich vor. »Das glaube ich Ihnen sogar. Darum geht es auch nicht. Es geht darum, was später zwischen Ihnen und Arndt Neuhaus passiert ist.«

»Überhaupt nichts«, beteuerte Kleinschmidt. »Das schwöre ich. Ich habe mit einem Kumpel die Kneipe verlassen und bin zu Fuß nach Hause gelaufen. Ich wohne nicht weit weg.«

»Kann das jemand bezeugen?«

Kleinschmidt zögerte. »Nicht wirklich. Mein Kumpel war mit dem Rad und wohnt in einer anderen Richtung.«

»Es gibt also niemanden, der bestätigen kann, dass Sie direkt nach Hause gegangen und dort auch geblieben sind?«

»Äh, nein.«

»Das ist schlecht.«

»Aber es stimmt!« Kleinschmidt war plötzlich aufgesprungen. Sein Gesicht war rot angelaufen, und er fuchtelte mit den Armen in der Luft herum. »Du willst mir doch nur etwas anhängen!«, schrie er. »Von Anfang an! Schade, dass du nicht in der Brühe ersoffen bist, du Schlampe.«

Andrej Kotecki war nun auch auf den Beinen. Er fasste seinen Mandanten am Arm. »Das reicht jetzt, Markus. Komm wieder runter. Die können dir gar nichts. Die haben überhaupt keinen Beweis.«

»Das war übrigens gerade Beamtenbeleidigung, Herr Kleinschmidt«, sagte Eva seelenruhig. »Das kann mit einer Freiheitsstrafe bis zu einem Jahr geahndet werden.«

Kotecki stieß ein schnaubendes Lachen aus. »Jetzt bleiben Sie aber mal aufm Teppich, gute Frau.«

Katharina hatte sich auch erhoben. Sie war ganz weiß im Gesicht geworden. »Wir haben vielleicht keine Beweise, aber genug Indizien, Sie für mindestens achtundvierzig Stunden festzuhalten. Und genau das wird jetzt passieren. Herr Kotecki, Sie können Ihren Mandanten morgen im Hafthaus B in der JVA besuchen.« Die Kommissarin forderte Markus Kleinschmidt mit einer knappen Handbewegung auf, mit ihr den Raum zu verlassen.

Laurences Liebhaber rührte sich nicht. Hinter seiner linken Schläfe konnte Katharina das Blut pulsieren sehen. Er warf seinem Anwalt einen Blick zu. Erst als der ihm zunickte, setzte er sich widerwillig in Bewegung.

29. KAPITEL

Am nächsten Tag in der Mittagszeit saßen Katharina und Eva an ihren Schreibtischen und wussten nicht weiter. Hinter ihnen lag ein erfolgloses Verhör mit Markus Kleinschmidt. Es hatte in dem gleichen schmucklosen Raum der Untersuchungshaftabteilung stattgefunden, in dem sie auch Danilo befragt hatten. Genau wie der Italiener behauptete auch Markus Kleinschmidt, nichts mit dem Tod von Arndt Neuhaus zu tun zu haben. Die Kommissarinnen hatten allerdings nach wie vor berechtigte Zweifel am Wahrheitsgehalt dieser Aussage. Bei dieser Einschätzung griffen sie nicht nur auf ihre Intuition zurück, sondern auch auf ihre jahrelange Erfahrung als Ermittlungsbeamtinnen. Menschen, die nicht die Wahrheit sagten, zeigten Stresssymptome und sendeten typische nonverbale Signale aus. Die hatten Katharina und Eva bei Markus Kleinschmidt schon beim ersten Zusammentreffen in seinem Boxclub registriert und auch beim Verhör beobachtet. Abgesehen davon legte eine Tötung im Affekt Eigenschaften nahe, die auf Kleinschmidt zutrafen: Er war impulsiv, aufbrausend und hatte eine niedrige Frustrationstoleranz. Letztere hatte zu einem weiteren Wutausbruch geführt, als Katharina darlegte, was sich ihrer Meinung nach am Dienstag vor einer Woche am Hafen zugetragen hatte.

»Ich glaube Ihnen, dass Sie zufällig in der *Hafenschänke* waren«, hatte Katharina dem übernächtigten Kleinschmidt versichert. »Und ich bin auch überzeugt davon, dass Sie nicht geplant haben, Arndt Neuhaus tödlich zu attackieren. Aber Sie sind ihm vor der *Hafenschänke* begegnet, und dieses Aufeinandertreffen ist eskaliert. Sie haben uns ja schon erzählt, dass Sie zusammen mit einem Kumpel die Kneipe verlassen haben. Allerdings haben Sie vergessen zu erwähnen, dass Sie nur wenige Minuten vor Arndt Neuhaus gegangen sind. Wir haben heute Morgen dem Inhaber der Kneipe ein Foto von Ihnen gezeigt. Zwei der Männer, die auf der Empore gesessen haben, sind kurz vor dem Anwalt gegangen. Einer davon waren Sie. Ich nehme an, Sie haben sich von Ihrem Kumpel verabschiedet und sind dann auf den Mann Ihrer Geliebten aufmerksam geworden. Vielleicht hatte er sich gerade irgendwo im Gebüsch erleichtert. Oder er wollte erst einen klaren Kopf kriegen, bevor er aufs Rad stieg, und deshalb hielt er sich noch in der Nähe der *Hafenschänke* auf. Jedenfalls haben Sie ihn gesehen und sind zu ihm hingegangen. Arndt war in keiner guten Stimmung und hatte außerdem zu viel getrunken. Hat er Sie vielleicht blöd von der Seite angemacht? So nach dem Motto: ›Ah, der Typ, den Cara abserviert hat.‹ Irgendwas in der Art? Und da wollten

Sie dem Herrn Anwalt mal klarmachen, was wirklich Phase ist. Nämlich, dass Sie schon seit Wochen mit seiner Frau ins Bett gehen. Hat Arndt Neuhaus Sie dann ausgelacht? Sie einen Lügner genannt? Eine Frau wie Laurence mit einem wie Ihnen? Einem *Boxclubbesitzer*?« Das letzte Wort hatte Katharina auf übertriebene Weise betont. »Niemals! Nicht seine Frau. Ein Wort gab das andere. Dann ein heftiger, unerwarteter Stoß, und zack, da lag das Großmaul von Anwalt plötzlich auf dem Rücken und sagte gar nichts mehr. Aber das Blut, das in Sekundenschnelle unter seinem Kopf hervorquoll, war nicht zu übersehen. Das haben Sie nicht gewollt. Doch es war zu spät. Sie sind abgehauen und haben die Dinge einfach laufen lassen.«

Während Katharina dieses Szenario beschrieben hatte, konnte man die Muskulatur von Kleinschmidts Kiefer arbeiten sehen. Seine Hände öffneten und schlossen sich ununterbrochen. Die Bahn war frei für einen weiteren Ausraster – und der kam.

Der Verdächtige sprang so plötzlich auf, dass sein Stuhl nach hinten kippte. »Ich sage es jetzt zum letzten Mal!«, brüllte er, und winzige Spucketröpfchen landeten auf dem Tisch, dessen Kante Kleinschmidt mit einer Hand umklammerte. »Das ist Bullshit! Ich habe den Mann nicht angerührt! Ich habe ihn nicht mal gesehen!«

Andrej Kotecki gelang es, seinen Mandaten wieder auf den Stuhl zu ziehen. Dort sackte Markus Kleinschmidt schwer atmend zusammen.

»Er ist eine harte Nuss«, bemerkte Eva jetzt und biss ein Stück von einem Schokoriegel ab. »Aber wenn wir dranbleiben, werden wir ihn knacken. Entweder wir schaffen es, ihn in Widersprüche zu verwickeln, oder er ist irgendwann so in Rage, dass er uns die Wahrheit aus einem Impuls heraus um die Ohren knallt. Das haben wir ja bei solchen Typen schon öfter erlebt.«

Katharina nickte gedankenverloren. »Ich kann mir nicht helfen, aber irgendwie wirkt er auf mich auch ein Stück weit glaubhaft in seiner hilflosen Wut.« Sie wollte noch etwas hinzufügen, wurde aber von einem kurzen Vibrieren ihres Handys unterbrochen. Sie nahm es vom Tisch und öffnete die WhatsApp, die ihre Mutter ihr geschickt hatte. Es war die Einladung zum Herbstfest in der Kleingartenanlage *Erdenglück e. V.* Sie war in einem warmen Orange gehalten und mit vielen kleinen, lachenden Kürbissen verziert. Darunter hatte Edith geschrieben: *Kommt ihr?* Seufzend legte Katharina das Telefon wieder vor sich auf dem Tisch ab. Wie schön waren die lauen Sommerabende auf Ediths Dachterrasse oder die Weinabende mit Antipasti in ihrem durchgestylten Wohnzimmer gewesen. Nun wurden sie bei schmuddeligem Herbstwetter zu Suppe und Brot in eine Schrebergartenlaube eingeladen.

Katharinas Gedanken schweiften ab, und sie fragte sich, wie sie selbst mit Mitte sechzig sein würde. Ob sie dann auch Spaß an einem Schrebergarten haben würde? Oder würde sie dann mit Klaas ständig auf Reisen sein, so wie viele Ruheständler? Die Frage war nur, ob sie sich das überhaupt leisten konnten? Aber es mussten ja gar keine teuren Flugreisen sein. Sie könnten ja auch einfach mit einem Wohnmobil durch die Gegend fahren. Bei dieser Überlegung kamen Katharina plötzlich die beiden älteren Damen aus Laurences Nachbarschaft in den Sinn, die in der Nacht von Arndts Tod ihr Wohnmobil gepackt hatten. Zwei ideale Zeuginnen, wenn es vor dem Haus von Laurence und Arndt um diese Zeit irgendetwas Auffälliges gegeben hatte, dachte Katharina. Als Jörn und Tim von den Ergebnissen ihrer Nachbarschaftsbefragungen berichtet hatten, war von den beiden Frauen nicht die Rede gewesen. Wahrscheinlich hatten die Kollegen sie nicht angetroffen, weil die Damen zu dem Zeitpunkt schon längst mit ihrem Wohnmobil unterwegs gewesen waren. Trotzdem nahm Katharina den Hörer ihres Diensttelefons in die Hand und wählte die Durchwahl von Jörn. Sie erkundigte sich nach den beiden Nachbarinnen und nahm erstaunt zur Kenntnis, dass sie ihre Reise gar nicht angetreten hatten.

»Die wollten morgens um sechs Uhr los, aber in der Nacht hat eine von ihnen hohes Fieber bekommen«, erklärte Jörn.

»Dann habt ihr also mit ihnen gesprochen?«

»Ja, aber sie hatten nicht viel zu sagen. Die eine lag noch mit ihrer Virusgrippe flach, und die andere hat sich die ganze Zeit selbst bemitleidet, weil der Urlaub ins Wasser gefallen ist.«

Katharina beendete das Gespräch und wandte sich an Eva. »Ich würde gerne nochmal einen kleinen Abstecher in die Dechaneistraße machen. Kommst du mit?«

Die beiden reiselustigen Nachbarinnen entpuppten sich als verheiratetes Paar und stellten sich als Rosa Altmann und Gerlinde König vor. Man hätte sie auch für Schwestern halten können. Beide waren von kräftiger

Statur, hatten kurz geschnittenes graues Haar und eine frische Gesichtsfarbe.

Im Wohnzimmer bot Rosa Altmann den Kommissarinnen einen Lemongrastee an, den beide dankend ablehnten.

Katharina erklärte den Damen ihr Anliegen. »Ich weiß, dass Sie den Kollegen bereits Rede und Antwort gestanden haben, aber zu dem Zeitpunkt hatten Sie ja mit Fieber zu kämpfen, Frau König, und Sie, Frau Altmann, hatten alle Hände voll zu tun mit dem Ausräumen des Wohnmobils. Jetzt, mit ein bisschen Abstand, gibt es vielleicht doch etwas, das Ihnen am vorletzten Dienstag auf der Straße beziehungsweise vor dem Haus des Ehepaars Neuhaus aufgefallen ist?«

Gerlinde Königs Finger umschlossen die zarte Porzellantasse. »Ich habe schon Ihren Kollegen gesagt, dass ich Frau Neuhaus noch relativ spät gesehen habe, wie sie mit einer Freundin weggeradelt ist. Doch das ist ja nichts Ungewöhnliches. Sie ist eine junge Frau. Warum sollte sie nicht um die Uhrzeit noch irgendwo hinfahren?«

Katharina nickte zustimmend. Frau König hatte sie und Laurence gesehen, als sie sich auf den Weg zum Hafen gemacht hatten.

»Aber da fällt mir jetzt doch noch was ein«, fuhr Gerlinde König fort und schüttelte, verwundert über sich selbst, den Kopf. »Ich weiß auch nicht, warum ich da nicht mehr dran gedacht habe. Wahrscheinlich lag es am Fieber. Es ging mir nämlich wirklich schlecht. Und zwar von jetzt auf gleich. Haben Sie so was schon mal gehabt? Im einen Moment war noch alles gut, und im nächsten brach mir der Schweiß aus, und ich fing an zu zittern.

Rosa hat meine Temperatur gemessen. 39,9! Also, ich kann Ihnen nur sagen …«

»Was ist Ihnen eingefallen, Frau König?«, brachte Eva mit freundlicher Stimme die geschwätzige Rentnerin wieder auf Kurs.

»Ach so, ja. Ich habe Laurence auch vorher schon gesehen. Da kam sie nach Hause. Ebenfalls mit dem Rad. Das war, ungefähr eine Stunde oder so bevor sie dann wieder mit ihrer Freundin davongeradelt ist.«

Katharina starrte die ältere Frau an, die nun genüsslich ihren Tee schlürfte. Sie spürte es mit jeder Faser ihres Körpers. Das war er! Der Durchbruch im Fall Arndt Neuhaus. Eine zufällige Beobachtung hatte ihnen die Lösung vor die Füße gespült. Jetzt hatten sie etwas in der Hand, um die Wahrheit hinter dem Lügengerüst hervorzuzerren. Sie warf Eva einen Blick zu und erkannte, dass sie dasselbe dachte.

Als die Kommissarinnen wieder auf der Straße standen, fragte Eva: »Brauchen wir noch etwas Vorbereitung oder marschieren wir direkt zu Laurence?«

Katharina warf einen Blick auf ihre Armbanduhr. »Normalerweise müsste sie jetzt in ihrer Boutique sein. Aber lass es uns trotzdem versuchen.«

Die beiden Frauen hatten schon fast Laurences Haus erreicht, da meldete sich Katharinas Handy. Es war Jörn per Videoanruf. Eine unangenehme Angewohnheit, wie Katharina fand. Warum konnte er nicht auf ganz normalem Weg anrufen? Sie tippte auf den grünen Hörer, und auf dem Display strahlte ihnen der Kollege entgegen, als hätte man ihn nach der Geburt seines Erstgeborenen gefragt. Katharina hielt das

Telefon so, dass Jörn sowohl sie als auch Eva sehen konnte.

»Mädels! Haltet euch fest! Es gibt sensationelle Neuigkeiten!«

»Dann hau mal raus«, sagte Eva.

»Heute Morgen wurde unser Zeugenaufruf nochmal im Lokalradio gesendet und es hat sich endlich jemand gemeldet. Besser gesagt zwei. Ein Ehepaar. Sie haben jemanden zur Tatzeit ganz in der Nähe des Hafens gesehen und konnten eine sehr genaue Personenbeschreibung liefern!«

Jetzt kam's drauf an, dachte Katharina und drängte Jörn zum Weiterreden.

»Sie haben eine Frau beobachtet! Klein, zierlich und kurze Haare!«

»Yes!«, entfuhr es Katharina. Der erreichte Durchbruch bekam damit einen soliden Sockel.

»Was wollt ihr denn hier?«, fragte Laurence, als sie ohne weitere Begrüßung die Tür öffnete.

»Es gibt da noch eine Frage, die zu klären ist«, spielte Katharina die Absicht ihres Besuchs herunter. »Können wir kurz reinkommen?«

Laurence nickte und schlurfte den Kommissarinnen in ihrer weit geschnittenen Jogginghose und einer oversized Trainingsjacke voraus ins Wohnzimmer. Sie machte eine Handbewegung in Richtung der Sessel, ließ sich selbst auf das Sofa fallen und griff nach einer Zigarettenpackung. Nachdem sie sich eine Zigarette angezündet hatte, legte sie den Kopf in den Nacken und blies langsam den Rauch aus. »Ich habe wieder angefangen«, erklärte sie, ohne dass ihr Besuch das Rauchen kommentiert hätte.

Katharina zog ihr Handy aus der Tasche und legte es auf den Tisch. »Du kennst das ja schon. Wir nehmen das Gespräch auf.«

Laurence sagte nichts dazu, sondern rauchte schweigend weiter. Den Kommissarinnen war bekannt, dass Markus Kleinschmidt bislang noch nicht aus der U-Haft heraus telefoniert hatte. Laurence wusste also nicht, wo er sich gerade befand. Diesen Umstand machte Katharina sich zunutze, indem sie ohne weitere Einleitung sagte: »Wir haben gestern Markus Kleinschmidt unter dem Verdacht festgesetzt, dass er deinen Mann im Affekt getötet hat.«

Im Gegensatz zu ihrem Liebhaber hatte die Angesprochene ihre Mimik unter Kontrolle. Nur ein einziges nervöses Blinzeln, das weder Katharina noch Eva entgangen war, verriet sie.

Katharina fuhr fort. »Was das Motiv angeht, so sind wir von einem Streit zwischen Ehemann und Liebhaber ausgegangen, der eskaliert ist.«

Laurence sagte weiterhin nichts. Auch ihre Miene blieb ausdruckslos. Sie zog noch zweimal an ihrer Zigarette und drückte sie dann auf einem Unterteller aus. Anschließend stand sie auf und stellte sich mit dem Rücken zu den beiden Frauen ans Fenster.

Katharina sprach weiter und erläuterte, wie sie darauf gekommen war, dass Laurence eine Affäre mit dem Ex-Freund von Cara hatte. »Du warst übrigens sehr überzeugend, als du behauptet hast, du hättest keinen Besuch gehabt«, versicherte sie der Witwe. Dann beschrieb die Kommissarin, wie sie Markus Kleinschmidt in seinem Boxclub aufgesucht hatten und wie er letztendlich nicht nur das Verhältnis eingeräumt hatte, sondern auch, dass er letzte Woche Dienstag in der *Hafenschänke* gewesen war. »Die Indizien für unseren Verdacht waren eindeutig. Ein Liebhaber, der schnell in Rage gerät, körperliche Übergriffe nicht scheut und nur kurz vor dem Opfer die Kneipe verlassen hat.«

Laurence hatte jetzt offenbar genug davon, aus dem Fenster zu starren. Sie drehte sich zu den Kommissarinnen um, setzte sich aber nicht wieder hin. Stattdessen lehnte sie sich gegen die Fensterbank und zog die Trainingsjacke vor ihrer Brust zusammen. Mit leiser Stimme sagte sie: »Es stimmt. Markus und ich haben vor einigen Monaten eine Affäre begonnen. Aber glaubt mir, wenn ich gewusst hätte, zu was er fähig ist, hätte ich mich niemals auf ihn eingelassen.« Sie verbarg ihr Gesicht in ihren Händen. »Das ist so schrecklich!«

Katharina fühlte sich an die Situation erinnert, als Laurence sich auf ihren toten Ehemann gestürzt hatte. »Es gibt nur ein Problem. Markus Kleinschmidt behauptet steif und fest, dass er nicht der Täter ist.«

Laurences Kopf fuhr nach oben, und sie lachte freudlos auf. »Ja, was denkst du denn? Natürlich leugnet er das. Solange es nur Indizien gibt und keine Beweise, würde das wohl jeder machen.«

Jetzt mischte Eva sich ein. »Es gibt inzwischen allerdings eine Zeugenaussage, die wir als absolut verlässlich einstufen.«

»Ja?« Laurence Hand fuhr zu ihrem Hals. Als sich ihr Blick mit dem von Katharina kreuzte, ließ sie sie wieder sinken.

»Ja!«, bestätigte Katharina, die die ganze Angelegenheit nicht länger hinauszögern wollte. »Sie haben *dich* gesehen, Laurence.«

»Mich? Aber das kann nicht sein. Ich war den ganzen …«

»Es gibt keinen Irrtum. Die Beschreibung passt eins zu eins auf dich. Das Ehepaar war mit seinem Hund unterwegs. Sie haben dich dabei beobachtet, wie du über die Wiese zu deinem Rad gelaufen bist. Sie haben sich nichts weiter dabei gedacht und haben ihren Spaziergang fortgesetzt. Arndt haben sie im Dunkeln nicht auf dem Boden liegen sehen. Dafür waren sie zu weit weg.«

»Aber ich war nicht da!«, stieß Laurence in beschwörendem Ton hervor. »Ich war beim Pilates und dann zu Hause, und zwar bis ich mit dir zusammen zum Hafen gefahren bin.«

»Das stimmt nicht!« Katharina machte eine knappe, ärgerliche Bewegung mit der Hand. »Auch dazu liegt uns eine Zeugenaussage vor. Wir haben gerade mit den beiden Frauen gesprochen, die ein paar Häuser weiter Richtung Warendorfer Straße wohnen. Rosa Altmann und Gerlinde König. Sie waren an dem Abend, in der dein Mann zu Tode kam, ewig mit dem Packen ihres Wohnmobils beschäftigt. Am frühen Morgen wollten sie nach Schweden aufbrechen. Letztendlich ist nichts daraus geworden, weil eine der beiden Frauen plötzlich Fieber bekommen hat. Es ging ihr so schlecht, dass sie nicht aufbrechen konnten. Zum Glück, denn so haben wir erfahren, dass du an jenem Abend zweimal mit dem Rad unterwegs gewesen bist. Einmal mit mir, aber auch schon eine Stunde früher! Ich würde sagen, es ist jetzt an der Zeit, mit dem Theater aufzuhören, Laurence.«

Eva erhob sich und ging auf die Französin zu. Sie fasste sie sanft am Arm und sagte: »Du wirst das sowieso nicht mehr lange durchhalten. Schau dich an. Du bist doch jetzt schon mit den Nerven runter. Weißt du, was ich vorhin gedacht habe, als du uns die Tür aufgemacht hast? Da steht jemand, den sein schlechtes Gewissen und seine Schuldgefühle von hinten überfallen und zu Boden geworfen haben. Tu dir selbst einen Gefallen und erzähl uns, was vorgefallen ist.«

In diesem Augenblick fiel Laurences Fassade in sich zusammen. Sie lehnte sich an Evas Schulter und fing hemmungslos an zu weinen.

Es dauerte eine Weile, bis sie sich wieder beruhigt hatte. Eva ließ ihr die Zeit, und als die Schluchzer weniger wurden, führte sie Laurence zum Sofa zurück. Die Französin setzte sich, fummelte eine weitere Zigarette aus der Packung, die sie dann aber auf den Tisch legte, und begann zu reden. »Arndt und ich hatten am Dienstagabend einen heftigen Streit. Es ging wieder mal um meine Boutique und die drohende Kündigung. An dem Abend hatte ich Arndt den Vorschlag gemacht, entweder bei der Bank für mich zu bürgen oder einen Kredit in seinem Namen aufzunehmen. Wir würden dann untereinander eine Vereinbarung zur Rückzahlung treffen. Aber Arndt meinte, mit so einem hohen Kredit würde er sich niemals belasten. Was denn wäre, wenn ich plötzlich Pleite machen würde, hat er mich gefragt. Und dann war er auch schon wieder bei dem bevorstehenden Treffen mit den anderen und der Frage, was damals passiert sein könnte. Erst war es die Sache mit seinem Expartner, wegen der er überhaupt nicht mehr für andere Dinge zugänglich war, und dann diese Geschichte. Ich hatte ihm schon ein paar Mal erklärt, dass ich das *Tu est belle* verlieren würde, wenn er mich nicht unterstützt. Aber er hat nur gemeint, ich könnte mir doch ein anderes Ladenlokal suchen. Ich habe ihn erst mal darüber aufklären müssen, wie schwierig es ist, etwas Vergleichbares zu finden. Ist ja nicht so, als hätte ich nicht schon mal meine Fühler ausgestreckt. Es ist nicht nur schwierig, es ist unmöglich! Die richtig guten Lagen gehen immer unter der Hand weg. Aber für eine Boutique, wie ich sie führe, ist die Lage ausschlaggebend. Viele meiner Stammkundinnen, die mir richtig Geld einbringen, wohnen in der Innenstadt. Denen ist die Nähe wichtig. Der andere Teil meiner Kundschaft, auf die ich wirtschaftlich angewiesen bin, besteht aus Touristinnen und Laufkundschaft, die sich auch ganz spontan mal ein teures Kleidungsstück gönnen. Diese Klientel hast du aber nicht, wenn du irgendwo am Stadtrand dein Dasein fristest. Aber Arndt hat das nach wie vor überhaupt nicht interessiert. Er hat nicht mal richtig zugehört. Mir ist in meinem Leben nichts in den Schoß gefallen. Ganz anders als bei Arndt. Er hat zwar seinen Vater auf schreckliche Weise verloren, aber ansonsten war er auf Rosen gebettet. Ich dagegen komme aus kleinen Verhältnissen und habe mir alles aus eigener Kraft aufgebaut. Ich habe bei null angefangen und es geschafft, Inhaberin eines angesehenen Modegeschäfts zu werden.

Die Boutique ist mein Baby und für mich ein Symbol für meinen persönlichen Erfolg. Aber Arndt hat das nie verstanden. Bei unserem Streit am Dienstagabend hat er wortwörtlich zu mir gesagt: ›Scheiß auf diesen Klamottenladen.‹ Das war zu viel, und ich habe angefangen herumzuschreien. Arndt hat dagegengehalten. Irgendwann habe ich, kochend vor Wut, das Haus verlassen. Beim Pilates bin ich ein bisschen runtergekommen, aber als ich später zu Hause war, hat es wieder angefangen, in mir zu brodeln. Ich bin herumgelaufen wie ein Tiger im Käfig. Als ich es nicht mehr ausgehalten habe, bin ich aus dem Haus raus und habe mich auf mein Rad geschwungen. Erst auf der Andreas-Hofer-Straße ist mir aufgefallen, dass ich auf dem Weg zum Hafen war. Scheißegal, habe ich gedacht und bin einfach weitergefahren. Ich hatte keine Ahnung, was ich da wollte. Es war wie ein innerer Sog, der mich da hingeleitet hat. Tja, und als ich da ankam, sehe ich meinen Mann. Aber nicht in einem ernsten Gespräch mit seinen Freunden vertieft, sondern besoffen auf einer Wiese herumtorkeln. Ich bin vom Rad gesprungen und auf ihn zugerannt. Ich habe direkt da weitergemacht, wo wir aufgehört hatten, und ihn angebrüllt, ob er noch ganz dicht ist und was das hier werden soll.« Jetzt unterbrach Laurence das erste Mal ihre Schilderung und hob den Blick, der die ganze Zeit über nach innen gerichtet gewesen war. »Und wisst ihr, was er da gemacht hat?«

Katharina und Eva schüttelten gleichzeitig die Köpfe.

»Gelacht.« Laurence sprach das Wort aus, als wäre es aus Stein. »Er hat laut gelacht, und dann hat er gesagt: ›Oh, da ist ja die große Geschäftsfrau. Nur schade, dass sie bald kein Geschäft mehr hat.‹« Ein bitterer Zug umspielte die Mundwinkel der Französin. »Wie ein Splitter hat sich das in mein Herz gebohrt, und in meinem Kopf ist für kurze Zeit alles zum Stillstand gekommen. Das war der Augenblick, in dem ich Arndt mit aller Kraft vor die Brust gestoßen habe.« Laurence griff nach dem Feuerzeug, machte aber keine Anstalten, die Zigarette anzuzünden, die sie nun in der anderen Hand hielt. »Er ist umgefallen wie ein Baum und rührte sich nicht mehr. Dafür war da aber plötzlich ganz viel Blut. Da habe ich realisiert, was passiert war. Ich hatte meinen Mann umgebracht! Auch wenn es aus einem Streit heraus geschehen war, würde ich mich dafür verantworten müssen. Ich habe mir die schlimmsten Szenarien ausgemalt, was nun auf mich zukommen würde. Und plötzlich war da nur noch ein einziger Gedanke in meinem Kopf: Ich musste sofort weg!« Laurence zündete sich nun doch die Zigarette an und inhalierte den Rauch tief in ihre Lungen.

»Wann kam dir die Idee, mich anzurufen?«, wollte Katharina wissen.

»Schon auf dem Heimweg. Mir war klar, dass ich es niemals ausgehalten hätte, tatenlos zu Hause herumzusitzen und darauf zu warten, bis Arndt gefunden wurde. Da bist du mir in den Sinn gekommen, Katharina. Du solltest Zeugin meines Schocks und emotionalen Ausnahmezustandes werden, in dem ich mich ja auch tatsächlich befand. Also habe ich zuerst bei Jule und dann bei dir angerufen. Nachdem wir Arndt gefunden hatten und ich dann später wieder hier war, ist mir erst bewusst geworden, wie gut die Chancen für mich standen, unentdeckt davonzukommen. Ich war mir sicher, dass mich niemand am Hafen gesehen hatte. Da war kein Mensch um diese Zeit. Keine Ahnung, wo dieses Ehepaar sich aufgehalten hat. Ich bin auch nicht davon ausgegangen, dass irgendwelchen Nachbarn etwas aufgefallen sein könnte. Das ist keine Nachbarschaft, wo es neugierige Blicke hinter zugezogenen Gardinen gibt, und die beiden Frauen mit ihrem Wohnmobil habe ich überhaupt nicht wahrgenommen. Außerdem war es spät, dunkel, und ich habe keinen Lärm gemacht. Na ja, und dann gab es natürlich noch den für mich glücklichen Umstand, dass das Treffen von Arndt mit den anderen im Streit endete. Es gab vier Menschen, denen mein Mann ein schlimmes Verbrechen vorgeworfen hat. Nicht jeder kann so etwas stehen lassen, und ihr seid denen ja auch ordentlich auf die Pelle gerückt. Als seien vier Verdächtige nicht genug, gab es ja auch noch Alexander Hardt, den man auch nicht gerade zu Arndts Freund zählen konnte.« Laurence nahm einen letzten tiefen Zug von ihrer Zigarette. »Trotzdem ging es mir in den letzten Tagen nicht gut. Du hast das schon richtig erkannt, Eva. Die Schuldgefühle sind wie lästige Plagegeister. Sie haben sich immer wieder angeschlichen und sich schließlich an mir festgekrallt. Ich habe den Kontakt zu den anderen abgebrochen mit der Begründung, nicht ausschließen zu können, dass einer von ihnen Arndt auf dem Gewissen hat. Der wahre Grund war, ich konnte mir nicht eine Sekunde vorstellen, ihnen unter die Augen zu treten. Man lernt viel über sich selbst, wenn man in Ausnahmesituationen gerät. Ich hätte mich selbst als abgebrühter eingeschätzt.« Laurence schwieg einen

Moment, bevor sie fortfuhr: »Apropos die anderen. Ich weiß übrigens von Jule, dass Danilo Arndts Vater erschlagen hat und dass er in U-Haft sitzt. Sie hat mich ein paar Mal vergeblich angerufen und letztendlich eine zehnminütige Sprachnachricht geschickt. Was soll ich sagen? Wer könnte Danilo besser verstehen als ich? Wenn man von einer hilflosen Verzweiflung so hart im Genick gepackt wird, wie es bei mir und Danilo der Fall war, dann hat man gar keinen Einfluss mehr auf das, was geschieht. Jedenfalls war es bei mir so. Mein Körper hat von sich aus die Initiative ergriffen. Der Stoß vor Arndts Brust war wie eine Art Reflex gewesen.«

»Die Tötung war eine Affekthandlung und wird unter Umständen auch vom Gericht als solche eingestuft«, Eva sah Laurence ernst an, »aber alles, was danach kam, war gut durchdachte, knallharte Vertuschung bis hin zur Inkaufnahme, dass Unschuldige in Verdacht gerieten. Einschließlich deines Liebhabers.«

Laurence stieß einen tiefen Seufzer aus. »Letztendlich ist sich eben doch jeder selbst der Nächste. Ich habe diese Erfahrung mit meinem eigenen Mann gemacht. Später habe ich dann auch nach dieser Maxime gehandelt. Es ging mir nur noch darum, mich selbst zu retten.«

Nach dieser Erklärung griff Katharina nach ihrem Telefon, schloss die App für den Voice-Recorder und sagte: »Wir sollten jetzt gehen.«

30. KAPITEL

Acht Tage später

»Das schmeckt fantastisch, Jule«, schwärmte Cara und piekte mit ihrer Gabel ein weiteres Stück butterweiches Hähnchenfleisch auf. »Ich kann mich nicht erinnern, jemals so ein gutes Coq au vin gegessen zu haben.«

Jule lächelte und prostete Cara und Tobi mit einem dickbauchigen Rotweinglas zu. »Es gibt eigentlich nur zwei Dinge, die man bei diesem Gericht unbedingt beachten muss. Dann kann nichts schiefgehen. Das sind die Zutaten und die Marinierzeit. Ich habe die Hähnchenbeine, die Kartoffeln und das Gemüse gestern frisch auf dem Biomarkt gekauft und noch abends mit viel gutem Rotwein und Kräutern angesetzt. Der Rest geht dann fast von allein.«

Tobi fuhr mit einer Baguettescheibe durch die übrig gebliebene Rotweinsauce. Als Jule ihm noch eine Hähnchenkeule anbot, lehnte er dankend ab. »Es hat köstlich geschmeckt, aber ich bin wirklich satt.«

Es war Samstagabend, und die drei saßen in Jules Wohnzimmer um den Esstisch herum. Draußen herrschte ungemütliches Herbstwetter. Böiger Wind brachte außen am Haus immer mal wieder irgendetwas zum Klappern, und Regen klatschte ohne Unterlass an die Fensterscheiben. Aber bei Jule war es warm und heimelig. Sie hatte den Tisch mit ihrem besten Geschirr, weißen Stoffservietten und langen Stabkerzen eingedeckt, die in einem ausladenden Kerzenleuchter steckten.

»Vielleicht machen wir es zum Ritual, dass wir uns einmal im Monat reihum zum Essen treffen«, schlug Jule vor.

Cara verzog das Gesicht. »Du hast jetzt aber die Latte ganz schön hoch gehängt.«

Seit den Ereignissen am Ende der letzten Woche war es das erste Mal, dass die drei sich trafen. Jule hatte zwar sowohl mit Cara als auch mit Tobi mehrere Male telefoniert, aber sie hatten es bislang noch nicht geschafft, sich zu sehen.

Die Gastgeberin stellte ihr Weinglas ab und fragte übergangslos: »Denkt ihr auch noch so viel über diese ganze Geschichte nach?«

»Ja«, sagten Tobi und Cara gleichzeitig, und Cara setzte hinzu: »Niemals hätte ich vermutet, dass Laurence das war. Ich war davon überzeugt, dass dieser Hardt dahintersteckt. Ich hatte mir das so ausgemalt, dass er in seinem Hass auf den Mann, der seine Karriere als Anwalt und seine Familie zerstört hat, Arndt bereits seit Wochen beobachtet und dann am Hafen die Gelegenheit genutzt hat.«

»Wäre ja auch gut möglich gewesen«, sagte Tobi.

»Da fällt mir etwas ein.« Cara legte ihr Besteck aus der Hand. »Ich wollte es euch schon die ganze Zeit erzählen. Arndts Expartner ist nicht ganz unschuldig. Da ich Katharina auf Arndts Autounfall aufmerksam gemacht habe, hat sie mir dazu gestern eine Rückmeldung gegeben. Es war tatsächlich Alexander Hardt, der Arndt von der Straße abgedrängt hat. Er saß in dem Auto seines Schwagers und ist damit während eines Aufenthaltes bei seiner Schwester für zwei Nächte nach Münster gefahren. An jenem Abend hat er sich wie in meiner Vorstellung in der Nähe von Arndts Haus postiert. Er wusste, dass donnerstags Arndts Saunaabend ist. Er ist ihm nachgefahren, und auf dem Rückweg, als auf dem Kappenberger Damm nichts mehr los war, hat er ihn gerammt. Laut Katharina hat er es zugegeben, nachdem sie ihn mit einer dicken Schramme am Auto seines Schwagers konfrontiert hat. Seine Schwester hatte Katharina ein Foto davon geschickt. Er hat beteuert, dass er seinen ehemaligen Partner aber nicht ernsthaft verletzen wollte. Es ging ihm nur darum, ihm einen ordentlichen Schreck einzujagen.«

»*Nur* ist gut.« Tobi schüttelte den Kopf.

Jule schwenkte sachte ihr Weinglas und sah zu, wie die dunkelrote Flüssigkeit träge in Bewegung kam. »Sowohl Danilo als auch Laurence hatten keine Skrupel, andere für ihre Tat büßen zu lassen. Das ist schon krass irgendwie.«

»Homo homini lupus«, sagte Tobi mit weiser Stimme.

»Wie bitte?« Jule machte ein fragendes Gesicht. »Ich habe mich damals für Französisch entschieden, nicht für Latein, wie du weißt.«

»Der Mensch ist dem Menschen ein Wolf. Thomas Hobbes«, erläuterte Tobi.

Jules Wangen waren vom Alkohol bereits etwas gerötet. »Ach so.« Sie schüttelte energisch den Kopf. »Menschen sollten keine Wölfe sein.«

»Übrigens«, sagte Tobi plötzlich. »Ich habe ja noch etwas für euch.« Der Architekt erhob sich und ging zur Sitzecke hinüber. Auf einem der beiden mit weichem Cord bezogenen Sessel hatte er einen Jutebeutel abgelegt. Er griff hinein und zog zwei Bücher heraus. Mit einem Lächeln überreichte er Jule und Cara je ein mindestens fünfhundert Seiten starkes Taschenbuch.

Jule starrte sprachlos auf das dunkelblaue, glänzende Cover. Cara fuhr andächtig mit dem Zeigefinger über die verschnörkelten Buchstaben. *Tobias Pape. Das Geheimnis des sechsten Kreises.* Unter dem Titel prangten sechs metallicfarbene, ineinander verschlungene Kreise.

»Du hast ihn tatsächlich beendet? Deinen Fantasyroman? Wie krass ist das denn?« Cara erhob sich und umarmte Tobi fest. »Herzlichen Glückwunsch. Das ist so cool.«

Auch Jule war aufgestanden. »Da schreibst du die ganze Zeit an einem Buch und erzählst kein Wort davon?« Sie stupste ihrem Freund vor die Brust. »Mensch, Tobi. Das ist der Hammer. Du musst wahnsinnig stolz sein.«

Tobi winkte ab. »Danke euch. Aber so etwas Besonderes ist es nun auch wieder nicht. Ich bin einer von unendlich vielen Autoren. Ich habe es auch nur bei einem kleinen Independent-Verlag unterbringen können. Die großen Publikumsverlage haben alle abgewunken oder sich gar nicht zurückgemeldet.«

»Na und?« Jule blätterte fasziniert durch die Seiten. »Das ist doch egal. Hauptsache, ein Verlag!« Sie wollte das Buch gerade wieder schließen, da blieb sie auf einer der vorderen Seite hängen. Jules Augen huschten über die wenigen Zeilen.

»Ein guter Freund kennt all deine besten Geschichten. Ein bester Freund hat sie mit dir erlebt.« – unbekannt –

Für Arndt, Danilo, Jule und Cara. Die besten Freunde, die ich habe.

Jule musste erst schlucken, bevor sie mit belegter Stimme sagte: »Danke, Tobi.« Nach ein paar Sekunden fügte sie hinzu: »Du solltest Danilo auch eins schenken.«

* * *

Zur gleichen Zeit waren Katharina und Klaas mit ihren Rädern auf dem Weg zur Kleingartenanlage *Erdenglück e.V.* Ihre wetterfesten Jacken sorgten dafür, dass ihnen der Regen nicht viel anhaben konnte. Katharinas Hosenbeine waren allerdings klamm vor Nässe. Am Rand ihrer Kapuze hingen dicke Wassertropfen, denen es hin und wieder gelang, vorne in ihren Kragen zu tropfen.

Katharina musste an ihre letzte Radtour durch das herbstliche Münster denken. Da war es allerdings trocken gewesen, und in der Luft hatte der unvergleichlich würzige Duft nach der sich verändernden Natur gelegen. Und es war der Beginn eines neuen Falles gewesen. Ein kleines Lächeln huschte über das Gesicht der Kommissarin. Sie hatte einen guten Job gemacht, auch wenn sie mit ihrer Überzeugung, die Todesfälle von Vater und Sohn würden zusammenhängen, falschgelegen hatte.

Auch KD hatte sie gelobt. Er war inzwischen wieder zu Hause, und vor drei Tagen hatte Katharina ihm einen kurzen Besuch abgestattet. KDs Strahlentherapie hatte bereits begonnen, und bislang kam er damit gut zurecht. Wenn das so weiterging, wollte er in ein paar Wochen wieder anfangen zu arbeiten. »Ich werde verrückt, wenn ich nur hier herumsitze«, hatte er zu Katharina gesagt.

»Mir würde es genauso gehen«, war Katharinas Antwort gewesen.

Endgültig abgeschlossen war der Fall für sie aber erst nach dem Telefonat mit Sascha gewesen. Der Streetworker hatte sich überschwänglich dafür bedankt, dass sie ihn nicht vergessen hatte.

»Wie kann man nur bei so einem Mistwetter draußen ein Fest veranstalten«, schimpfte Katharina nun vor sich hin, während sie die Räder abstellten. »Mir ist jetzt schon kalt.«

»Jetzt warte doch erst mal ab«, beschwichtigte Klaas seine Freundin. »Ich nehme doch mal an, dass das Fest bei diesem Wetter im Vereinsheim stattfindet.« Er legte den Arm um Katharina und zog sie zu sich heran. Mit eingezogenen Köpfen eilten sie eng nebeneinander den Hauptweg entlang. Aus den Augenwinkeln nahm Katharina plötzlich eine Bewegung wahr und sah im letzten Augenblick etwas Braunes, das an ein Huhn erinnerte, unter einer Hecke verschwinden. Ein Stück weiter meinte sie ein weiteres Federvieh auf der Veranda einer Gartenlaube sitzen zu sehen, und als dann nur wenige Sekunden später zwei Hühner aufgeregt mit den Flügeln schlagend vor ihnen den Weg kreuzten, stieß sie Klaas in die Seite. »Hier laufen überall Hühner herum.«

Klaas, der den Kopf wegen des Regens gesenkt hielt, antwortete: »Ich sehe keine Hühner.«

Katharinas Magen knurrte vernehmlich. »Dann habe ich wohl schon Halluzinationen vor Hunger«, sagte sie, und als sie sich dem hell erleuchteten Vereinsheim näherten, freute sie sich mit einem Mal auf einen Teller heißer Kürbissuppe und dazu ein Stück frisch geröstetes Stockbrot.